2017~2018年
北京网络文学发展报告

BEIJING NETWORK LITERATURE DEVELOPMENT REPORT
(2017-2018)

主　编／杨　烁

《2017～2018年北京网络文学发展报告》
编　委　会

前言

2018 年是中国网络文学发展的第二十个年头，适逢中国改革开放四十周年。二十年来，中国网络文学跟随改革开放的脚步，见证了社会发展与时代进步。二十年来，中国网络文学凭借其旺盛的生命力、想象力与创造力，成为社会主义文艺百花园中一道亮丽的风景线，在满足人民群众精神文化需求，推动文化产业与文化事业蓬勃发展方面发挥着日益重要的作用。网络文学正由一个文学领域的弄潮儿，茁壮成长为影响并改变中国文学生态格局的重要力量，促进着新的文化氛围的形成。特别是 2014 年 10 月，习近平总书记在文艺工作座谈会上发表重要讲话，将包括网络文学在内的网络文艺放到了更高的层面，为网络文学从业者带来前行动力和方向指引，中国网络文学发展至此告别了野蛮生长，向主流化、精品化、规范化、产业化方向奋勇迈进，掀开了更为欣欣向荣的新篇章。《2017 年中国网络文学发展报告》数据显示，2017 年中国网络文学市场规模突破百亿元，达到 129.2 亿元；国内 45 家重点网络文学网站的文学创作者达到 1400 万人，其中签约作者达 68 万人；原创网络文学作品规模累计达到 1647 万部，其中签约作品达到 132.7 万部。截至 2018 年 6 月，网络文学用户规模突破 4 亿，达到 4.06 亿，占网民总量的 50.6%。毋庸置疑，网络文学已成为当代文学体系的重要构成和人民文化消费的重要方式。

纵观 2017 年以来的中国网络文学发展，创新创造氛围日益活跃，题材类型日趋多元，特别是现实题材的蓬勃发展，为网络文学注入更为鲜活、生动、真实的元素；网络文学 IP 运营的商业模式渐趋成熟，以网络文学为核心，向影视、游戏、动漫、有声读物等领域多元衍生，相互融合、联动发展的文化娱乐新生态不断充实完善；网络文学企业频频上市融资，网络文学的潜力得到资本市场更多的关注与投入，网络文学发展获得更大动力；网络文学作为一种中国特有的文化现象得到世界的瞩目，在传承中华优秀传统文化、坚定文化自信、彰显国家文化软实力等方面发挥出日益重要的作用。

北京作为首都，同时也是全国的文化中心，是网络文学企业的重要聚集地。2016 年以来，北京积极推进全国文化中心建设，为北京市网络文学发展带来空前机遇。北京相关管理部门对网络文学发展也给予高度重视，推出一系列政策举措，着力打造网络文学重镇。特别是 2017 年、2018 年以“网络正能量、文学新高峰”为主题的两届中国“网络文学＋”大会接连成功举办，为网络文学发展树立了里程碑，吹响了北京乃至全国网络文学升级发展的号角。大会推动网络文学在内容层面上提质创新，在渠道层面上导向引领，在产业层面上融合发展，为行业互通融合搭建了有益平台，在网络文学精品生产、精品传播与转化，以及精品阅读上发挥了有力的引导和带动作用。在某种程度上，可以说北京网络文学的发展状态是中国网络文学发展情况的集中缩影，与此同时，北京网络文学又呈现出独具北京风貌的特色，总体呈现出总量大、作品优、效益佳等特点，在抓导向、出精品、促融合等方面走在全国前列，积极引领和带动着全国网络文学发展。

时至今日，网络文学已翩然走过二十年，这既是网络文学发展的重要节点，也是新的起点。步入新时代，北京网络文学发展要继续以习近平新时代中国特色社会主义思想为指引，秉持新时代的文化自觉与文化担当，不忘初心，砥砺前行，肩负起繁荣社会主义文艺、推进北京文化中心建设有生力量的重要使命，树立正确的历史观、民族观、国家观、文化观，创作出更多思想性、艺术性、可读性有机统一的健康优质的网络文艺作品，用更多有筋骨、有道德、有温度的作品回馈时代、回馈人民。

目 录

Ⅰ 总报告

Ⅱ 专题报告——北京重点网络文学企业案例分析

Ⅲ 附录

总 报 告

迈向新时代的网络文学

——2017～2018 年北京网络文学发展报告

以 1998 年台湾作家蔡智恒的《第一次的亲密接触》为起点，2018 年是中国网络文学发展的第二十个年头。二十年来，中国网络文学从青涩步入成熟，从小众走向大众，凭借着其旺盛的生命力、想象力与感染力，成为社会主义文艺百花园中一道亮丽的风景线，在满足人民群众精神文化需求、推动文化产业与文化事业蓬勃发展方面发挥着日益重要的作用，成为当代文学体系的重要构成和人民文化消费的重要方式之一。北京是网络文学企业的重要聚集地，也是当之无愧的中国网络文学重镇。北京网络文学发展整体呈现总量大、作品优、效益佳的特点，在抓导向、出精品、促融合等方面走在全国前列，积极引领和带动着全国网络文学发展。在建设全国文化中心的战略部署下，北京网络文学迎来了空前发展机遇，也肩负起更加重要的使命。

一 北京网络文学发展环境

任何行业发展都要面对外部环境，外部环境的变化为行业发展带来潜移默化的深入影响。影响行业发展的环境因素主要包括政策、经济、社会和技术等。当下，包括网络文学在内的网络文艺的发展受到国家和相关管理部门的高度重视，北京将网络文学视为构建全国文化中心的有力抓手，实施多番举措，不断完善网络文学相关政策体系；经济环境稳中向好，文化产业在经济发展中发挥的作用日益凸显，已成为北京的支柱型产业；北京文化消费综合水平领先全国；技术发展日新月异，科技与文化融合渐趋深入。这些都为北京网络文学的发展营造了良好的环境。

（一）政策环境：网络文学相关政策体系日臻完备

1. 习近平总书记系列重要讲话为网络文学发展指明方向

2014 年 10 月 15 日，习近平总书记在文艺工作座谈会上发表重要讲话，明确提出要抓好网络文艺发展，要让网络作家成为繁荣社会主义文艺的一支重要力量。这一重要讲话将包括网络文学在内的网络文艺的地位上升至新的高度。2016 年习近平总书记在中国文学艺术界联合会第十次全国代表大会、中国作家协会第九次全国代表大会开幕式上的讲话，面向全体文艺工作者提出“坚定文化自信，用文艺振奋民族精神；坚持服务人民，用积极的文艺歌颂人民；勇于创新创造，用精湛的艺术推动文化创新发展；坚守艺术理想，用高尚的文艺引领社会风尚”四点要求，再次为包括网络作者在内的广大文艺工作者指明了前行的方向。2017 年 10 月 18 日，习近平总书记在中国共产党第十九次全国代表大会报告中提出，加强互联网内容建设，为新时代文化创作和文化创新、文化产业和文化事业发展提出了更高要求。2016 年和 2018 年，习近平总书记在全国网络安全和信息化工作座谈会上发表的讲话，站在网络强国建设的高度，对网络文化建设和网信事业发展提出了新要求，对网络文学发展同样具有重要指导意义。

2. 党中央和国务院加快推进网络文学规划部署

十八大以来，党中央和国务院对文化产业，特别是新兴文化业态的发展给予高度重视，相关政策密集出台。而在陆续出台的多个政策中，要大力发展网络文艺被频繁提及。这为网络文学的发展提供了有利的发展环境。

2015年9月11日，中共中央政治局会议审议通过了《关于繁荣发展社会主义文艺的意见》，提出要大力发展网络文艺，做到“建设和发展、管理、引导并重”，实施网络文艺精品创作和传播计划，鼓励优秀网络原创作品的创作与传播。该意见对中国网络文学的发展和管理做出了重要指示。习近平总书记的重要讲话精神和《关于繁荣发展社会主义文艺的意见》被视为网络文学发展的重要纲领，网络文学的发展从政策层面上翻开了新的篇章。2016年3月，《中华人民共和国国民经济和社会发展第十三个五年规划纲要》正式颁布，在规划纲要中首次提及“数字创意”，将其纳入国家战略性新兴产业。同时，在纲要的第十六篇“加强社会主义精神文明建设”中，提出要加强网络文化建设，实施网络内容建设工程。强调“大力发展网络文艺，丰富网络文化的内涵，推出积极向上的优秀网络原创作品，强化运营主体的社会责任”。2016年11月，国务院印发《“十三五”国家战略性新兴产业发展规划》，把“数字创意”纳入五个战略性新兴产业之一，要将其打造成产值规模10万亿元级的新型支柱产业，使其成为我国经济发展的新增长点，并提出实施“数字内容创新工程”，提高数字创意内容产品原创水平，提高网络文学等文艺类型的文化品位和市场价值。2017年5月，中共中央办公厅、国务院办公厅印发《国家“十三五”时期文化发展改革规划纲要》，同样明确提出要“发展网络文艺”，要加强网络文化产品的创作生产，加大对网络文艺的引导力度。2017年8月，国务院为推进供给侧改革，满足多层次多样化消费需求，以“补短板、提质量、促创新、优环境”为着力点，推进信息消费新需求的有效供给，出台了《关于进一步扩大和升级信息消费持续释放内需潜力的指导意见》，再次提出丰富数字创意内容和服务，拓展网络文学等数字文化内容。由此可见，网络文学不仅成为推进我国文化产业发展的重要新生力量，也成为促进消费升级的有力支点。

3. 主管部门相关政策引导网络文学健康发展

网络文学已成为主管部门引导与管理的重点关注领域。2014年12月，国家新闻出版广电总局出台《关于推动网络文学健康发展的指导意见》，这是主管部门针对网络文学行业出台的第一个专门性政策文件，对网络文学发展做出了方向性指引和重点部署，是中国网络文学在主流化和规范化发展道路上迈出的坚实一步。2016 年 2 月，国家新闻出版广电总局、工业和信息化部联合颁布《网络出版服务管理规定》，明确要求从2016 年3 月10 日起，企业若要从事网络出版服务，须依法经出版行政主管部门批准，取得网络出版服务许可证，许可证有效期限定为5 年。因此，从事网络文学的出版和传播的出版机构，需经由出版行政部门批准，取得网络出版服务许可证。2016 年11 月，国家版权局发布《关于加强网络文学作品版权管理的通知》，是对解决我国网络文学版权保护工作所存在的瓶颈问题的一次有力突破，对规范网络文学版权秩序具有重要意义，也表明了主管部门对网络文学版权保护工作的高度重视。2017 年6 月，国家新闻出版广电总局印发《网络文学出版服务单位社会效益评估试行办法》，提出对运营原创网络文学网站和网络文学阅读平台的单位实施社会效益评估，这对网络文学内容供给提出了更高要求，网络文学企业要始终把社会效益放在首位，实现社会效益和经济效益相统一，该办法的出台对网络文学的精品生产与传播给予了有益引导。同时，在主管部门先后出台的新闻出版、数字出版、全民阅读、版权工作等多项规划文件中，均在不同程度和不同层面上涉及网络文学。《新闻出版广播影视“十三五”时期发展规划》提出加强创作引导，提高内容生产和创新能力；在国家重大出版项目专栏中列入网络文学精品出版工程；2016 年12 月，我国首个国家级全民阅读规划《全民阅读“十三五”时期发展规划》发布，提出实施网络文艺精品创作和传播计划，加强网络文学出版传播的管理和引导。

4. 北京市相关举措构建网络文学良性发展空间

北京积极推进全国文化中心建设，为北京网络文学发展带来空前机遇。2016 年6 月，北京市人民政府发布《北京市“十三五”时期加强全国文化中心建设规划》，其中提出：攀登文学艺术高峰，推出体现时代精神、首都水准、北京特色的精品力作。落实中央关于繁荣发展社会主义文艺的意见，坚持“二为”方向和“双百”方针，尊重文艺创作规律，把创作生产优秀作品作为中心环节，把思想精深、艺术精湛、制作精良作为精品创作生产标准，创作更多反映社会主义核心价值观、经得起历史和人民检验的重大主题精品力作，实现从“高原”到“高峰”的突破。科学把握时代主题和创作导向，抓住重大题材和重要节点，做好文艺创作规划，形成全国文艺创作的晴雨表。重点支持文学、影视剧等创作，在文艺各领域推出一批优秀文化作品。组织实施以“中国梦”为主题的文艺创作活动，用生动的艺术形象展现中国精神的丰富内涵。结合建党95周年、长征胜利80周年、建军90周年、国庆70周年等重大纪念日、节庆日加强爱国主义题材和重大革命历史题材作品创作，围绕京津冀协同发展等重大战略组织现实题材创作，聚焦文艺作品思想高度、艺术品质和呈现效果，推出一批有筋骨、有道德、有温度、艺术震撼力强的大作力作。加大对文学、剧本、词曲、作品等原创性、基础性环节的扶持力度，注重富有个性化的创造，提高文艺原创能力和集成创新能力。并特别提出，按照“重在建设和发展、管理、引导并重”的方针，大力发展网络文艺，推动网络文学等新兴文艺类型繁荣有序发展，促进传统文艺与网络文艺创新性融合。

全国文化中心是北京“四个中心”城市战略定位之一。为加快推进全国文化中心建设，北京市成立了全国文化中心建设领导小组，由市委书记、市长挂帅。这既为包括网络文学在内的文艺事业和文化产业发展提供了重大契机，也提出了新的时代课题。为推进全国文化中心建设，贯彻落实习近平总书记文艺工作座谈会重要讲话精神，适应网络文学发展新形势，北京市已成功举办了2017年和2018年两届中国“网络文学+”大会，为中国网络文学发展树立了里程碑，引起各界的广泛关注与热烈反响。2017年8月11日至13日，首届中国“网络文学+”大会在北京隆重召开，大会以“网络正能量、文学新高峰”为主题，有关专家学者、知名网络文学企业负责人和网络文学作者共500余人参加开幕式。大会期间，由网络文学企业和网络文学作者代表共同发起了《中国“网络文学+”大会北京倡议书》；宣布《盛唐烟云》《追逐太阳的男人》《第三重人格》等17部作品入选北京市新闻出版广电局“2017年向读者推荐的优秀网络文学原创作品”名单；中共北京市委宣传部、北京市新闻出版广电局认真贯彻落实习近平总书记重要指示精神，鼓励引导网络文学企业以大力传承、阐释大运河文化为主题，启动作品征集活动，计划重点培育孵化一批大运河文化题材文学作品，并向影视、动漫、游戏等领域转化，积极打造大运河文化精品 IP。掌阅科技、中文在线、点众科技、凤凰互娱、铁血网 5 家网络文学企业响应号召，在大会现场宣布启动大运河文化带网络文学作品征集活动，鼓励广大网络文学作家围绕大运河文化题材积极策划选题，创作优秀作品。2018 年 9 月 14 日至 9 月 16 日，第二届中国“网络文学 +”大会召开，继续以“网络正能量，文学新高峰”为主题。在大会期间，发布了由原国家新闻出版广电总局指导部署，行业研究机构深入研究推出的《2017 年中国网络文学发展报告》；大会组委会组织“中国网络文学二十年系列评审”，在大会上发布了影响和推动中国网络文学发展历程的“二十件大事”“二十部优质 IP 作品”“二十个关键词”，向公众全面展示网络文学取得的重要成就，突出反映党的十八大以来网络文学行业繁荣发展的新成果；北京市新闻出版广电局在大会上发布了“2018 年向读者推荐的 21 部优秀网络文学原创作品”名单，《运河造船记》、《一路走过：改革开放 40 年纪实》和《大明长城风云》等一批聚焦纪念改革开放 40 年和全国文化中心建设的现实题材作品入选，并在与会领导和业内人士的见证下，举行了优秀 IP 的颁奖仪式和签约仪式。此外，在第二届大会举办之前，大会组委会组织了两场“传统文学 VS 网络文学六家谈”和三场网络文学 IP 路演活动。相较于首届大会，第二届大会的权威性、高端性、融合性和功能性进一步提升，行业影响力和辐射力进一步增强，在抓导向、推精品、促融合等方面为行业树立了有益标杆。中国“网络文学 +”大会的举办，是北京顺势而为、乘势而上，打造网络文学产业集群，巩固北京网络文学重镇优势地位，构建网络文学发展生态圈，促进网络文学精品化、高端化发展，推进社会主义文艺繁荣发展的一项重要举措。大会有力推动了网络文学在内容层面上提质创新，在渠道层面上导向引领，在产业层面上融合发展，为行业互通融合搭建了有益平台，在网络文学精品生产、精品传播与转化，以及精品阅读方面发挥了有力的引导和带动作用，推进网络文学在北京全国文化中心建设中创作出浓墨重彩的画卷。

2018 年 6 月，中共北京市委、北京市人民政府发布《关于推进文化创意产业创新发展的意见》，提出充分发挥北京文脉底蕴深厚和文化资源集聚优势，激发优秀传统文化的创造性转化和创新性发展；推进文化创意和设计服务与相关产业深度融合，增强文化创意产业渗透力、辐射力和带动力；坚持高端引领、创新驱动；聚焦文化创意产业高端方向、高端领域、高端环节，推动文化创意产业结构升级、业态创新、链条优化，依靠创新驱动形成文化发展新优势；拓展网络和新媒体业务，发展网络文学、网络音乐、网络剧、网络电影等新业态。该意见为北京地区包括网络文学在内的文化创意产业的发展指明了方向。

（二）经济环境：数字经济成为我国经济发展的新引擎，文化产业已成为北京的支柱型产业

2017 年，中国经济不仅实现了量的增长，更实现了质的跨越，持续稳中向好的积极局面。《中华人民共和国 2017 年国民经济和社会发展统计公报》显示，2017 年我国国内生产总值首次超过 80 万亿元，达到 82.7 万亿元。GDP 增长率为 6.9%，实现了自 2010 年以来的首次回升。中国作为世界第二大经济体的地位进一步稳固。2017 年，我国经济结构进一步优化，在高质量发展上迈出一大步。新动能新产业驱动经济升级，全年规模以上战略性新兴产业增加值比上一年增长 11.0%；高技术制造业增加值增长 13.4%，战略性新兴服务业营收达 4.12 万亿元，比上一年增长 17.3%；软件和信息技术服务业完成软件业务收入 55037 亿元，比上年增长 13.9%。[①] 习近平总书记在中国共产党第十九次全国代表大会报告中对当前中国的经济新形势做出判断：我国经济已由高速增长阶段转向高质量发展阶段。以互联网为依托、数据资源为核心要素、信息技术为内生动力、融合创新为典型特征的数字经济作为一种新的经济形态，正在成为我国转型升级的新动能和推动新常态下国民经济发展的新引擎，在扩展新的经济发展空间、促进经济可持续发展、

① 《中华人民共和国 2017 年国民经济和社会发展统计公报》，中国政府网，http：//www.gov.cn/xinwen/2018－02/28/content_ 5269506.htm。

推进供给侧改革、推动传统产业转型升级、融合创新等方面发挥重要作用。

2017年，数字经济作为中国经济发展新引擎的拉动作用日益凸显，持续创造发展红利。2017年我国数字经济总量达到27.2万亿元，占GDP比重达到32.9%。数字经济对GDP的贡献率为55%，接近甚至超越了某些发达国家的水平。[①] 据统计，2017年1月至11月，规模以上服务业企业中互联网信息服务行业、数字内容服务行业、信息技术咨询服务行业、数据处理和存储服务行业的营业收入同比增长分别为43.3%、34.0%、37.5%和43.6%。[②] 在数字经济推动下，我国消费水平持续升级。2017年我国移动支付交易规模超过81万亿元，位居世界首位；全国网上零售额达7.18万亿元，同比增长32.2%，较社会消费品零售总额增速高20多个百分点。

在全国经济发展的大背景下，北京市文化创意产业发展迅速，已成为北京经济的支柱型产业。2017年，以新产业、新业态和新商业模式为代表的新经济快速成长，全市新经济实现增加值9085.6亿元，占全市地区生产总值的比重为32.4%。国家统计局数据显示，2017年北京市文化产业实现增加值2700.4亿元，是2004年的7倍，13年间年均增长16.1%，占GDP比重为9.6%，居全国首位；全市文化创意产业实现增加值3908.8亿元，按现价计算，比上年增长9.2%，占全市地区生产总值的14%。其中，旅游休闲娱乐、设计服务、软件网络及计算机服务三个领域增长较快，增速均达到12%以上。[③] 2017年，北京市规模以上文化产业法人单位达4400余家，从业人员超60万人，营业收入合计超过1万亿元，资产规模达16260亿元。

（三）技术环境：北京文化与科技融合的创新环境逐步构建

科技发展是社会进步和产业革新的重要驱动力。在过去的300多年里，

---

① 《2017年数字经济总量达27.2万亿　对GDP贡献率为55%》，网易财经，http：//money.163.com/18/0517/09/DI0HEL0800258105.html。

② 《2017年中国经济质量高，信息通信业又立功了》，人民网通信频道，http：//tc.people.com.cn/n1/2018/0123/c183008-29780879.html。

③ 《全市新经济GDP占比升至32.4%　“高精尖”引领工业发展》，北京市政务门户网站，http：//www.beijing.gov.cn/lqfw/gggs/t1508970.htm。

人类社会所经历的历次重大革命都沿袭着一个规律：现有产业+新技术=新产业。当前，人类社会正处于新一轮技术革命之中，信息技术、移动通信技术的广泛普及，终端技术的频繁迭代，大数据、人工智能、物联网技术的发展与应用让人类社会步入智能时代，智能革命一次又一次颠覆人们的认知，把想象化为现实，人与人、人与互联网、互联网与产业乃至产业与产业之间的连接更加紧密，而科学技术从未像现今这样给人们的生活方式和生产方式带来如此深刻的影响。

移动通信技术已经经历了几轮发展变迁。从最初的模拟技术，到2G时代实现了语音的数字化，3G时代实现了多媒体通信，4G引领人们步入了无线宽带时代，从3G技术的成熟，到4G技术的发展与日渐普及，移动通信技术的不断迭代升级使网络环境日趋优化，大大提高了信息传播的速度和质量，降低了网络应用成本，让移动互联网成为人们传播和获取信息的主要渠道。而移动通信技术的发展，也在不断推动移动智能终端和移动应用软件的升级换代。

智能机器人AlphaGo在比赛中大胜当时世界排名第一的围棋名将柯洁，让人工智能技术为世人皆知。当前，人工智能已逐渐应用于工业制造、农业、医疗、教育、金融等多个领域，其应用场景和应用范围正在不断拓展，正在对人们的生活和生产产生潜移默化却又意义深远的影响。人工智能重塑信息传播流程与生产方式，在新闻出版、数字娱乐等领域的应用不断深入，将对数字内容产业带来深远影响。如语音录入代替人工录入，提高写稿效率，目前的语音识别技术，无论是在响应速度还是在识别准确率方面都达到了较高水平；机器也可协助作者或编辑进行稿件校对，凭借人工智能与大数据技术，作者或编辑可实现对用户需求的精准预测，定制化策划和写作成为可能。

2016年以来，北京市在文化与科技融合方面取得显著突破，文化与科技融合的环境逐步完善。北京具有全国领先的计算机网络技术、通信技术、移动互联网、云计算、智能化技术等。科技的有力支撑，为北京市文化资源的利用和文化产业的融合发展提供了充足条件。随着技术、资本、人才、政策等创新要素不断整合集聚，文化科技新兴业态和小微企业不断孵化并发展壮大，北京市出现了一批文化科技细分行业特色企业。截至2016年底，全市文化领域高新技术企业有3047家，约占全国总数的1/5，文化领域孵化器、众创空间、大学科技园109家，占全国总数的34.7%；截至2017年底，全市共有众创空间、孵化器、加速器、大学科技园等各类双创服务机构400余家，总面积超600万平方米，累计服务企业及团队逾3万家。截至2017年12月，中国网络信息独角兽企业总数为77家，其中北京企业就有32家，占比为41.6%。中关村作为我国第一个国家级高新技术产业开发区，是我国文化、科技、金融等领域创新最为密集的区域。在北京市科技创新、文化创新“双轮驱动”战略指导下，中关村核心区在文化与科技协同创新方面取得了显著成绩，经过多年发展，已形成了包括海淀园、昌平园、顺义园、大兴－亦庄园、房山园、通州园、东城园、西城园、朝阳园、丰台园、石景山园、门头沟园、平谷园、怀柔园、密云园、延庆园共16园的“一区多园”发展格局。

与此同时，北京市积极推进文化科技融合，为各种融合类新业态、新项目提供展示平台。如由北京市国有文化资产监督管理办公室主办的“科博会首都文化科技融合发展成果展”，重点展示虚拟现实、大数据等关键技术及典型应用，项目涵盖创意设计、动漫、游戏、移动互联网、数字内容等多个文化科技融合类产业；中关村数字文化节从2016年起，已连续举办两届，其间“数字文化大会”“数字科技嘉年华”“数字英雄榜”等系列活动均引起较大反响。

（四）社会环境：北京文化消费综合水平全国领先

社会环境主要包括一个国家或地区的人口状况、生活方式、文化传统、价值观念等，这些因素对该国家或地区的社会需求和消费有着重要影响。文化产业发展的根本目的是满足人民日益增长的精神文化需求，因此社会环境是影响一个国家文化产业发展的重要因素。习近平总书记在党的十九大报告中指出，我国社会的主要矛盾已经转为人民日益增长的美好生活需要和不平衡不充分的发展之间的矛盾。当前，我国实现全面建成小康社会指日可待，人民群众无论在物质层面还是精神层面都有了更高的要求。

随着互联网和移动互联网的迅猛发展，人们获取信息的方式和习惯发生较大转变，对数字内容的需求日益旺盛。中国互联网络信息中心（CNNIC）发布的最新报告显示，截至2018年6月，我国网民规模突破8亿，达到8.02亿，互联网普及率达到57.7%。其中，手机网民规模达7.88亿。截至2018年6月，网络文学用户规模突破4亿，达到4.06亿，网民使用率为50.6%。意味着每两名网民中，就有一名为网络文学读者。其中，手机网络文学用户规模为3.81亿，网民使用率为48.6%。[①] 随着人们生活水平的不断提升，大众对精神文化的需求也日益提升，全民阅读工作得以蓬勃开展。中国新闻出版研究院第十五次全国国民阅读调查数据显示，2017年我国成年国民综合阅读率为80.3%。特别需要强调的是，人们对包括网络文学在内的数字阅读需求日益旺盛。数字阅读率连续九年保持增长，2017年达到73%，手机阅读率则达到71%，同样也实现了连续九年的增长。我国国民每天接触新兴媒介的时长有着不同程度的增长，手机的接触时长增长显著，达到了80.43分钟；人均每天微信阅读时长为27.02分钟；我国有互联网接触行为的成年居民中，有21.7%的成年人会阅读网络书籍和报刊。2017年，我国成年数字化阅读方式接触者中，49周岁以下人群占比超过八成，其中18~29岁的年轻群体占比最高，达到34.6%。2017年，有声阅读成为国民阅读新的增长点，我国有两成以上的国民有听书习惯。

北京市文化消费综合水平领先全国。2016年，全市居民家庭人均教育、文化和娱乐支出3687元，同比增长1.4%，在人均消费支出构成中占比10.4%；农村居民家庭人均教育、文化和娱乐支出增幅较大，同比增长17.2%。北京文化消费总体规模从2005年的302.2亿元上升至2016年的817.7亿元，10年间增加了170.5%，文化消费环境持续优化，居民的文化

---

① 《第42次〈中国互联网络发展状况统计报告〉（全文）》，中共中央网络安全和信息化委员会办公室官网，http://www.cac.gov.cn/2018-08/20/c_1123296882.htm。

消费意愿及满意度不断提高，文化消费列居全市服务性消费前三位。中国人民大学发布的“中国省市文化产业发展指数（2017）”和“中国文化消费发展指数（2017）”显示，北京的文化产业综合指数和文化消费指数排名均位列全国第一。

北京市全民阅读工作深入推进，阅读水平居于全国领先水平。北京阅读季是北京推进全民阅读、构建书香京城的重要抓手和主要载体，截至2018年北京阅读季已连续举办8年。8年来，北京阅读季致力于“联结社会力量，创变阅读价值”，凝聚社会各界资源，共同构建富有首都特色的全民阅读“北京模式”，搭建服务于北京全民阅读的引导平台、资源平台、活动平台、宣传平台、支撑平台和培育平台，为北京阅读环境的持续优化做出重要贡献。2018年北京阅读季上发布了《2017～2018年度北京市全民阅读综合评估报告》。该报告显示，北京居民日均阅读时长为119.46分钟，综合阅读率为93.48%，高于全国平均水平13.18个百分点。其中，数字阅读时长达到90.95分钟，纸质书阅读时长为28.51分钟，数字阅读率接近90%，达到89.11%，高于全国平均水平16.11个百分点。由此可见，数字阅读已成为北京居民的主流阅读方式。值得一提的是，听书成为北京居民阅读新方式，人均在线听书时长达到30.19分钟，年人均用于听书的花费达到174.98元。[①]

二　北京网络文学发展群像分析

北京市围绕全国文化中心建设战略部署，着力打造网络文学重镇，已成为网络文学企业和网络作者的重要聚集地。据了解，北京市网络文学企业数量占全国的2/3。其中，三家网络文学上市公司中的两家——中文在线和掌阅科技均落户北京。另一家上市企业——阅文集团，虽为非在京注册企业，

① 《〈2017—2018年度北京市全民阅读综合评估报告〉发布》，央广网，http：//www.cnr.cn/bj/jrbj/20181206/t20181206_524441579.shtml。

但同样在北京设有分支机构，办理其核心业务。同时，北京还汇集了纵横文学、点众科技、凤凰互娱、爱奇艺文学、铁血网、天下书盟、塔读文学等一批在全国范围内具有较大影响力且极具特色的网络文学企业。目前，北京地区网络文学的整体收入规模统计尚不完全，仅据中文在线和掌阅科技两家上市企业的财报，2017 年北京市网络文学的整体收入规模超过 20 亿元。[①] 同时，综合北京地区 20 家主要网络文学企业数据统计，2017 年北京拥有在线网络文学作品累计超过 800 万部，作者规模累计超过 500 万人。

（一）北京网络文学的地缘优势

“武王克殷反商，未及下车而封黄帝之后于蓟”，这段话载于《礼记·乐记》。“蓟”作为北京最早的称谓，是在西周初年出现分封制时分封的诸侯国国名，在公元前 1045 年便已出现。公元 1271 年，忽必烈建立元朝，次年定都燕京，称大都。此后的明清王朝也都将北京作为自己的首都。北京这座具有 3000 多年悠久历史的文化古都，在丰厚文化的滋养下成为一片文化沃土。北京网络文学植根于这片沃土，得以茁壮成长并独具特色。

1. 北京网络文学发展的地域优势

文化的发展状态以及不同的文化呈现出来的形态与地域风貌息息相关。范镇之《幽州赋》论述：“虎踞龙盘，形势雄伟。以今考之，是邦之地，左环沧海，右拥太行，北枕居庸，南襟河济，形胜甲于天下，诚天府之国也。”北京位于华北平原北端，北有山海关，东有天津，南邻保定，西接张家口，地势西北高，东南低。北京素有“北京湾”之称，缘于其“三面环山、形如海湾”的地理环境特征。北京西倚太行、北靠燕山，两座山脉的交汇，如围屏般将北京围合成一座弧形山湾，山区河流带来的肥沃土壤和丰

① 中文在线 2017 年财报显示，中文在线主营业务包括向手机、手持终端、互联网等媒体提供数字阅读产品；通过版权衍生产品等方式提供数字内容增值服务，包括 IP 运营及衍生开发；为教育机构提供教育服务；为数字出版和发行机构提供数字出版运营服务等。2017 年中文在线营业收入为 7. 17 亿元，其中教育行业收入为 1. 05 亿元，文化行业收入为 6. 12 亿元。掌阅科技 2017 年财报显示，2017 年掌阅科技总收入为 16. 67 亿元，其中数字阅读收入为 15. 68 亿元，版权产品收入为 0. 37 亿元，硬件产品 0. 54 亿元。

沛水源保障了山前平原的物产丰饶。[①] 同时，北京还是华北板块、东北板块以及西北板块三大地质板块的交汇处，紧邻东部沿海地区，可谓四通八达、海陆双通。北京优越的地理位置和独特地形，让其成为自古以来的交通要道和军事要塞，自然而然也成为中华文明的核心区域。自公元938年以来，北京先后成为辽陪都、金中都、元大都及明清都城，留下了丰富的文化遗产。

长城是我国重要的地理和文化标识。北京域内长城东起平谷，西至门头沟，途经北京6区，全长573公里。大运河由“京杭大运河”、“隋唐大运河”和“浙东运河”组成，是世界上最长的人工河流，2014年被列入《世界遗产名录》，是中国古代重要的漕运通道和经济命脉；北京段大运河由昌平至通州，其中玉河故道、澄清上闸等被列为世界遗产点段。西山，泛指京西南太行山余脉“大西山”和京西石景山八大处至香山及部分山前地带的“小西山”，涉及昌平、海淀、石景山、门头沟及西城等区域，“西山文化带”文化遗产十分丰富，有以清代“三山五园”为代表的皇家文化，以大觉寺、卧佛寺为代表的宗教文化，以妙峰山为代表的传统民俗文化，以景泰陵为代表的陵墓文化等。长城、运河、西山三个文化带，承载了北京这座古都的历史文脉，构建了北京历史文化景观与自然生态景观相结合的古都风貌，极大地丰富了北京的文化内涵。步入“十三五”时期，三个文化带又被赋予了新的时代使命，成为北京建设全国文化中心的重要抓手，也为网络文学提供了丰富的创作素材。

从古至今，北京都是文人墨客的汇聚地，过去，来北京参加科举考试的各地举人都是富有学识、志向远大的杰出人才；今天，北京作为首都，全国的政治中心、文化中心、国际交往中心、科技创新中心，凭借其极强的城市包容性，以及在政策、经济、资源等方面的突出优势，吸引着全国各地的优秀人才来此工作、生活，一展抱负，人才的汇聚，让各类文化在此传播、交融、碰撞，不断丰富着北京这座城市的文化内涵。

---

① 《北京湾、河北湾：谁把中国的“风水宝地”玩砸了》，中国国家地理官网，http://www.dili360.com/cng/article/p54dc5bcead6b451.htm。

2. 北京网络文学发展的文化优势

一个地区新文化形态的发端与发展，都植根于这座城市的传统文化基因，与这座城市的传统文化发展一脉相承。诸多影响中国近现代文学史进程的事件均发生在北京，众多文学大师都与北京这座古城有着不解之缘。距今约50万年前“北京人”的出现标志着北京历史的开始，经过漫长的历史发展，北京经历各种文明碰撞，发展出独具自身特色的文化色彩。作为几代帝都和新中国首都的北京也成为中国历史和中国文化的缩影，折射出中国悠久的文化发展历程。北京有着丰厚的文化底蕴，而文化作为北京的魅力之源，它的价值与地位正逐步凸显。

北京地区古称“燕”“蓟”“幽”，承载着数千年的华夏文明，有着恒久的魅力与独特的风格，在文学领域形成了具有北方特色的“幽燕文学”。北京地区早期的文学成果如吉光片羽散落在一些诗文选集、地方杂谈中，有着浓郁的苍凉豪放色彩。在魏晋南北朝时期，燕地战事频繁，政治动荡，魏晋时期的燕地文学既有曹植“捐躯赴国难，视死忽如归”的满腔热忱，又有西晋文坛领袖张华“动翼而逸，投足而安；委名顺理，与物无患”的怀才不遇却淡然看待之感，燕地的人文情怀、豪迈风气、地理风貌共同成就了魏晋时代的文学特色，成就了魏晋诗人的幽燕之咏。在唐代，大量的知识分子涌入当时的边地重镇幽州，许多文人志士渴望在战场上施展自己的才华与抱负，形成了幽州边塞诗人群落，他们在此地留下了许多千古佳句，赞颂边塞风光，抒发诗人们的北国之情。诗风或豪迈洒脱或悲壮凄凉，带着边塞特有的风情，颇有特色。李白、陈子昂、王之涣、孟浩然等唐代诗歌名家都创作了关于幽州的诗作。宋辽金时期，少数民族进入幽州地区，汉文化与少数民族文化相互影响，交汇融合，对北京地区文学演变带来重要影响。

大都（今北京）是元散曲的发祥地之一，聚集了关汉卿、马致远、白朴等文学名家。清代，中国文学巨匠曹雪芹在北京香山脚下创作的《红楼梦》，被视为中国古典小说巅峰之作。北京也是“五四”新文化运动的发祥地，这里孕育了一大批文学巨匠，包括鲁迅、茅盾、老舍、曹禺、郭沫若等，他们的创作中涌现了许多典型人物形象，如《骆驼祥子》中的祥子、《茶馆》中的王利发、《如意》中的金绮纹，组成了京城市井人物的风情画卷。改革开放以来，刘恒、石一枫等新一代作家成长起来，北京文学的现实主义队伍更加壮大，典型形象的创作为北京文学增添了一股新力量。

北京的文学有着极大的包容性，在自身地理环境、风土人情孕育出具有京味风格的文学的基础上，在与四邻异族的接触和交往中，随着西学东渐与中学西传，各种文化不断交流碰撞，丰富着北京文化的形式，促进了北京文学的多样性发展。

北京的文学历史反映了北京的发展脉络，北京的城市发展、街巷迁徙也都影响着北京文学的发展方向。一时代有一时代之文学，文学反映着时代的发展。北京的网络文学承载着北京浓厚的文化内涵，以全新的形式，开启北京文学发展的新篇章。

（二）北京网络文学作者群像分析①

当前的网络文学之所以能发展成为文学界的生力军，是广大网络文学作者集体努力的结果。在主流文学的殿堂上，已经有一批颇具影响力的网络作者占有一席之地，代表了网络新生代的形象和影响力，给网络文学市场带来蓬勃发展的气象。北京地区网络文学可被视为中国网络文学发展的缩影，与此同时，由于政策、经济、文化、科技等环境因素的作用，又呈现出北京自己的发展特色。

1. 网络文学作者年轻化特征明显

20 岁到 35 岁是人生最好的时间，有数百万处于该年龄段的青壮年作者投入到网络文学创作中来，这足以说明网络文学的特点，即青春、热血、精力充沛、充满想象力。根据图 1 调查数据可知，北京地区 20 家主要网络文学企业中有 81.89% 的作者在 35 岁以下，他们代表了北京网络文学的主创力量。

---

① 本部分数据来源于 2018 年中国新闻出版研究院针对北京市 20 家主要网络文学企业进行的调查。

调查也发现，有小部分 50 岁以上的作者也积极投入到网络文学创作中，这一发现令人惊喜。这代表着网络文学圈在扩展，开始吸引中老年人的注意力，他们的参与将给网络文学带来沉静的写作风格和更多岁月沉淀的力量。

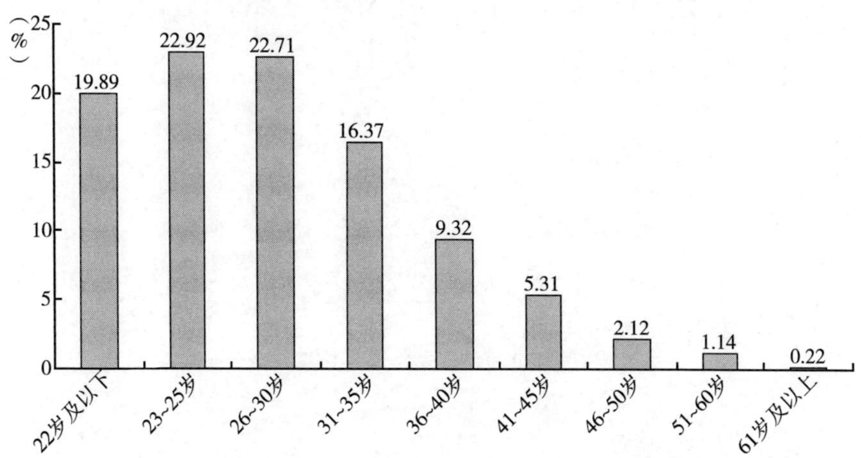

图 1　2018 年北京地区网络文学作者年龄分布

2. 男女作者并驾齐驱

根据数据统计，北京地区 20 家主要网络文学企业旗下男女作者占全体作者的比例分别为 51. 35% 和 48. 65%，这是一个相当平均的比例，说明在网络文学的世界里，男女作者比例相当，分别以不同的文风渲染网络文学的天地，为网络文学的题材多样性和发展均衡性提供了条件。

3. 三线城市作者异军突起

在对北京地区 20 家主要网络文学企业旗下作者进行地域分析时，数据显示来自三线城市的作者占比达到 44. 11%，远远大于一线或二线城市作者数（见图 2）。在传统印象中，一、二线城市都市文化更为发达，年轻人较为集中，新兴产业和创意产业更为发达，但从网络文学作者的地域分布情况来看，来自三线城市的作者几乎占据了全体作者的一半。可见，三线城市的慢节奏生活更适合网络文学作者创作，三线城市成为网络文学作者比较理想的生活、工作区域。

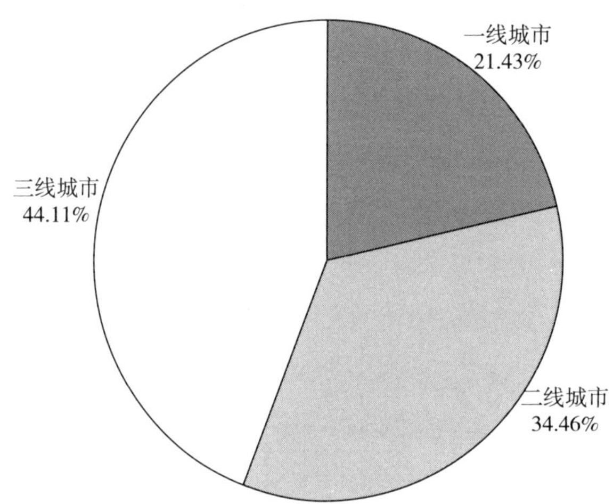

图2　2018年北京地区网络文学作者地域分布

4. 新作者成长迅速

在对网络作者笔龄进行分析比较后发现，北京地区20家主要网络文学企业旗下72.25%的作者笔龄在5年以内（见图3）。相对于网络文学从兴起到现在20年的发展历程来讲，作者笔龄普遍较短。造成这一现象的原因在于，网络文学作者职业化程度不高，流动性较大，不断有大批作者流出这一行业，也不断有新鲜血液加入进来。

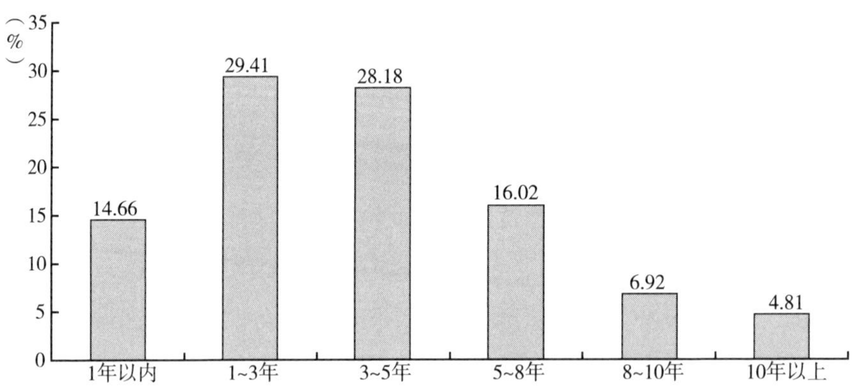

图3　2018年北京地区网络文学作者笔龄分布

这种人才流动频繁的状况，对普通创意产业来说，是正常的且属于良性发展，但是对于文学创作来讲，这种现象不利于作者的经验积累和知识沉淀，反映在文风上，就会显得普遍较为轻快、娱乐化，文笔不够老道、思想性不够厚重。留住网络文学作家，为更多的网络文学作家创造职业写作的条件，是产业长期良性发展的必由之路。

5. 都市白领创作热情较高

根据对北京地区 20 家主要网络文学企业的调查，网络文学作者中，企业员工、个体经营者、自由职业者、学生这四类人群占据 82.32%（见图 4），这基本代表了网络文学作者的职业面貌。这些人群有两个重要特点：年轻、时间比较自由。活跃的创新思维和相对自由的时间安排有利于从事网络文学创作。

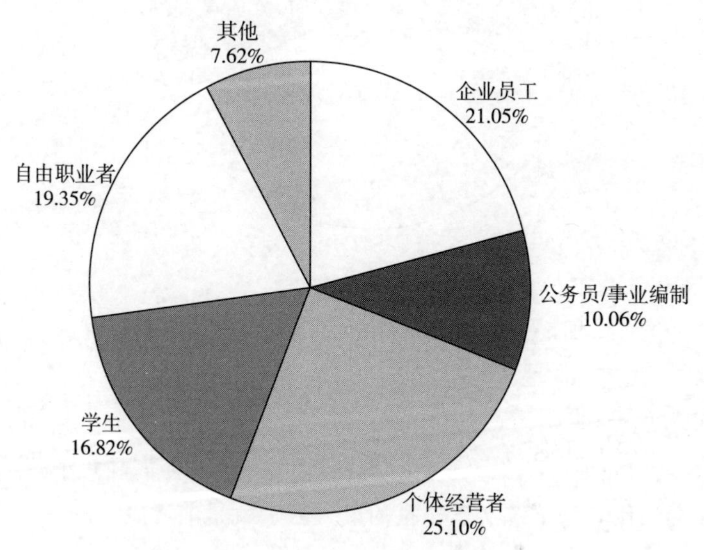

图 4　2018 年北京地区网络文学作者职业分布

6. 作者职业化水平较高

据统计，目前北京地区 20 家主要网络文学企业中，全职网络文学作者比例平均达到32.01%，职业化水平较高，接近1/3的网络文学作者将创作作为自己的职业，这是网络文学产业平稳发展最基础也是最可靠的保障。另一个现象是，企业旗下签约作者占比达到了69.62%（见图5）。签约作者具有一定读者基础且写作水平比较高，这部分作者是网络文学作者的主要力量，他们的创作水平代表了网络文学的水平，这部分作者人数占比达到了近七成，这说明北京网络文学作者整体创作水平较高。

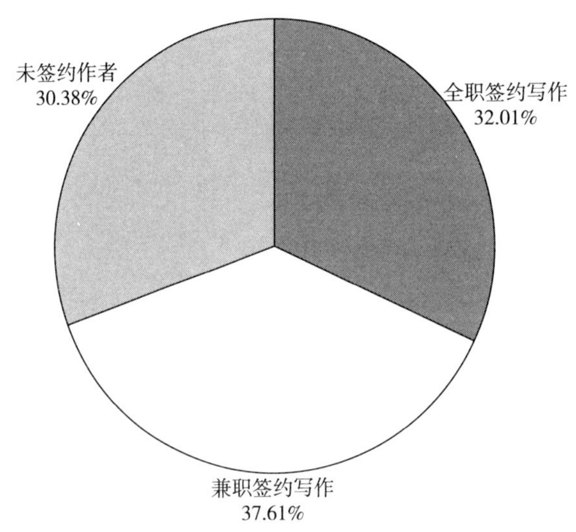

图5　2018年北京地区网络文学作者签约情况

7. 创作能力较强

作者的勤奋创作是网络文学繁荣的保证，也是维护和扩展读者群的关键，网络文学作者与传统文学作家的最大区别就是前者庞大的更新量且会根据读者喜好调整创作方向。网络文学作者的核心群体是精力充沛、血气方刚的年轻人，他们不仅有新鲜的创意，还有强大的写作能力。网络文学作品是市场化的文化产品，读者需求是作者收入和发展的保证，创作对读者具有持续吸引力和新鲜感的作品是每位作者的使命，不间断的更新是维护和发展读者群最基本的手段。

从图6中的数据可以看到，北京地区20家主要网络文学企业中，有62.74%的作者保持每日两更及以上。

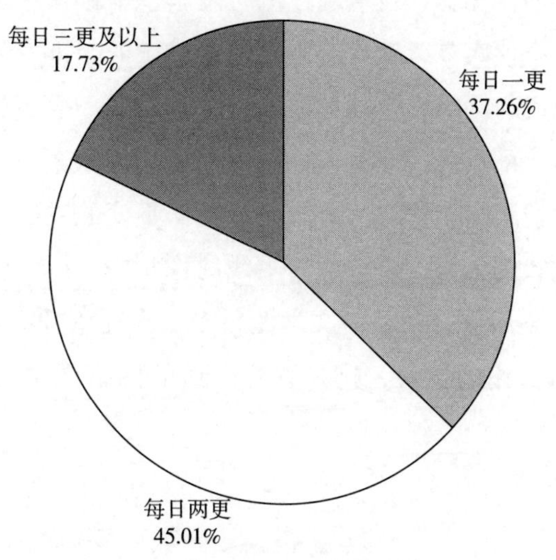

图6　2018年北京地区网络文学作者日均更新情况

（三）北京网络文学作品群像分析①

1. 现实题材占据半壁江山

网络文学创作与作家群体特点和读者喜好密切相关。作家群体具有年轻、创新意识强等特点，而读者群的碎片化阅读消费习惯和休闲娱乐阅读取向决定了网络文学创作偏向于休闲、幻想、言情等主题。

根据北京地区20家主要网络文学企业旗下作者作品发布情况，可以比较清晰地观察到网络文学主流题材分布。由于各个企业的网站特色和侧重点不同，对作品题材的类别划分也有细微差别，故课题组将作品题材综合划分为五个大类进行数据分析与对比。其中，现代都市生活与现代言情类

① 本部分数据来源于2018年中国新闻出版研究院针对北京市20家主要网络文学企业进行的调查。

题材占据网络文学多半个题材版图，这类小说贴近都市白领生活，正是网络文学作者青春生活的直接反映，也是网络文学读者乐于阅读的题材。其次较多的是玄幻仙侠题材，自从现代流行文学中的武侠小说风行后，每个年轻人都有了一个侠客梦，在武侠小说逐渐式微的当下，充满玄奇和幻想色彩的仙侠小说成为网络文学创作的一个重要题材。很多著名的网络文学作家如唐家三少、乱世狂刀、梦入神机等，皆以创作玄幻仙侠类小说起家并持续专注于此类题材创作。言情是文学创作不变的主题，爱情是绝大部分小说中不可或缺的元素，以言情为主线的作品中，可将古代言情、现代言情题材分为一类，它们在网络文学题材中占比达到 39.44%。近四成的作品将爱情作为小说的主线，这是青春热血的网络文学的重要特点之一（见图 7）。

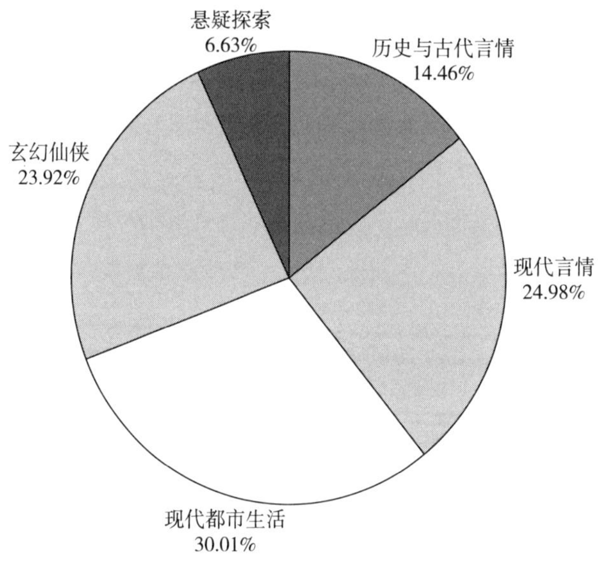

图 7　2018 年北京地区网络文学作品题材分布

2. 作品篇幅以长篇为主

在大众的传统印象中，写一本书进而出版一本书需要作者具备出类拔萃的才情，且要花费其很多精力才能实现。但是，网络文学的异军突起使文学创作的门槛大大降低，网络文学长篇写作，更新快速，带给大众一种全新的文学形态，也颠覆了传统文学对创作效率的想象。

据对北京地区 20 家主要网络文学企业旗下作者作品篇幅的调查可知，超过 30 万字的作品占总量的 73.55%，其中超过 90 万字的作品，占总量的 34.62%（见图 8）。这两个数据充分说明了网络文学作品的特点，即篇幅较长，超长篇作品亦不鲜见。在传统文学视野中，超过 10 万字的小说已经可以归为长篇小说之列了，而在网络文学视野中，低于 30 万字的作品，篇幅都不算长。

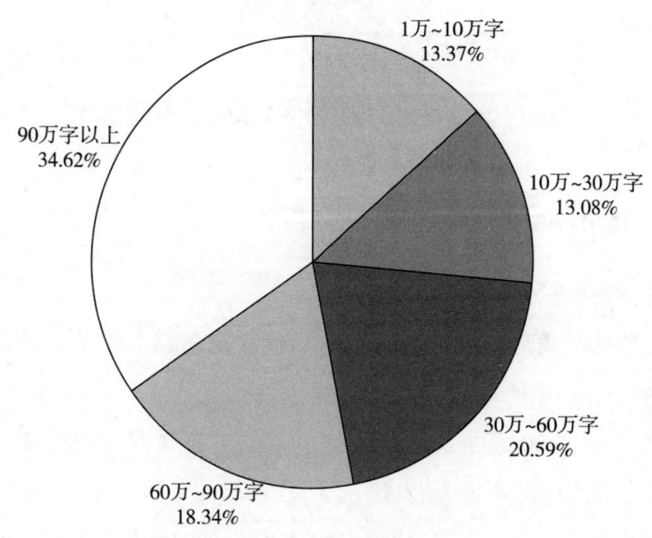

图 8　2018 年北京地区网络文学作品篇幅情况

3. 创作周期多在一年以上

根据图 9 调查数据统计，超长篇作品是网络文学作品的主流，与之相对应的，作者的创作周期也会相应拉长。在网络文学作品创作周期方面，作者平均日更 6000 字左右，创作周期 1 年以上的占 31.27%。可见，虽然网络文学作者普遍更新速度快，创作效率高，但要完成超长篇作品的创作，还是需要足够的时间。

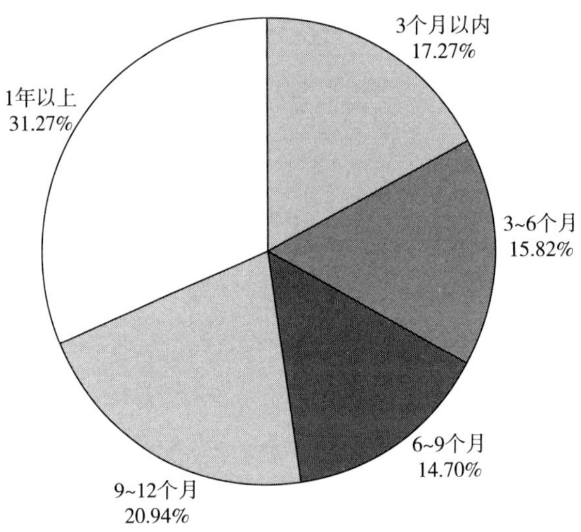

图 9　2018 年北京地区网络文学作品创作周期

（四）北京网络文学读者群像分析①

1. 读者相对年轻化

随着互联网的发展，人们对网络的依赖性越来越大，尤其是年轻的网生一代。而网络文学以网络为依托，其受众分布与互联网主流受众分布密切相关。

据对北京地区 20 家主要网络文学企业的读者情况调查可知，网络文学读者年龄主要集中于 24 岁及以下、25 岁至 30 岁、31 岁至 35 岁三个年龄段，占比分别为29. 50%、27. 40%、20. 50%，而36 岁以上读者所占比例较低（见图 10）。北京网络文学读者年龄分布整体呈年轻化特点，这与互联网主流受众特点保持一致。

但从调查数据整体情况来看，也可发现网络文学的受众面较为广泛，读者群体包含各个年龄段的人。网络文学阅读已不仅仅是年轻人的专利，由于互联网的普及，信息传输更快更广，人们的信息获取渠道趋于一致，年龄逐渐不再是交流的界限。

① 本部分数据来源于 2018 年中国新闻出版研究院针对北京市 20 家主要网络文学企业进行的调查。

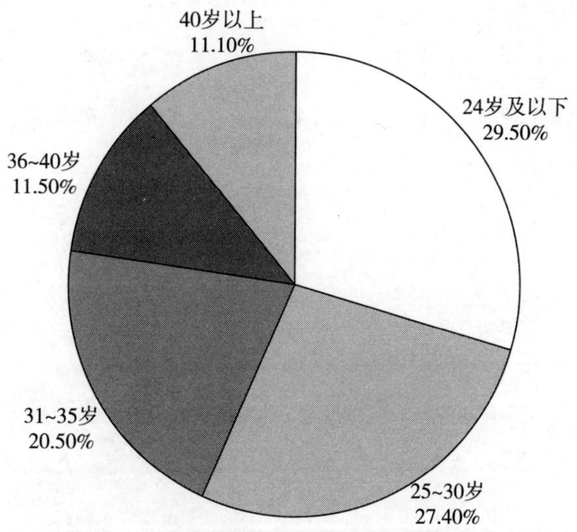

图 10　2018 年北京地区网络文学读者年龄分布

2. 读者男女比例大致平衡

从网络文学读者性别比例来看，男性略多于女性，男性读者约占全部读者的 54. 40%，女性读者约占 45. 60%（见图 11）。这在一定程度上反映了作品的种类多样化，各个网络文学网站分设不同作品种类，无论是男性读者还是女性读者都能够轻易找到自己感兴趣的内容。

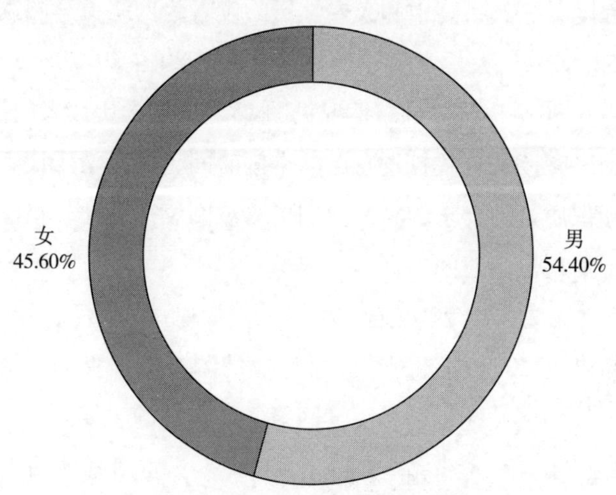

图 11　2018 年北京地区网络文学读者年龄分布

3. 三线城市读者成为主力军

在地域分布上，三线及以下城市的读者数量占比较大，为46.30%；二线城市读者数量占比排名第二，为34.00%，而一线城市读者数量仅占全部读者数量的19.70%，如图12所示。

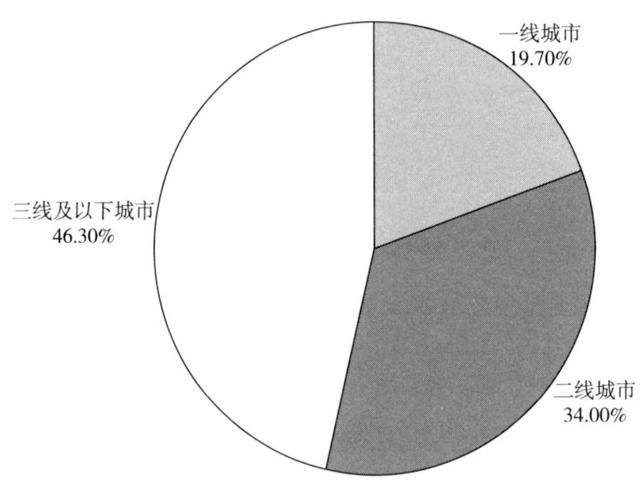

图12　2018年北京地区网络文学网站读者地域分布

4. 中等学历读者占主体

从教育程度看，具备高中和大专学历的读者为网络文学阅读主体，约占全部读者的52.50%，大学本科学历读者次之，约占29.70%，硕士及以上学历读者仅占6.80%，具体分布情况见图13。中低学历读者闲散时间较多，比较乐于用网络阅读的方式打发自己的空闲时间，而高学历读者生活节奏相对较快，对知识质量的要求较高，他们更喜欢阅读一些比较精深的书籍，而不会在休闲上消耗过多时间。

5. 移动网站端成主要阅读渠道

据对北京地区20家主要网络文学企业的调查数据可知，从读者平台选择倾向来看，移动网站端是读者阅读网络文学作品的主要渠道，约占所有渠道的42.40%；移动App端次之，约占34.50%，使用其他阅读渠道的情况不多，具体情况见图14。

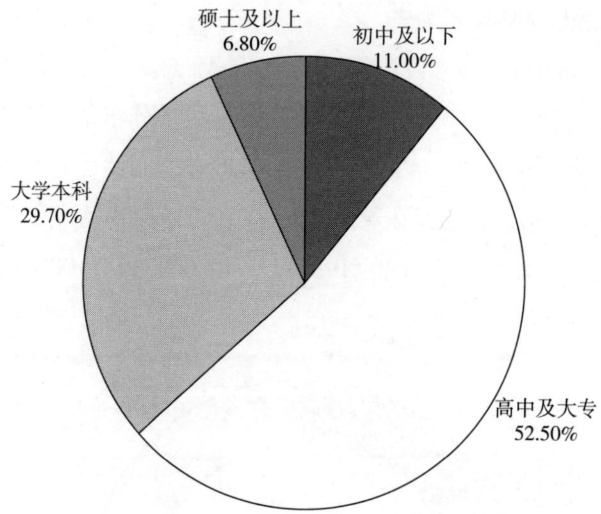

图 13　2018 年北京地区网络文学读者学历分布

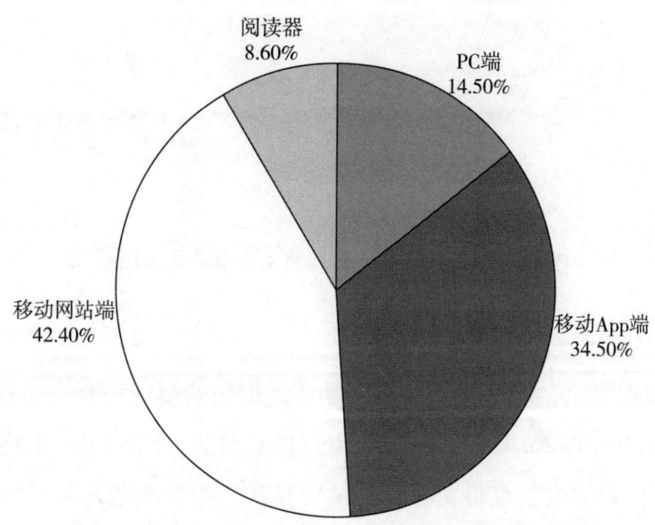

图 14　2018 年北京地区网络文学读者阅读渠道分布

随着移动互联网的发展，人们开始越来越多地使用移动端。而网站是网络文学的发源地，所以网站的移动端产品成为读者阅读网络文学作品的主要入口。

6. 阅读习惯以休闲娱乐为主

从读者阅读题材喜好来说，偏好都市言情、悬疑灵异、仙侠玄幻等题材作品的读者占比较大，这与前文所述作品题材数量分布是一致的；而在阅读时间方面，大多数读者选择在睡前及周末假期进行阅读，此类约占所有阅读场景的40.60%。另外，选择在通勤时段、午休时间和零星碎片时间阅读的读者也不在少数，分别占所有情况的19.50%、14.60%和16.00%（见图15）。

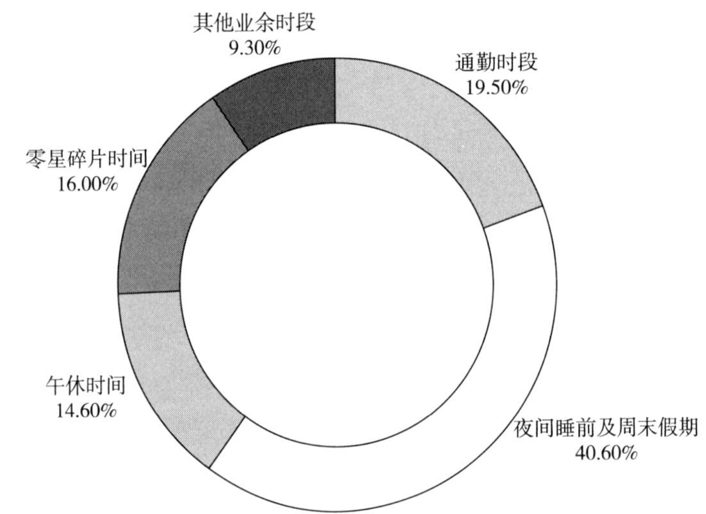

图15　2018年北京地区网络文学读者阅读场景

7. 付费习惯尚有较大上升空间

调查数据显示，北京地区网络文学读者的付费习惯还有待提升，在所有受调查读者中，有26.91%的用户产生过付费行为，这类用户平均每月花费24.16元，付费的方式有付费包月及付费打赏，用户在包月与打赏上的花费比例大约为10∶1。

互联网中有大量免费资源，人们的付费行为在互联网出现初期没有得到很好培养，大多数人乐于获取互联网中的免费资源，有良好付费习惯的用户则较少。在知识付费盛行的今天，更多的人会逐渐养成付费习惯。而网络文学消费体系也会进一步完善，付费模式逐步多样化，同样会培养读者的付费习惯。

三　北京网络文学发展特色

北京作为首都，落实“全国政治中心、文化中心、国际交往中心、科技创新中心”四个中心的定位，是“十三五”时期北京发展尤其是在文化发展方面的重要纲领性要求。北京市将网络文学作为文化发展的重点之一，北京网络文学整体呈现出总量大、作品优、效益佳的特点，在抓导向、出精品、促融合等方面也走在全国前列。

（一）北京是网络文学企业重要聚集地

北京作为全国文化中心，一直是网络文学前沿重镇，北京网络文学发展势头强劲，呈现出总量大、作品优、效益佳的特点，网络文学已成为北京市文化产业发展的一支重要力量。在原国家新闻出版广电总局公布的2015～2017年“优秀网络文学原创作品推介活动”作品名单中，北京的晋江文学城、17K小说网、铁血网等多家单位旗下的《南方有乔木》《大宝鉴》《大荒洼》等28部作品获得推介，占总推介数的半数以上。一大批知名网络作家生活在北京，大量脍炙人口的网络文学作品在北京创作。全国近2/3的网络文学企业汇聚于此，2015年国家新闻出版广电总局认定的18家网络文学试点单位中，有8家来自北京。以网络文学为核心业务的3家上市企业中，掌阅科技和中文在线的总部均设立于北京。而其他总部不在北京的网络文学企业，也大多数在北京设有分支机构。如阅文集团总部设在上海，同时在北京设有分部，QQ阅读的研发团队和版权引入等业务部门在北京；阿里文学虽不在北京地区注册，但据了解，北京已成为阿里巴巴的第二总部，阿里文学的业务也已大部分移至北京。

掌阅科技于2008年成立，一直致力于数字阅读发展，于2015年投资10亿元成立掌阅文学，进军网络原创文学领域，经过多年品牌积累，已发展成为数字阅读领域领先企业。旗下囊括掌阅小说网、红薯中文网、趣阅小说网、神起中文网、魔情中文网、有乐中文网、品阅中文网等多家原创网络文学平台，截至目前，累计用户达4亿人。掌阅文学签约作家超过5万人，包括月关、天使奥斯卡、纯情犀利哥、解语、极品妖孽、谁家MM、唐欣恬、果味喵等大神级作者，签约作品超7万部，有100多部签约作品授权至海外，翻译成韩、日、泰、英多种文字。掌阅iReader在移动阅读市场表现突出，当前，掌阅科技在内容、品牌塑造、IP运营等方面都取得了较大突破，并推出了新一代电子阅读器，品牌影响力均得到进一步提升。2017年9月21日，掌阅科技在上交所挂牌上市，发展迈入新阶段。中文在线于2000年成立，于2015年1月上市，是我国首个在A股上市的以数字阅读和数字版权为核心主体业务的企业，在网络文学领域也已耕耘多年，旗下拥有原创网络文学平台17K小说网，服务于年轻群体移动写作的汤圆创作，以及以女性阅读为核心的四月天女生网。中文在线早在2015年就提出了“文学+”的发展战略。截至目前，中文在线已签约了2000多名知名作者，已积累百万IP作品。

除上述两家上市公司，晋江文学城、纵横文学、爱奇艺文学、铁血网、点众科技、北京凤娱等都是北京网络文学企业中的杰出代表，在探索发展中逐渐形成了自身优势。晋江文学城创立于2003年，是中国大陆范围内颇具影响力的女性向原创文学网站。截至2018年6月，晋江文学城拥有150余万名注册作者，其中签约作者近4万人，已发布在线作品280余万部，注册用户已超过2600万，并已与多家影视企业建立了长期的合作关系。纵横文学的前身是百度文学，由完美世界与百度联合创建，成立于2008年9月。其重点进行付费阅读、版权分销、IP孵化等相关业务，并通过重点作者作品的整体运营，与上下游合作伙伴联合进行小说改编影视、游戏等IP相关项目的合作开发，已形成了较为完整的产业链条布局。纵横文学旗下拥有“纵横中文网”“熊猫看书”等知名产品，日用户量总计突破1400万，作品数量突破20万，签约作者为6万余名，其中不乏梦入神机、烽火戏诸侯、天蚕土豆等大神级别的作者。熊猫看书是全国著名数字阅读品牌，在移动阅读领域综合排名靠前，2013年获得“年度最佳无线阅读App奖”“最佳在线阅读类应用”。作为全国知名的网络视频平台，爱奇艺自2015年成立文学事业部，并制定了开放合作战略；2015 年 10 月，爱奇艺文学插件上线，成为全网文学内容分发平台；2016 年 5 月，爱奇艺文学开始启动原创事业；2018 年 1 月和 2 月，爱奇艺阅读 App 安卓端、iOS 端先后上线，流量与收入均在快速增长；2018 年 5 月，爱奇艺文学公布了由唐家三少、南派三叔、Fresh 果果、水千丞四位首席架构师领衔的明星作家团名单。虽然，就网络文学行业而言，爱奇艺文学是后来者，但短短几年间已取得了不俗的成绩，并已形成有别于其他网络文学企业的发展模式。于 2017 年 8 月启动的“云腾计划”，以开放的姿态，开展内容合作战略，将爱奇艺在影视领域的优势与原创网络文学有机结合，实现了影视与文学的联动发展、彼此赋能。铁血网创立于 2001 年，并建立了专门的读书平台——铁血读书，开始从事文学作品在线阅读业务。铁血网从创建伊始便确立了以军事历史题材网络文学作品为主要内容的定位，是中国网络军事文学的初创者及行业领先者。截至目前，该平台仍然是全国唯一以军事题材作品为主的大型网络文学平台，凝聚了数百万军事文学作品爱好者，诞生过众多脍炙人口的优秀军事题材作品，拥有大批军旅和警界作者。点众科技成立于 2011 年 9 月 15 日，专注于移动端传播和分发正版数字内容，业务板块包括内容创作、内容发行、IP 开发（开发漫画、有声、影视、游戏、周边产品等），与 200 多家知名内容提供商建立长期战略合作关系，引进超过 25 万册高质量图书数字版权。此外，点众科技通过“快看小说”手机阅读客户端和 H5 移动网站向移动互联网用户提供数字阅读业务服务，截至 2018 年 4 月 30 日，累计用户 2 亿人，月活跃用户超 3000 万人，2017 年全年发行图书 2.6 亿册。此外，点众科技通过全资子公司中企瑞铭科技（北京）有限公司全面运营原创版权运营业务，旗下原创网站“松鼠阅读”建立 3 年以来，作品总量超过 5000 部，签约作家 3000 多人。北京凤娱作为凤凰网旗下布局文娱领域的独立子公司，于 2015 年成立，通过自主内容制作、内容输出、联合开发、授权开发、明星 IP 孵化等多种形式布局互动娱乐行业，是中国移动旗下咪咕文化公司的首批战略合作伙伴之一。2016 年，北京凤娱开发自主品牌“翻阅”，其中“翻阅小说”是一款交互式阅读 App，拥有超过 10 万部书籍和超过 3000 部全版权作品，并与全国300多家影视公司达成了合作意向，拥有驻站作家2000多位，致力于打造强势IP。此外，北京凤娱旗下还有“翻阅有声”“翻阅视频”等产品，进行数字娱乐内容全面布局。

可以看到，网络文学在北京打造全国文化中心建设进程中发挥日益重要的作用。2017年、2018年，在北京成功举办两届中国“网络文学+”大会。大会在国家新闻出版署（2017年为国家新闻出版广电总局）、北京市人民政府的指导下，在中共中央台湾事务办公室、国家广播电视总局、中国作家协会的支持下，由中共北京市委宣传部、中国音像与数字出版协会、北京市新闻出版广电局（市版权局）、北京市互联网信息办公室、北京市文学艺术界联合会、北京经济技术开发区管理委员会共同主办。两届中国“网络文学+”大会以“网络正能量，文学新高峰”为主题，首届大会上有65家企业以优质IP内容为核心，展现网络文学与游戏、动漫、影视等不同行业的融合发展，成为大会突出亮点；掌阅科技、中文在线、百度阅读等20多家企业代表和网络文学作家代表为营造健康繁荣有序的行业环境，自觉发起并签署《中国“网络文学+”大会北京倡议书》，标志着网络文学自我规范发展迈出重要一步；北京市新闻出版广电局发布了“2017年向读者推荐优秀网络文学原创作品”名单。2017年首届大会的成功举办，获得了社会各界的广泛关注，为行业树立了新标杆，被媒体誉为“网络文学发展的里程碑”。

2018年第二届大会在网络文学发展二十年、改革开放四十年之际举办，以习近平新时代中国特色社会主义思想和党的十九大精神为指引，全面展示了改革开放以来网络文学二十年的发展历程及突出成就，首次发布了由政府部门主导、行业专业研究单位深入研究推出的网络文学专题研究报告，与全行业共同展望新时代网络文学的新使命、新责任、新风貌、新作为，进一步推动网络文学在内容层面上提质创新，在渠道层面上导向引领，在产业层面上融合发展，精心打造六大平台，组织六大活动。六大平台包括权威发布平台、行业交流平台、产品交易平台、成果展示平台、互动体验平台和宣传推广平台；六大活动包括开展二十周年评选活动、作家沙龙活动、名家讲堂活动、线上主题活动、线下主题活动和品牌推介活动。继首届大会推荐了17

部优秀作品后，在第二届大会上，北京市新闻出版广电局又向广大读者推荐了《一路走过》《通惠河工》《长城风云》《双骄》等21部优秀网络文学作品，并举行了优秀IP的颁奖仪式和签约仪式。与首届大会相比，第二届中国“网络文学+”大会进一步增强了权威性、高端性、融合性和功能性，展现出网络文学独有的精气神，吹响了新时代努力攀登网络文艺创作“高峰”的号角，为构建良好网络文学生态发挥了重要作用，大会已成为北京打造全国文化中心的一张亮丽的名片。以中国“网络文学+”大会为抓手，北京为全国网络文学发展做出了积极表率。

（二）现实题材作品创作氛围活跃

2018年，是网络文学进入大众视野的第20年。在20年的发展历程中，互联网相对开放活跃的氛围为有志于网络文学创作的作者提供了充分空间，随着网络文学阅读人群不断壮大，读者的阅读需求也日益丰富与多元，促进了网络文学题材和形式多元化发展。各类题材竞相涌现，新作佳作层出不穷，只要能被市场认可、被读者接受，即便是在以往的印刷文化中相对小众、偏门的题材也能获得展示机会。可以看到的是，虽然玄幻、仙侠、历史架空、都市言情等依然是网络文学的热门题材，但网络文学正在努力摆脱主题单一化和同质化。其中尤为突出的是现实主义题材作品的类型和数量大幅增多，特别是文艺工作座谈会召开以后，广大网络文学创作者积极关注现实、关注社会，创作出一大批反映我国新时代社会生活的现实题材作品。党的十九大报告中强调“加强现实题材创作”，对网络文学提出了进一步扎根现实、深入人民生活的创作要求。现实主义题材的快速发展，也让网络文学与传统文学之间有了更多的相通之处，二者界限不再泾渭分明。现实主义已成为网络文学“主流化”的年度旗帜和风向标，以主旋律为基调，围绕重点主题、重大题材和基层写实的网络文学创作和生产引导体制机制逐渐形成。与此同时，读者对现实题材的阅读需求也日益旺盛，这主要源于现实主义题材与现实生活更贴合，能够更加真实地反映当代人的现实生活和心理，洋溢着浓厚的时代气息，更容易与读者产生共鸣，也更具有话题性，更容易产生话题效应。同时，现实主义题材能够传递给人们的正能量也往往是其他题材所不能及的。而北京地区网络文学在现实题材作品创作中表现尤为突出，在讴歌时代、反映现实方面为全国其他地区网络文学做出了积极的表率。

一方面，北京网络文学中现实主义题材的迅速发展，离不开有关部门的积极引导。近两年，北京市新闻出版广电局、北京作家协会等管理部门和行业组织，积极倡导现实主义题材创作，加强现实主义题材创作的主题化引导。在北京市连续三年举办的“向读者推荐优秀网络文学原创作品活动”中，现实主义题材一直占据较高比例。2017 年，北京市新闻出版广电局为深入学习宣传贯彻党的十九大精神和习近平总书记视察北京通州时做出的重要指示精神，落实市委、市政府建设全国文化中心的工作部署，切实引导网络文学单位加强现实题材创作，促进网络文学质量效益双提升，开展了以“大运河文化”为主题的网络文学作品征集活动。为响应北京市新闻出版广电局的号召，掌阅科技、铁血网、纵横文学、磨铁文学、点众科技 5 家网络文学企业开展了“大运河文化”主题征文活动。经过慎重遴选，北京市于 2017 年 11 月确定了《漕运天下》《通惠河工》等来自 17 家单位的 32 部入围北京市“大运河文化”主题网络文学重点选题孵化项目的网络文学作品。其中，点众科技有《策马春风堤上行》《运河天地之大明第一北漂》等 4 部作品入选；掌阅科技有《运河传奇》《大河运》等 3 部作品入选；凤凰网（北京凤娱）有《京杭之恋》《运河逐梦》等 3 部作品入选；纵横文学有《运河武工队》《激流勇进》两部作品入选。2018 年 8 月，北京市新闻出版广电局召开了“长城文化带”网络文学作品创作座谈会，这是网络文学行业落实北京“一核一城三带两区”文化建设要求的一次具体实践，引导北京网络文学企业充分发挥好网络文学独特的生产力，丰富长城文化形态，创作出更丰富多样的作品。掌阅文学、中文在线、凤凰互娱、爱读文学网等文学企业负责人，以及部分网络文学作家代表参加座谈。

除北京市新闻出版广电局主办的活动与会议外，其他行业组织也积极引导网络文学中的现实题材发展。2018 年 1 月，北京作家协会发布《关于征集现实主义题材优秀作品创作计划的通知》，进行以反映北京的历史和现代化建设为主，尤其是以“一城三带”为背景，以宣扬北京古都文化、红色文化、京味文化、创新文化的作品为主的现实主义题材作品征集。

另一方面，现实主义题材作品的迅猛发展，体现出网络阅读市场和作家两端对现实主义题材的认可。磨铁中文网的《中国特种兵之特别有种》，铁血网的《锋刺》《大荒洼》，晋江文学城的《百年家书》等现实主义题材作品实现了关注度与口碑的双丰收。在政府部门的引导和市场的需求双重作用下，北京网络文学企业加强了对现实题材作品的关注与投入。特别是 2018 年是中国改革开放 40 周年，各家网络文学企业纷纷围绕这一重大主题，举办征文活动，为改革开放 40 周年献礼。例如，继 2017 年开展“大运河文化”主题征文活动后，铁血网于 2018 年 5 月又开展了以“一路繁花”为名的网络文学现实主义题材原创作品征集活动，设置了累计 20 万元的现金奖励，优秀作品还有机会进行影视改编，成为新闻出版系统推优作品的重点推荐对象。

同时，北京作为文明古都，历史文化积淀深厚，为网络文学作者提供了丰富的创作素材和灵感源泉。北京网络文学作品在扎根现实、扎根生活的同时，另一个鲜明的特色就是中国传统文化在作品中的融入。北京网络文学创作者纷纷从中华文化中发掘亮点，传统工艺、曲艺、书画艺术等都开始成为网络文学作品的主题元素。如前文提到的来自凤凰网（北京凤娱）的入围北京大运河重点孵化项目的《京杭之恋》这部作品，就将景泰蓝这一北京特种工艺深嵌其中，以一位景泰蓝老艺人的视角，阐述了他跌宕起伏的一生，同时也讲述了一段悠久的历史。

与此同时，随着移动互联网的发展，特别是大数据时代的到来，网民阅读的个性化需求日益多元，融入新热点，面向特定人群的“小众类型”“特色类型”的网络文学作品不断增多。在故事架构设计、情节设置展开、人物形象塑造及性格刻画等方面，都有所创新。如在刘慈欣的《三体》获得雨果奖后，科幻类作品掀起热潮；近两年电竞、直播领域大热，电竞文、主播文成为新兴热门题材。此外，网络文学作品还突破了以小说为主的体裁限制，涌现出随笔类作品，如天下书盟排名靠前的经管类随笔《世界 500 强总经理管理笔记》，具有较强可读性；励志类随笔《人生永远没有太晚的开始》格调昂扬向上，富有激情。再如“二次元”市场崛起，深受青少年喜爱，塔读文学特别面向这一新兴市场，成立了“轻萌小说”这一新品牌，专注于二次元内容的打造。

（三）IP 运营模式渐趋成熟

当前，网络文学产业化和生态化态势日渐凸显，运行机制渐趋成熟。网络文学作为文化娱乐产业中的重要一环，不再是单一的文学内容载体，已成为连接中下游和周边产业的重要枢纽，在自身发展的同时，也不断向其他领域输送能量。在商业模式上，IP 转化已成为网络文学除付费阅读外的另一重要商业模式，将网络文学进行改编变现，衍生成为游戏、影视、有声读物等多元文化形态，IP 运营生态已初步形成。以往，网络文学企业仅作为 IP 输出方将版权售卖给影视、游戏公司，进行 IP 的衍生开发，网络文学企业本身并不参与到 IP 的实际运作过程中去。而当前，随着产业间的融合不断加深，网络文学企业不再仅作为版权的输出方，而是更深入地参与到版权运营中。IP 开发产业链各环节合作的趋势更加明显，以整合各平台和渠道合力形成矩阵效应。一些网络文学企业还尝试以 IP 为核心，将制作公司、内容平台、作家、粉丝乃至资本方等产业链上下游各方串联起来，打造一种相互扶持的共赢 IP 生态圈。在这个过程中，网络文学企业不再是单纯的版权商，也会以制作者、合作者、投资者等多种身份参与到 IP 运营中，围绕网络文学作品进行其他文娱产品的开发。

近两年，北京在以网络文学为核心的 IP 运营方面，也做出了卓有成效的工作。截至 2016 年底，北京网络文学企业的 IP 转化改编电影有 312 部、电视剧有 382 部、动漫作品有 165 部、游戏作品有 167 部、网络影视剧有 78 部，出版图书有 3354 部，在全国居于领先地位。北京各家网络文学企业在 IP 运营方面着力探索，打造以网络文学为核心，布局影视、游戏、动漫、有声读物、文创周边等的文娱产业生态。如中文在线加强 IP 全产业链布局，一方面入股新浪阅读，强化 IP 的宣发能力；另一方面分别与奥飞娱乐、华策影视、唐德影视、万达影视签订战略合作协议，进行 IP 衍生品的多方位开发，并成立了影视公司中文光影，提升在 IP 开发运营上的主动性和运作能力。北京凤娱在 IP 孵化培育方面，采用定制模式，根据自身的内容需求，提供固定的大纲并找合适的作者进行创作，包括“正向定制”“反向定制”“热点定制”三个方向。其中正向定制是网站根据政策、市场以及网站需求，设置征文主题，并在征文中选择优秀作品继续创作和开发，如响应北京市局号召发起的大运河文化带作品征集活动；反向定制是指在原有影视作品剧本的基础上，邀请职业作家反向进行网文创作，由网站着手小说的后续开发及实体小说的出版发售，多平台占位，快速积累粉丝，打造全 IP 孵化模式，实现品牌价值最大化；热点定制主要是依托已有爆款 IP，进行 IP 的系列化创作，在借势打造新作品的同时，实现 IP 作品的系列化产出。同时，还可以看到的是，一些中下游影视、游戏企业也开始布局网络文学业务，着力 IP 的自我孵化、培育、转化，并为网络文学发展提供了新模式。如爱奇艺作为全国知名网络视频平台，于 2015 年成立文学事业部，爱奇艺文学上线；2016 年 5 月启动原创文学生产，发布“爱奇艺文学奖励计划”，吸引优秀作者和作品，并于第一届中国“网络文学 +”大会上启动“云腾计划”，签约作品在爱奇艺上进行连载，并通过“云腾计划”免费输出到影视，影视成品播放后分账。爱奇艺文学联合爱奇艺网络剧、爱奇艺网络大电影免费开放文学作品影视版权，以前期免费、后期分成的商业模式与分账市场同生共荣，促进文学与影视的相互融合、联动发展。由此可见，以网络文学为核心的 IP 运营产业链上下游联系更加紧密，产业合作共赢理念日渐加强。

2017 年首届中国“网络文学 +”大会，突出“+”的概念，为网络文学版权交易、交流、合作搭建平台，并举办 IP 交易大会。其中，《爱上加菲猫》《法医狂妃》等 8 部作品在 IP 交易大会上大受欢迎，成功与竞拍企业就作品的 IP 合作达成意向。第二届中国“网络文学 +”大会，“+”的概念更加凸显。一方面，举办“网络文学成果转化——精品生产论坛”，各位嘉宾围绕网络文学的精品化生产与转化展开热烈探讨。另一方面，围绕版权开发，在大会组委会严格把关作品导向和质量的前提下，从前期征集的

608 部作品中，严格筛选，优中选优，以 IP 导向性、IP 衍生潜力、交易量及合作方量级等作为评估标准，将《大国重工》《京杭之恋》《夜留余白》等 10 部优秀作品，分为“家国魂”“奋斗曲”“都市情”“奇幻录”“守正篇”五个篇章，邀请知名编剧、导演、演员、作家、制片人先后登台，进行现场推介，并举办了 IP 交易签约仪式。第二届大会上还发布了网络文学 IP 价值评估体系的初步成果，将有力推进网络文学作品 IP 运营有价可询、有值可估。同时，多家参展企业在大会期间举办多场新人新作推介和版权签约仪式活动。据统计，第二届中国“网络文学 +”大会版权交易金额达到 4 亿元。

同时，除了付费阅读和 IP 运营，网络文学企业还在探索其他多元化商业模式。如依托网络文学，帮助网文作家进行包括影视化、纸质出版、有声读物、网络电影、网络电视剧、大电影等在内的 IP 衍生运作；开展知识付费，由于网络作家的来源及身份各异，根据不同作家的创作特点和专业背景制作“段子体”类的内容（类似高晓松的《晓松说》），作为内容提供方与喜马拉雅等平台开展资本合作，帮助网络作家开拓多种作品创作和输出样态。

由此可见，北京有潜力也有实力将自身打造成为全国网络文学中心，把网络文学打造成为北京文化发展的新动能。

（四）资本对网络文学发展的影响日益加深

网络文学的蓬勃发展在一定程度上得益于资本的深刻介入。从中文在线、掌阅科技等企业的先后上市，到百度与完美世界资本合作成立的纵横文学，资本正以从未有过的速度与力度流向网络文学行业，越来越多的资本力量将目光投向了潜力巨大的网络文学市场，给网络文学行业带来深远影响。随着 IP 产业的发展与成熟，资本对网络文学的关注日益加深。一方面，网络文学企业纷纷进驻资本市场，促进行业转型升级。北京网络文学企业纷纷挂牌新三板，获得资本关注。2015 年 11 月，铁血科技挂牌新三板，成为第一家在新三板挂牌的军事网站，挂牌当天市值已超 7 亿元。2016 年 3 月，旗下运营“香网”“天地中文网”等多个网络文学平台的博易创为数字传媒股份有限公司（简称“博易创为”）挂牌新三板。2017 年，掌阅科技申请 IPO，于 9 月 21 日登陆 A 股，再加上已于 2015 年 10 月上市的数字阅读企业中文在线，北京两家网络文学代表企业在资本市场上获得成功，标志着网络文学企业在资本运作方面迈向一个新台阶。2018 年 3 月，爱奇艺在美国纳斯达克挂牌上市，据其招股书披露，上市募集的资金，50% 用于扩展和加强内容，爱奇艺文学的业务拓展也将得到更多的资金支持。另一方面，互联网巨头的入场，以及下游产业链资本的参与，加大了对作者、作品资源的争夺，造就了网络文学的 IP 浪潮，且热度持续不减，实现了网络文学与游戏、影视等领域的深度关联及多方资本的对接，同时也提升了行业的市场化、产业化和专业化。此外，资本也影响了网络文学行业发展格局。2017 年 5 月，百度文学宣布完成新一轮融资，由红杉资本和完美世界领投，盛景基金、分享投资、国宏兄弟等数家机构跟投，融资金额为 8 亿元，百度文学估值达 40 亿元。百度文学退出历史舞台后，纵横文学在资本的作用下，步入良性发展轨道。

在第二届中国“网络文学 +”大会闭幕式上，北京市文投集团与纵横文学签订战略投资协议。北京市文投集团旗下基金战略投资纵横文学，为优质网络文学内容从生产到制作、传播开辟绿色通道。作为首都文化创意产业核心投资融合平台，北京市文投集团围绕北京全国文化中心建设，通过市场化的投融资与资本运作，推进北京市文化创意产业提升发展。此次投资纵横文学是北京市文投集团在网络文学版权领域的首次尝试，也是国有文化企业入资民营内容生产企业的一次探索。同时，北京银行和两大视频平台爱奇艺、优酷也在第二届中国“网络文学 +”大会上签订战略合作协议，意向合作金额达 20 亿元，全面支持网络文学创新发展，实现了网络文学与金融的有效对接。

（五）企业自律意识日益提升

在国家管理部门引导和市场调节的双重作用下，随着行业发展日趋成熟，网络文学企业已逐步认识到，行业的持续健康发展需要靠企业自身维系。长期以来，北京地区的网络文学企业都具有较强的自律意识，特别是在作品的内容管理方面，注重内容导向把关和内容质量的审核，企业普遍建立了较为完善的自我管理机制。一方面，网络文学企业大都依照相关法规，制定企业规范制度，特别是在内容审核方面，都设置了较为严格的导向把关和质量审核流程。多数网络文学企业都采用系统与人工双重审核机制，设立了敏感及关键字库，可以在第一时间发现与国家政策和大众伦理道德相违背的内容，尽量避免不良内容的传播，并在应急响应方面能够较快地做出反应，并普遍实行初审、复审、终审的三重内容审核流程。如中文在线制定了《中文在线内容安全保障制度》，落实意识形态工作责任制，在内容审核过程中，注意区分政治原则问题、思想认识问题、学术观点问题。掌阅科技为加强内容管控，专门成立了内容委员会，负责对公司网络文学作品的内容导向进行总体把控，并下设审读中心，形成初审、复审、终审、后期监控等多重内容审核把控机制，对作品导向进行全面、准确的把控，以保障作品内容的安全性。另一方面，在调查中了解到，北京主要网络文学企业已普遍建立了相对完善的内容质量管理机制，通过细化内容编校检测标准、质量评估体系和质量控制机制，加强作品质量把控。积极响应政府部门倡导，注重作品的社会效益，精品意识日益提升，实施精品化战略，自觉抵制片面追求点击率倾向，着力提升文化品格，摒弃趋利媚俗之风，注重作者培育，引导、鼓励站内作者创作现实题材作品，积极开设“迎接十九大”等专题，集中彰显网络文学的正能量。同时，重视编辑培训工作，提倡推荐作品时优先推荐弘扬社会主义核心价值观的内容，形成编辑引导作者、作者引导读者的良性循环。此外，在版权方面，北京网络文学企业也普遍建立了版权管理和保护机制。如掌阅科技建立了严格的版权引入规范制度，包括图书上架时间和到期时间，系统都可以进行有效管理，确保作品版权清晰。

同时，行业联盟等社会组织，对于推进行业自我规范的良好氛围的形成起到了重要的促进作用。2016 年 9 月 19 日，“中国网络文学版权联盟”宣告成立，包括阅文集团、掌阅科技、阿里文学等 33 家联盟成员。联盟就网络文学版权保护发起《自律公约》，承诺坚持正确导向、增强版权保护意识，对侵权盗版行为予以自觉抵制，坚持“先授权、后使用”的原则。联盟的成立与《自律公约》的发布，表明网络文学行业对作品的价值观导向与版权保护等问题已达成共识，并有了共同维护行业秩序的良好意愿，可视为网络文学在行业自律方面迈出的重要一步。在首届中国“网络文学+”大会上，由掌阅科技、中版集团数字传媒有限公司、中文在线、百度阅读、晋江文学城、磨铁文学、爱奇艺文学、纵横文学、阿里文学、红袖添香等16家企业代表和王凌英、董哲、贺涛、梦入洪荒4位作家代表共同发起倡议，发布了《中国“网络文学+”大会北京倡议书》，倡导业界坚持以人民为中心的创作导向，坚持把好网络文学质量关。这是网络文学企业和作家为贯彻落实习近平总书记系列重要讲话精神和中央繁荣发展社会主义文艺要求，推动网络文学繁荣健康有序发展，营造清朗的行业环境自发提出的自律宣言，旨在倡议坚持以人民为中心的创作导向，坚持百花齐放、百家争鸣方针，坚持自觉遵守国家法规和社会公德，坚持把好网络文学质量关，坚持合作共赢融合发展，建设德艺双馨的作者队伍。此倡议书的发布，标志着我国网络文学的自律机制得到进一步完善，将推动网络文学生态的进一步优化。

（六）网络文学“走出去”步伐持续加快

经历了20年蓬勃发展的中国网络文学，凭借其文学活力与影响力，已成为世界文学之林中的一道亮丽风景线，其文化影响力逐年增强，堪与好莱坞大片、日本动漫、韩剧相提并论，成为中华文化“走出去”的一支劲旅。我国网络文学“出海”始于东南亚，足迹逐渐遍布全球。借助“一带一路”建设的东风，在中国文化对海外市场的吸引力与网络文学企业业务布局拓展需求等多重因素作用下，网络文学“出海”如火如荼，网络文学输出作品量逐年增加，阅读群体所处地域及年龄分布范围更加广泛。“网文出海”携带着中国传统文化的基因，并且利用数字技术和互联网平台，向世界展示了中国传统文化与最新技术的相互融合，绽放出中国文化创新的多彩魅力，在传播中国文化，塑造中国形象方面，有着积极健康的意义。

基于政策、文化等方面的优势，北京地区网络文学企业在“走出去”方面，取得了较为突出的成绩。中文在线、掌阅等网络文学企业都积极拓展海外市场业务。中文在线的海外业务取得阶段性突破，成功让“引得”（CBDB 中国历代人物传记资料库）人文项目落地中国。中文在线在美国市场推出的视觉小说平台“Chapters”，包括内容培育、作家聚合、粉丝互动等多元功能，不仅是推动中文 IP 登陆国际化市场的有益尝试，也是业态的创新探索，将单线文字作品转化成图文并茂的呈现方式，并使读者可以代入其中。截至目前，“Chapters”的注册用户已达 500 万，是全球 Top3、中国最大的海外视觉小说平台。2017 年，中文在线还战略投资了目前英文世界最大的中国文学网站 Wuxia World。Wuxia World 成立于 2014 年 12 月，其内容以玄幻、武侠、仙侠为主，网站月活跃用户达 400 万，读者遍布 100 多个国家和地区，北美读者占总数的 1/3 以上，点击量超过 5 亿，日均访问人数在 50 万以上，历史、言情、玄幻、科幻、游戏、末世等题材作品均受到众多海外读者的欢迎。中文在线旗下 IP《修罗武神》《斩龙》等授权在该平台发布以后，迅速成为网站热门作品。掌阅科技近两年也积极拓展海外业务，荣获“2017～2018 年度国家文化出口重点企业”称号。目前掌阅业务范围涵盖 150 个国家和地区，有 100 多部签约作品授权到海外，翻译成韩、日、泰、英多种文字，其中授权泰国版权方 9 本作品；授权韩、日版权方 4 本漫画；授权英语版权方 88 本作品。2017 年，掌阅与泰国原创出版公司红山出版集团（Hongsamut）和国外三大中国网文英译网站之一、以北美受众为主的中国网文英译网站“volare novels”（飞阅文学）达成战略合作，向海外市场提供优质网络文学作品。晋江文学城在海外市场也有不俗的表现，主要涉及繁体及海外实体出版方面，晋江文学和 50 余家港、台繁体出版社，20 余家越南出版社，多家泰国出版社、韩国出版方、日本版权合作方等建立长期友好的合作关系，成功开拓了东南亚版权输出市场。截至目前，已累计向港澳台地区及越南、泰国等国家输出网络文学作品超过千部。此外，在 IP 浪潮作用下，网络文学版权输出方式日趋多元，由网络文学改编的影视、动漫、游戏登陆日韩、东南亚等国家和地区，并取得了较大的反响。

（七）属地管理机制逐步完善

目前，网络文学实行属地管理。北京市新闻出版广电局对网络文学发展给予高度重视，出台多项政策，加强北京市网络文学的规范引导，北京网络文学管理机制渐趋形成并逐步完善。主要表现在：一是网络文学阅评制度日趋健全。为进一步规范网络文学阅评管理工作，提高网络文学质量水平，北京市新闻出版广电局结合多年阅评工作中的主要做法和经验，不断总结，学习提高，起草制定了《网络文学阅评工作实施办法（试行）》，以加强内容审读，聘请专家开展专项、重点审读，做到阅评审读零漏洞，此项举措在全国尚属首创。二是加快落实编辑责任制度。2017 年初，北京市新闻出版广电局向北京地区各网络文学出版服务和试点单位发出通知，决定组织开展网络文学作品内容、编校质量检查，加强网络文学出版质量监管等系列活动。2018 年 1 月，北京市新闻出版广电局下发《关于在北京地区网络出版服务单位全面落实编辑责任制度的通知》，要求北京地区网络出版服务单位全面落实“三审三校”制度，保障产品质量，在全国率先实行网络出版服务单位编辑责任制。这也是北京市新闻出版广电局首次对包括网络游戏、网络文学、网络动漫等在内的网络出版服务单位全面落实编辑责任制度做出具体部署。三是推优创优引导机制逐步建立。从 2015 年起，北京市新闻出版广电局开始举办网络文学推优活动，对网络文学网站和优秀作家作品进行嘉奖。2015 年，首次推荐 14 部优秀网络文学原创作品，获得了较好的社会反响与关注。2016 年 6 月，北京市局在吸取首届推优活动经验基础上，举办第二次网络文学推优活动，面向全市网络文学网站征集作品，从作品的导向、思想内涵、经济效益、创新性、IP 运营情况、用户关注度、获奖情况等评价维度，经由专家初评、复评、终评，最终从 17 家网络文学出版单位上报的 73 部作品中，选拔出了《军旅长歌》《守望》《邓家铺子》等 20 部优秀网络文学原创作品。连续三年来，北京共推荐了《花千骨》《北京青春》等 51 部优秀网络文学作品，有 14 部改编为影视、游戏或动漫作品，31 部出版纸书，总码洋超过 2000 万元，5 部作品制作成有声读物。其中，优秀网络文学作品《星星亮晶晶》在第四届中国出版政府奖评选中，获得“音像电子网络出版物奖提名奖”。四是积极搭建行业平台，促进产业融合。中国“网络文学+”大会在国家新闻出版署(原国家新闻出版广电总局)、北京市人民政府指导下，由中共北京市委宣传部、中国音像与数字出版协会、北京市新闻出版广电局（北京市版权局）等多家机构共同主办，现已成功举办两届，大会以“网络正能量，文学新高峰”为主题，汇聚数十家知名文化企业积极参与，和数千名网络文学作家通过线上线下互动的形式热切关注。会议有效促进了网络文学产业链上下游资源整合，为网络文学的创作、开发、展示、交流、合作、转化搭建了良好平台，有效发挥了引领价值方向、激发创作活力、搭建合作平台、促进优质IP转化、达成行业共识、回馈线下读者等正向作用，受到全国网络文学领域乃至整个出版、文化领域的广泛关注，将有效推动产业融合发展。

从2018年5月下旬起，北京市文化执法总队根据全国“扫黄打非”办公室统一部署，开展网络文学专项整治行动，对网络文学作品中的有害内容进行清查，进一步加强对网络媒体、运营商等的监管。6月初，市文化执法总队向各成员单位下发了《关于开展网络文学专项整治行动实施方案》，协调新闻出版、文化、公安等部门，重点整治网络文学作品导向不正确及内容低俗、传播淫秽色情信息、侵权盗版三大问题，打击内容低俗、危害青少年身心健康的网络文学作品，严厉查处恶搞红色经典、抹黑革命英雄、解构歪曲历史的网络文学作品的不法行为；坚决下架违背社会主义核心价值观的低俗、庸俗、媚俗网络文学作品；约谈警示榜单设置唯点击率、片面追求经济效益的相关企业或组织；严肃处理利用微博、微信公众号、贴吧、论坛等渠道传播低俗内容或通过低俗内容引流等行为；对内容把关不严、传播违法违规网络文学作品的企业坚决进行处罚，打击不法利益链条各环节。截至2018年7月上旬，北京市网络文学专项整治行动成效显著，已对481家网站开展巡查，清除有害链接1281条，添加搜索屏蔽词、审核关键词197条；清理违规账号43个，封禁用户14个，对6家网站立案调查，罚没款累计12.5万余元。此外，执法部门还依法对销售非法出版物的两家网络交易平台进行立案查处，责令两家平台进行整改并分别对其做出罚款3万元的行政处罚。

四　北京网络文学存在问题及对策建议

北京网络文学发展迅速，网络文学逐渐成为推动北京文化产业的新动能，网络文学重镇的地位日渐巩固。北京网络文学整体呈现良好的发展面貌的同时，仍然存在一些突出问题，这些问题也是全国网络文学行业普遍存在的问题。一是仍有少数企业的部分作品存在导向问题。观察各家网络文学企业的平台首页，部分平台处于重点推荐位的作品，有些存在明显“标题党”“打擦边球”的现象，在作品标题或作品简介中利用惹眼、刺激、引人遐想的字眼，甚至极其媚俗，表明网络文学企业的导向意识仍有待进一步提升。二是网络文学作品的同质化现象仍然比较明显。内容在创作、IP 转化方面仍存在一定的跟风现象，在充分满足广大人民群众多元化的精神文化需求方面，尚有很大突破空间。三是网络文学企业在制度落实方面尚存在不到位的现象。北京在推进网络文学精品化、规范化发展方面实施了多项举措，制定了一系列政策和规范性文件。北京各家网络文学企业也纷纷依据管理部门相关规范文件，结合自身业务发展，制定了较为完善的企业管理制度。但在制度的落实方面，尚存在不到位的现象。一方面是对国家及管理部门政策的理解不到位、不透彻；另一方面是企业对制度的贯彻执行不重视，造成规范制定与执行落实“两张皮”。四是盗版侵权问题仍然是困扰网络文学企业的最大难题和阻碍网络文学发展的最大因素，在版权保护手段方面仍有待突破。五是网络文学人才培养机制有待进一步健全。专业人才尚存在较大缺口，特别是 IP 经纪人才、创意策划人才匮乏，既了解网络文学又懂市场经营的人才极其缺乏。针对上述问题，对北京网络文学发展主要提出以下几方面建议。

（一）进一步完善政策管理体系

长期以来，北京相关管理部门高度重视网络文学发展，推出多项政策举措，为北京网络文学健康有序发展提供了重要保障。为进一步推进北京网络文学健康有序发展，使其在全国文化中心建设、北京全民阅读工作中发挥更加积极正向的作用，巩固北京网络文学重镇优势地位，仍需要在政策措施方面予以进一步完善。首先，从顶层设计上，加快研究制定推进北京市网络文学健康发展的具体规划，为北京网络文学发展提供方向指引。其次，加快研究制定切实可行的网络文学管理办法等相关规范性文件。在网络文学的作品管理、企业规范、版权保护与开发、人才培养等不同层面出台相关政策与具体措施，实现规范与引导同步，建设与管理并举。再次，创新管理手段，提高管理实效。第四，规范网络文学业务许可资质的管理，推进相关规范制度的落实，加强企业制度落实情况的考核，特别是在编辑责任制度、三审制度以及作者实名制度的落实和社会效益评估等方面着重考核。最后，可以向上海、杭州等网络文学同样发展较快的地区借鉴推进网络文学健康发展的有益经验。如 2018 年 6 月，上海出台了《上海市文学创作系列网络文学专业职称评审办法（试行）》，率先启动网络文学专业职称评审工作。

（二）建立优秀作品生产传播的良性引导机制

作为当代社会主义文艺的重要组成部分和文化消费的重要形态，网络文学代表着文学的革新力量，需要顺应时代和市场变化，彰显出新特征与新动向。但不管市场如何变化，以人民为中心的创作导向不能变，传承中华文化的历史使命不能变，传播社会主义核心价值观的社会责任不能变。建立优秀作品生产传播的良性引导机制，需要管理部门和网络文学企业两个层面的共同努力。在管理部门层面，北京行业主管部门需要通过各项举措，引导行业自律，继续做好网络文学作品推优活动，开展网络文学作品、作者、企业的评优、评奖活动，鼓励和引导网络文学创精品、传精品、读精品的良性生态构建。

在企业层面，北京网络文学企业要秉承高度自觉的文化担当，积极践行文化传播者肩负的社会责任，坚持内容为王和质量至上，在作品质量方面为全国网络文学企业起好表率作用，带好头，树立标杆，坚持弘扬主旋律，传递向上向善的正能量，引导网络文学作者在文学性、思想性、艺术性上下功夫，树立正确的历史观、民族观、国家观、文化观。精品的前提首先是作品在导向上不存在偏差。北京网络文学企业要始终把作品的内容导向把关放在企业管理的核心位置，在作品导向方面，坚持做到恪守底线、不触红线，杜绝政治问题、民族问题与宗教问题，全面完善作品导向的管控机制，引导作者强化导向意识，把握好作品的基调与格调，不玩“标题党”、不打“擦边球”。其次是进一步加强内容质量管理。在作品质量上提高要求的同时，也进一步提升编辑业务水准。强调细节处理，提高编校质量，减少作品中的文字错讹、常识错误、逻辑错误。网络文学企业需要针对不同题材类型的作品，建立不同的作品审核标准与要求。如穿越题材，在时代转换、时空纵横、人物塑造、情节描写上有着较高的自由度，但不能歪曲历史，对读者尤其是青少年读者造成认知的误导。再次是加强对作者的培育与引导。组织多种形式的作者培训，一方面加强编辑和作者的理论教育，提高思想政治素养；另一方面提高作者的写作水平。在作者的创作过程中，编辑要履行好引导和督导的责任，激发作者充分发挥创造力和想象力，拒绝跟风写作，避免同质化倾向。通过举办征文竞赛活动等方式，挖掘新人新作，激发网络文学创新创造力，促进作品在思想、题材、体裁、风格、形式等方面的锐意创新，提升作品的思想性、生命力和影响力。特别是鼓励作者在现实主义题材方面推陈出新。引导和鼓励网络文学作者扎根北京生活和北京悠久的历史文化积淀，从鲜活的真实素材中寻找灵感，彰显北京精神，抒写北京百姓的真实生活，描绘北京在时代发展中的变迁，做到胸中有大义、心里有人民、肩头有责任、笔下有乾坤，着力提升作品的文化品位与思想内涵。此外，网络文学企业需做好优秀作品推介，对导向过关、有文学价值和思想内涵、有新意的网络文学作品，网络文学企业应在推广方面予以倾斜，将其放在平台的突出位置，通过作品推介确立整个平台的基调与格调，同时加强优秀作品的渠道推送，提高曝光率。

（三）加大盗版侵权打击力度

版权是关系到网络文学健康可持续发展的重要因素，随着 IP 运营逐渐成为网络文学的重要发展模式，版权保护是版权安全转化的前提保障，由此业内对网络文学作品的版权保护的重视程度上升至新的高度。而网络文学版权保护同样需要管理部门、网络文学企业乃至网络文学作者和社会公众的共同努力。一是北京相关管理部门要进一步加大对网络文学版权的保护力度和对网络文学盗版侵权的打击力度，建立网络文学长效维权机制。管理部门需及时总结网络文学行政执法中的典型案例，并进行宣传报道，增强宣传工作的社会效果，积极引导企业和社会公众形成保护版权、尊重版权、尊重创新创造的社会氛围。二是建立行业统一的疑似侵权作品的初步判断标准，设立中立和权威的疑似侵权的初步判断机构。企业需积极配合“剑网行动”等打击盗版侵权的专项活动，应由主管部门牵头，重点企业主导，建立起高效的、合作的、多层次的网络文学行业知识产权维权的自律体系，网络文学企业可定期组织联合维权行动，建立全行业共同遏制、打击盗版侵权行为的协作机制，努力构建网络文学知识产权侵权纠纷快速处理和违法行为有效打击的工作机制，不断提高依法行政与维权服务成效。三是网络文学企业需加强维权意识，不断提高主动维权能力，鼓励有条件的网络文学企业研发版权保护技术反制措施，运用技术手段提升行业防范盗版抄袭的水平。特别是要加快推进北京地区网络文学作品标识系统建设，与国家新闻出版署网络文学作品标识系统对接，推进北京地区网络文学作品登记识别、标识申请、存储分类等管理技术标准的研发与推广，为北京网络文学作品统一管理、版权保护与开发提供有效信息与技术支撑。

（四）健全 IP 运营生态

当前，IP 运营已成为网络文学发展的主要方向，因此构建良性 IP 产业生态环境，对于行业健康持续发展至关重要。北京出版、影视、游戏、动漫、演出资源富集，推动各文化领域融合发展的优势明显，应以网络文学 IP 为原动力，着力打造文化高地。北京相关管理部门须构建系统、立体、完备的政策体系，为网络文学与其他领域的融合发展提供有力支撑；进一步以中国“网络文学 +”大会为抓手，充分发挥平台作用，促进网络文学与影视、游戏、动漫等领域的融合发展，推进网络文学精品 IP 生产与转化；

搭建全行业的资源服务与信息流动平台，构建网络文学作品库和作者库等行业数据库，推动网络文学企业与资本方（影视和游戏制作方、金融投资机构等）IP 供需双方建立良性对接机制；建立服务于网络文学 IP 衍生的交流交易体系，特别是要大力推进构建网络文学 IP 价值评估体系，建立科学、完善、全行业普遍适用的网络文学 IP 价值评估标准，对网络文学 IP 潜在价值进行衡量，从而实现网络文学 IP 运作有的放矢，推进 IP 运营的高效、精准，有效改善当前资本市场存在的对 IP 盲目开发、囤积的现象，有效促进网络文学优秀作品的创作与传播，推进网络文学 IP 发掘、孵化、保护、衍生开发机制的建立健全，实现网络文学社会效益和经济效益的有机统一。网络文学 IP 价值评估衡量标准，不能唯点击量、唯收益，而要注重作品的政治导向、思想格调和艺术价值等，要坚持“把社会效益放在首位，社会效益和经济效益相结合”的原则，从内容建设、品牌建设和市场运营三个维度建立，可集结管理部门、网络文学企业、媒体、网络文学评论者、网络文学作者、游戏/动漫/影视公司、高等院校、学术研究机构、金融投资机构、网民等多方力量共同制定评估标准，兼顾定量和定性，由专家人工阅评和大数据计算共同评判。全力打造以网络文学为核心，网络文学、影视剧、游戏、动漫等多种文艺业态共同繁荣发展的文化产业格局。

（五）加强专业人才培养

人才是产业良好发展的重要基石。北京之所以能成为全国的政治中心、文化中心、国际交往中心、科技创新中心，这些都离不开人才推动。北京网络文学蓬勃发展，肩负打造网络文学重镇的重要任务，网络文学相关人才队伍建设与产业发展需求之间的矛盾日益凸显，要进一步壮大与优化北京网络文学人才队伍，以满足行业发展需要。

网络文学人才培养主要包括作者培养和网络文学企业人员培养两个层面。

在作者培养方面，要加强作者培训的专业化和系统化，进一步促进网络文学作者的职业化，建立完善的作者孵化、培育与激励机制，让有潜力的作者有足够的成长空间和脱颖而出的机会。在注重提升网络文学作者的文学素养和写作技巧的同时，必须要引导作者树立正确的社会价值观念。在网络文学企业人员培养方面，要重视对基层编辑人员思想觉悟和业务能力的培养，网站编辑需要具有良好的文学素养和端正的社会价值观念，才能给予作者积极正向的引导，编辑也需要具有识别优秀作品和作者的眼光，且具有较强的经营策划能力。同时，要着力培养运营人才、策划人才、经纪人才、管理人才，培养高素养、复合型创新人才。

网络文学人才队伍建设需要从管理部门层面与行业层面形成合力，探索创新政产学研一体化的人才培养模式，进一步完善相关人才培养与管理的政策、制度。健全培养、考核、选拔、引进、管理、晋升等一整套人才发展机制，重点完善数字编辑资格的考评制度。通过北京市网络出版编辑责任制度的实施以及现有数字编辑专业职称评价制度的建全，进一步规范北京网络文学人才培养方式。同时，可由主管部门牵头，联合网络文学龙头企业、行业协会、大专院校等，开展多种形式的面向不同层次的专业人才培训与学术交流活动。网络文学企业可自办或校企联办网络文学专题培训班，针对网络文学作家群体进行文艺政策写作技巧、创意构思等专题培训；面向网络文学企业人员进行职业道德教育，并开展选题策划、内容编辑、版权运营等专题培训。进一步加强网络文学专业学科建设，推动网络文学相关专业学历教育，在课程设置和授课模式上，可适当借鉴网络文学企业的培训机制，建立健全专业理论及实践课程体系，探索开展规范化、可持续的网络文学行业人才培养新路径。

（六）充分发挥行业组织纽带作用

行业协会要充分发挥行业发展的桥梁和纽带作用，协助主管部门推进网络文学健康有序发展，主要包括以下几个方面。一是做好北京市政企协调工作，将政府的政策、法规和指示安排及时地传达给行业，并督促指导其贯彻落实。同时，也要将行业发展情况以及诉求与困难送达主管部门，为其提供决策依据。二是以服务为中心，履行行业协调、监督、服务、维权等职能，并可依照相关法规，开展版权代理、评估鉴定、技术交易、推介咨询等各项行业服务，并通过服务产生“磁场效应”，激发网络文学行业发展凝聚力，形成行业发展合力。三是充分发挥平台作用，整合各方资源，协调各方力量，引导网络文学企业共同面对与攻克行业中的难题，共同推进网络文学行业健康快速发展。推进成员企业之间的协调发展与密切联系，围绕网络文学内容生产、技术应用、模式创新、人才培养、版权保护与运营、规范标准制定等方面开展经验交流，形成长效的沟通协作机制。四是引导行业自律，依据相关政策文件，在出版行政主管部门的指导下制定行业自律规范，促进网络文学行业标准规范的制定。五是促进行业长远有序发展，促进网络文学版权保护，维护网络文学企业和作家的合法权益；组织开展网络文学培训和研讨，促进网络文学人才队伍建设；加强前沿技术、政策导向、竞争规律、市场需求、行业问题治理、行业体制机制等研究，促进网络文学理论研究和评论；推动网络文学与影视、游戏等其他行业深度交流与跨界合作。

（七）加强网络文学研究与评论引导

文学批评自带动力性、引导性和建设性力量，是网络文学健康发展的重要助推器。中国网络文学走过 20 年，媒体、学术界乃至社会公众对网络文学的关注程度日益提升，但网络文学研究与评论仍有待加强。当前，不少批评研究仍停留在现象描述层面；部分研究者并不具备线上作品阅读经验，缺乏对网络文学发展特性的了解，生搬硬套传统理论进行架空式批评，有失偏颇，不够客观；粉丝评论虽然具有批评活力，但缺乏专业性、系统性；一些自媒体公众号专注于作品点击量、排行榜等数据量化的产业评论，往往更强调网络文学的商业属性，忽视从美学维度和价值维度对其进行评价。另外，北京地区的学术期刊、学术专著对网络文学的关注和研究尚不充分。因此，为持续推进北京网络文学主流化、规范化发展进程，要大力推动网络文学批评和网络文学理论研究的不断深入。

一是要借力高等院校，培养融合媒体的新生代学术力量。当前，北京大学、中国传媒大学等院校已开展网络文学相关课题研究，应借力并整合以上机构的教学研究资源，进一步充实网络文学研究体系，提升理论研究的深度、广度与深度。二是要遵循网络文学创作和传播的规律及特点，开展不同层次、多种形式的网络文学研讨活动，积极推进网络文学行业智库的建设工作，组建一支强有力的网络文学研究队伍。不断扩大研究范畴，加强网络文学行业的前瞻性和实践性研究，包括网络文学发展规律、需求变化、区域发展，以及网络文学政策法规、适用技术等，为主管部门的管理决策和北京网络文学可持续发展提供智力支撑。三是要加大网络文学研究的资金投入，支持科研学术机构开展网络文学课题研究和项目攻关，鼓励网络文学企业建立网络文学研究基金，资助网络文学研究。四是要促进跨媒介对话，打通网络批评和传统学术话语区隔。构建网络文学评论的浓厚氛围，建立健全网络文学批评与评论体系。鼓励各类媒体开展网络文学批评，充分发挥文学批评褒优贬劣、激浊扬清的作用，鼓励主流媒体、学术期刊加强对网络文学的关注，开展公正、客观的网络文学批评，以主流媒体发出的权威声音，实现对网络文学的良性引导，支持并适时引导“龙的天空”“知乎”“豆瓣”“百度贴吧”等网站原创评论栏目及知名公众号，借助新媒体平台的影响力，提升网络文学的影响力和辐射力。同时，搭建具备新型学术媒体传播优势和传统学术媒体权威可信度的平台，提升评论研究的影响力。最后，要进一步完善网络文学阅评工作，鼓励网络文学企业开展网络文学的独立评奖工作，推进网络文学国家级奖项的设立。

（八）推进网络文学特色小镇及产业园区建设

国家大力推动以特色小镇为代表的新型城镇化建设，其中文化特色小镇是特色小镇建设的重要着力点。以文化强特色，以文化调结构，在全国各地特色小镇建设中获得了积极实践，在国家顶层设计层面也获得了呼应。《住房城乡建设部 国家发展改革委 财政部关于开展特色小镇培育工作的通知》要求，特色小镇培育要形成独特的文化标识，与产业融合发展。2018 年 2 月，国家新闻出版广电总局制定了《国家新闻出版产业基地创建工作规范》，明确指出，国家新闻出版产业特色小镇包括阅读小镇、书香小镇、音乐小镇、动漫小镇、游戏小镇、IP 小镇等特色文化小镇。

为持续培育网络文学作为北京的优势产业，提升北京网络文学发展动能，巩固北京网络文学重镇优势，可围绕网络文学开展特色小镇或新型园区建设。一方面，通过特色小镇或园区的集群效应，促进北京网络文学资源、企业、人才的有效聚集，基于网络文学 IP，融合北京特有元素，运用现代科技，构建区域产业生态链条，让网络文学焕发更大的影响力和生命力，深度挖掘网络文学行业的内在潜能，创造出更大的价值。另一方面，促进网络文学与旅游业、商业、服务业等领域的深度融合，实现网络文学与其他产业的联动发展，为本市经济发展提供新动能，打造北京市经济发展新增长点。

五　新时代网络文学发展展望

2018 年是中国网络文学发展的第二十个年头，恰逢改革开放四十周年，站在发展的关键节点，面对国家对文化产业和文化事业发展提出的新战略、新部署，网络文学发展仍将保持良好的发展势头。同时，在北京市建设全国文化中心的良好契机下，北京网络文学重镇的地位将不断得以巩固。

（一）坚定文化自信，肩负新时代使命

文运同国运相牵，文脉同国脉相连，坚定文化自信，完善文化经济政策，培育新型文化业态，是党中央进行文化建设的重要精神。新时代背景下，在坚定文化自信的同时，还应在弘扬社会主义核心价值观、传承中华优秀传统文化等方面承担起更加重要的社会责任，肩负起新时代的文化发展使命，秉持新时代的文化自觉与文化担当。作为全国文化中心，在推进网络文学繁荣发展方面，北京有着先行先导的责任。北京的网络文学企业在坚定文化自信、弘扬主流价值观、传承文化等方面更应发挥积极的表率作用。

期待北京网络文学作家和从业者，以习近平总书记在文艺工作座谈会、十次文代会和九次作代会上的重要讲话精神为指引，牢记使命、抓住机遇，坚定导向意识，传播当代文化价值观念，充分吸纳北京悠久、丰富的传统文

化精髓；积极主动融入建设伟大工程、推进伟大事业、实现伟大梦想的历史进程，积极主动融入全国文化中心建设和“一城三带”建设进程，展现新时代北京发展新风貌、新精神，创作出版更多经得起历史和人民检验的传世之作，奋力攀登首都文艺高峰。

（二）持续优化市场环境，提质增效迈上新台阶

在主管部门的有力引导和我国人民精神文化需求日益提升的双重作用下，我国网络文学主流化、精品化、规范化发展态势日益凸显，量多质低的状态正在逐步得到改善，在满足新时代人们精神文化生活的新期待、新要求方面发挥日益重要的作用。

北京作为首都，同样也是文艺创作和交流最为活跃的城市、文艺氛围格外浓厚的城市、新型文艺人才资源高度聚集的城市以及现代传播体系构建成熟的城市，北京网络文学从业者有责任也有义务在推进网络文学提质增效、优化市场供给方面发挥积极表率作用，积极响应精品化战略，积极提升文化品格，坚持以人民为中心，以社会主义核心价值观为引领，向人民群众传播更多反映时代呼声、展现人民奋斗、振奋民族精神、陶冶高尚情操的优秀作品。

（三）引领全民阅读风尚，践行社会责任

时至今日，人们阅读的载体和方式发生了翻天覆地的变化，不变的是对优秀内容的需求。截至 2018 年 6 月，我国网络文学用户规模已突破 4 亿，网络文学已经成为我国全民阅读的有力助推器。深入推进全民阅读，投入公共文化服务体系建设，为不同知识层次、不同年龄层、不同地域的各类读者阅读优质内容，提供更加便利的阅读条件以及更丰富、更良好的阅读体验，是每个网络文学从业者需要履行的社会责任。北京网络文学从业者要积极投入“书香北京”“北京阅读季”等全民阅读活动，在全民阅读中发挥更加积极正向的作用，借助数字化新形式，将书香传播得更远、更广。

（四）版权开发模式多元，多边联动提升品牌价值

以网络文学为源头与核心的IP运营，实现了网络文学与影视、动漫、游戏等文娱产业的各个领域的相互融通、联动发展，实现了社会效益和经济效益的有机统一与双重丰收。当前，网络文学IP市场逐步成熟，随着版权环境的逐步完善，IP运营机制不断完善。我们应该把目光放在IP的长远规划和价值深耕方面，着力提升网络文学IP的价值内涵，实现IP的精致化、精细化、精品化，不断探求IP运营的新模式和新路径。中国"网络文学+"大会影响力不断扩大，逐渐成为首都文化的一张靓丽名片，成为北京乃至全国网络文学与整个文娱行业之间合作交流的有益桥梁，良性生态环境正在逐步构建，属于北京、属于中国的像哈利·波特、变形金刚那样世界级的超级IP终将出现，充分展现中华民族新时代的文化魅力。

（五）讲述中国故事，唱响国际舞台

习近平总书记指出，在国际社会了解中国的途径方面，"光靠正规的新闻发布、官方介绍是远远不够的"，"文艺是最好的交流方式，在这方面可以发挥不可替代的作用"。文学是加强民众感情、沟通民众心灵的柔和力量；互联网是开放的、互联互通的，是传播人类优秀文化、推动各国人民情感交流和心灵沟通的重要载体。因此，网络文学具有弘扬中华优秀文化、展现中华文化软实力的天然优势。

网络文学具有天然落地、直达读者的特点，同时对外交流渠道和版权输出方式日趋多元，使其在弘扬中华传统文化、坚定文化自信、提升中华文化软实力方面发挥日益重要的作用。"国际交流中心"是首都的四个中心定位之一，因此北京不仅应在网络文学的精品生产、融合发展、人才聚集方面打造优势，在网络文学走出去方面也要走在全国前列，创作出更多体现中华文化精髓、反映中国人审美追求、传播当代中国价值观念、符合世界进步潮流

的优秀作品。依托北京市出版走出去奖励扶持专项资金、对外多语种翻译基地等抓手，切实发挥助力中华文化走出去的基地、桥梁和纽带作用，建立健全北京网络文学国际交流体系，让网络文学成为中国文化走出去的领头羊和主力军，让中国好故事在世界舞台展现中国魅力，让中国声音更加响亮，让中国文化传播得更加久远。

专题报告——北京重点网络文学企业案例分析

掌阅科技：引领数字阅读，铸造文化品牌

掌阅科技股份有限公司（以下简称“掌阅”）成立于2008年9月。作为数字阅读的领军企业之一，自成立以来，掌阅一直坚持深耕数字阅读领域，以打造有文化、有担当、有情怀的数字阅读平台为己任，以传播中华文化、弘扬中国精神为宗旨，在内容、版权、终端、平台等方面，注重自身品牌价值铸造，同时积极践行数字文化企业的社会责任，着力实现社会效益和经济效益统一、价值创造与人文关怀同在，利用不断创新的移动互联网技术和日益多元的分发渠道，为高品质文化作品提供优质产销平台，为中国数字阅读产业发展、全民阅读风气营造恪尽心力。经过10年发展，掌阅已经拥有存储50余万册书的数字云端和超过2000万日活跃用户的平台，业务覆盖150多个国家和地区，并且成为中国首个在A股主板上市的数字阅读企业和首个“出海”的国内阅读品牌。2017年5月，掌阅入选第四届中国出版政府奖先进出版单位，2018年入

选第十届“全国文化企业30强”提名企业，在数字阅读领域的行业标杆性作用日益凸显。

一　深耕数字阅读，全方位构建行业优势品牌

数字阅读服务是掌阅的核心业务。掌阅将获得授权的数字阅读内容进行编辑制作形成数字阅读产品后，通过自有阅读平台面向用户出版发行。数字阅读产品以出版图书、原创文学、期刊、动漫作品等为主，涵盖人文社科、小说文学、时尚生活、经管励志等多个类别。其中，为弘扬和普及国学经典，掌阅对古代文学精品图书进行重新整理和包装，在行业形成掌阅公版独家品牌。

1. 布局网络文学，打造精品内容

2015年，掌阅成立掌阅文学，开始涉足原创网络文学领域，包含掌阅原创文学、掌阅自出版、掌阅漫画、掌阅有声等业务单元，旗下包括掌阅小说网、红薯中文网、趣阅小说网、神起中文网、iCiyuan轻小说、魔情中文网、有乐中文网、喵阅读等原创文学网站。掌阅文学以打造精品内容为宗旨进行网络原创内容生产孵化，并在出版、影视、游戏、动漫、有声等方向进行生态布局。掌阅文学坚持打造好平台、签约好作者、传播好作品，为参与国家文化建设、推进网络文艺发展恪尽心力，为市场提供多题材类型的精品之作。目前，掌阅文学签约作家超过5万人，签约作品超7万部。月关、天使奥斯卡、纯情犀利哥、解语、极品妖孽、谁家MM、唐欣恬、果味喵等多位大神作者都在掌阅进行文学创作，创作出《逍遥游》《盛唐风华》《法医狂妃》《诸天至尊》《盛世帝王妃》《绝世战魂》等多部重磅作品。

2. 顺应移动互联网需求，打造优势产品

在快速变化的互联网时代，创新是企业长远发展的新动能所在。对于网络文学企业品牌建设而言，通过创新不断满足时代发展的需求，催生产品与服务的独特性，铸造、提升自身竞争力，是企业生存与长远发展的必由之路。在发展过程中，掌阅以技术创新推进产品创新，以不断提升其品牌竞

争力。

掌阅旗下的 iReader 数字阅读平台经过长期的市场积累与渠道拓展，已经具备非常充沛的用户流量。基于庞大的用户规模基础，在不影响用户体验、品牌定位的情况下，开展增值服务业务，实现新的流量变现方式，立足新时期出版融合发展的需要，满足富媒体阅读的时代需求，依托技术优势、分销渠道和市场优势，创新数字阅读的内容呈现与表达方式。

掌阅自主研发了拥有自主知识产权的数字阅读精排系统；其产品的“护眼模式”，重新定义了“护眼”概念；3D 书架和仿真翻页等功能设计，及渲染速度比业内平均速度快 50% 的文本文件自动续读技术，这些技术均为业内首创。此外，上线“听书”功能，丰富阅读方式，拓展用户的阅读场景；上线“想法”功能和开发“书圈”，提升用户阅读的交互体验；充分利用大数据技术绘制用户画像，精准分析用户阅读偏好，确保优质内容第一时间到达用户。

掌阅的核心产品掌阅 App 影响力一直居于中国阅读类 App 市场前列。Analysys 易观发布的《中国移动阅读市场年度综合分析 2017》数据显示，掌阅 App 以 23.7% 的渗透率位居主流移动阅读应用第一位，持续领跑国内数字阅读市场。在硬件方面，公司不断引领国产数字阅读器发展潮流。2015 年以来，公司自主研发了符合国人阅读习惯的 iReader 电子书阅读器，推出了系列产品——iReader Plus、iReader Light、iReader Ocean、iReader T6、iReader 超级智能本等，能满足不同场景的阅读需要。

2016 年，掌阅先后获批建设国家新闻出版广电总局出版融合发展重点新闻实验室和首批新闻出版业科技与标准重点实验室，技术领先优势不断累积深化。

3. 恪守社会责任，推进全民阅读

网络文学企业作为文化的传播者与传承者，在发展过程中，就是要以满足人民群众日益丰富的美好精神文化需求为发展立足点，以读者为中心，全心全意为读者服务。这更多地体现在营造良好阅读氛围，推进全民阅读，恪守文化企业的社会责任方面。

掌阅作为数字阅读的标杆性企业，在这一方面表现得尤为突出，这也是在其品牌建设中最为浓墨重彩的一笔，为同行业做出了积极表率。长期以来，掌阅致力于书香社会建设，积极参与多项全民阅读活动，助力数字阅读的全民推广。掌阅连续四年与央视一套《中国好书》栏目进行合作，免费向广大读者提供优质图书下载，共计送出1亿多册电子版“中国好书”，在“书香中国·北京阅读季”等全民阅读活动中，举办了“女性主题阅读周”“亲子阅读周”“大学生阅读联盟”等一系列线上线下的阅读活动。与此同时，掌阅还积极参与国家级公益活动及项目，支持援建多所希望小学图书室；策划“全民阅读文化筑梦”等社会公益项目，计划用3年时间建成100间乡村学校阅览室，捐赠电子书阅读器500台，数字图书40余万册，纸质图书3万余册。掌阅计划通过这些举措，推行普惠阅读，为国家文化扶贫、文化教育扶贫脱贫，推动贫困地区文化产品覆盖的均等化，完善公共文化服务体系贡献力量。基于“文化教育扶贫”和“全民阅读”理念，2018年掌阅提出“阅读的力量”主题阅读活动，制订了“千乡万村”计划，第一阶段在环京津冀地区开展建立“爱心阅读室”等项目，未来将推广至1000个乡镇。同时，围绕2018年“4·23世界读书日”，掌阅举办了多种形式的全民阅读推广活动。如以青年偶像王俊凯作为品牌形象代言人，借助其超高人气，特别是在青年受众群体中的影响力，通过拍摄品牌宣传片、与粉丝互动等方式，倡导全民阅读，传递正能量，进一步强化了品牌形象。掌阅将品牌宣传片制作成为一本创意影像书——《阅读正当时》，在其数字阅读平台上架，上线仅30多小时，即登上掌阅月票总榜第一名。此外，掌阅联合超过50家企业微博公众号，发起跨品牌互动，共同倡导全民阅读，传递“阅读正当时”这一主题思想。此次活动的品牌覆盖文化阅读、图书出版、汽车、家电、智能硬件等多个领域，让“阅读正当时”这一主题在不同圈层人群中得以全面推广。在推进全民阅读活动的同时，掌阅也实现了自身品牌价值的提升。

品牌铸造基于认可，这种认可不仅来源于资本市场，不仅体现在经济效益上，更应该源于社会与公众，体现在公众对品牌的认可度与美誉度方面。

企业的品牌铸造要把社会效益、社会价值放在第一位，只有公众认可了，取得了社会效益，品牌才能叫得响、立得住，走得远。

4. 弘扬中华优秀文化，打造国际品牌

一个国家的文化企业、文化品牌，是国家文化竞争力的重要体现。在中国一步步走向世界舞台中心的今天，不仅要立足于国内，也要放眼于世界，以全球化视野传播中华优秀文化。网络文学在我国文化领域中占据的分量日益增加，影响力不断壮大，行业版图逐渐延伸至海外，已扩展至日韩、东南亚、美国、英国、法国、俄罗斯、土耳其等 20 多个国家和地区，一大批中国网络小说走出国门，受到海外读者的喜爱。中国网络文学已经成为和好莱坞电影、日本动漫、韩剧并列的“文化现象”，成为构建国家文化软实力的重要组成部分和文化走出去的重要着力点，在打造国家文化影响力和竞争力方面发挥日益重要的作用。网络文学企业主动响应国家重大对外政策和各项战略部署，布局海外市场。

掌阅自 2015 年启动“走出去”战略以来，积极推进文化“出海”，取得了较好的成绩。国学公共版权图书是掌阅实践“走出去”战略的重要力量，目前其用户已经覆盖 100 多个国家和地区，包括 40 余个“一带一路”沿线国家和地区，海外用户已超过 1000 万，有的作品被翻译成 10 余种语言，为弘扬优秀中华传统文化发挥了积极作用。同时，掌阅文学已有 100 多部签约作品授权到海外，被翻译成韩、日、泰、英文字，其中：授权泰国版权方 9 本作品；授权日本、韩国版权方 4 本漫画；授权英语版权方 88 本作品。作品包括《龙武至尊》《闪婚厚爱》《奥法之王》《最强升级系统》《光》《画骨女仵作》《炮灰女配》《超级红包群》《绝世战魂》等小说，以及《指染成婚》《星武神诀》《赝品专卖店》等漫画。其中《指染成婚》等漫画在日本和韩国市场表现不俗。由《指染成婚》小说改编的同名漫画登陆日本、韩国市场，在日本漫画平台 comico、韩国 naver 平台获得了读者巨大的反响。在 naver 平台上，《指染成婚》已位列海外作品第一位。此外，掌阅积极参加新德里国际图书展、美国芝加哥国际书展、首尔国际动漫节、中国—东盟博览会、德国法兰克福书展等重要国际交流活动，中国文化品牌在国际市场得到有益彰显。

掌阅还是《习近平谈治国理政》（第一卷）简体中文版、繁体中文版和英文版电子书的全球发售平台，并率先上线习近平总书记著作《摆脱贫困》的英文版与法文版。因其在文化出口领域的突出作为，掌阅荣获中宣部、商务部等五部委联合评定的“2017～2018年度国家文化出口重点企业”。

二　坚定导向意识，注重内容把关

习近平总书记指出，文艺是时代前进的号角，最能代表一个时代的风貌，最能引领一个时代的风气。网络文学作为重要的新兴文艺形态，同样应该展现出新时代的新风貌和新精神，需要给人民群众以积极正向的思想指引。因此，任何网络文学品牌的打造，最终必须回归正道直行的正确价值取向，真正做到以时代精神浇灌品牌之花。一个优质网络文学品牌的塑造，首先在于它的基调是正向的、积极的，既能够贴合时代发展，满足人民群众精神文化需求；又能弘扬社会主义核心价值观，肩负起文化传播者的文化责任与文化担当。内容是文化企业持续发展立足之本，也是品牌的核心竞争力所在。因此数字文化企业要始终把内容建设放在第一位，注重内容审核把关，特别是强化内容导向管理。

在内容审核方面，掌阅为网络文学企业做出了较好的示范。自成立以来，掌阅秉承传播好文艺、服务好社会的态度，立足于构建高品质数字内容的价值坐标，注重内容审核，建立了“技术＋人员”的双效审读体系，无论是新作品还是已上架作品都要经过严格的三审流程和后期实时监控。掌阅对平台上架内容进行多角度、多层次的把关，通过严谨的内容控制和合规程序来保障和践行网络文学“把关人”的责任，为网络文学的激浊扬清尽心尽力。

在新作品上架前审核方面，掌阅会先由审核编辑对作者提交的新书简介和样章，使用敏感词数据库过滤敏感词进行程序初审。对程序标示出的含有不良信息的内容，审核编辑会进行甄别，如仅个别章节含有少量不良信息，则进入人工初审环节；如作品整体导向、格调存在严重问题，则直接驳回，不予制作。通过程序初审的作品，由审核编辑进行人工全稿初审，一旦发现作品中存在政治敏感性问题、导向问题及格调问题，及时退回作者修改，修改合格后方可再次提交审核；如人工初审环节发现作品整体导向、格调存在严重问题，直接驳回。已通过初审的作品，由两名审核编辑进行人工交叉复审。如两人的审核意见一致，作品可根据审核意见进入终审环节或退回作者修改；如两人的审核意见相左，则提交专门的终审人员进行审核，给出最终审核意见。如终审人员无法判定，则会及时提请审读中心主任以及专职副总编辑判断、解决。在终审环节，由终审人员对初审和复审提交上来的章节进行最终审核，给出最终处理意见。终审阶段发现问题，终审人员可以直接进行修改，或退回作者修改，修改合格后提交程序终审，进行上线前的敏感词过滤，确认内容不存在问题后，方可在掌阅小说网和掌阅 App 上发布。对于已上架作品的连载章节审核，注重质量和效率的有机结合，在严格审核保证内容合格的基础上，同时也要确保连载章节更新的及时性。此外，作品上线后，后台程序会对所有线上内容进行 24 小时敏感词监控，一旦发现问题立即予以处理，最大限度地确保线上内容的安全。

为引导作者坚持以人民为中心的创作导向，确保线上内容无差错且质量过关，加强内容管控，掌阅文学就内容审核专门成立了内容委员会，即公司董事会下设的专门委员会，负责对网络文学作品的内容导向进行总体把控，委员会下设审读中心。每季度召开一次例会，由审读中心进行季度工作汇报，并提请内容委员会讨论解决重大、疑难问题。同时，掌阅文学高度重视编辑人员业务素养的提高，审读中心每季度都会定期面向全体编辑组织一次较大规模的培训，以增强编辑的政治敏感性，提高编辑的业务能力。每当新政策、法规发布或行业中出现典型案例，都可报请内容委员会，随时组织相关培训，及时向编辑传达最新动态，对编辑的审核工作做出有针对性的指导。审读中心会根据公司签约作品在各个时期集中出现的典型问题，整理相关案例，提示后期工作中应关注的要点，将材料发放给责任编辑和审核编辑进行学习。

同时，为了激励编辑做出更多合格的、优秀的作品，掌阅设立“季度之星”和“年度之星”，颁发给一季度和整个年度所负责的作品内容均未出现问题过错的责任编辑和审核编辑，“季度之星”共设5个名额，“年度之星”共设10个名额。

三 着力培育作者，引导优质创作

1. 注重作者服务与激励，营造良好创作环境

掌阅一直十分重视作者服务。在作者管理方面，签约的每一部作品都由专门的责任编辑进行维护管理，同时作者可以直接与主编和总编联系。针对重点作品，在创作过程中，会建立虚拟项目小组，对作者进行专项辅导；利用移动社交工具，定期对作者进行小范围培训，确保作者的创作导向不会出现偏差；每年举办一次作者年会，和优秀作者沟通公司的内容战略以及创作建议。与此同时，掌阅文学会定期对作者进行线上和线下的培训，并且针对不同类型和水平的作者，进行有针对性的培训，还会积极推荐作者参加鲁迅文学院和中国作协以及各省作协组织的培训，为作者提升创作水平提供条件。

2017年，掌阅文学全年发放作者稿酬超过3亿元，年收入百万元以上的作者达40多人，单部作品收入领先业内企业。通过建立完善的作者激励机制，掌阅文学为作者提供稳定的创作环境，支持作者进行优质创作，让作者在创作过程中尽可能地免除后顾之忧。同时，制定了完善的作者福利体系，包括签约奖、全勤奖、半年奖、买断激励奖、完本奖，根据作者创作情况和不同等级，给出相应的福利奖励。

2. 签约头部作者，壮大平台实力

作者的创作水平决定了平台作品的质量，掌阅文学通过签约头部作者，增加有品质的内容供给量，以提升平台影响力和竞争力，也为平台其他作者树立了标杆，形成精品创作的良性机制。目前，掌阅文学旗下签约数十名头部作者。其中，作者月关，被誉为“网络历史小说第一人”“网络历史小说

之王”，是掌阅旗下白金作家，著有《逍遥游》《回到明朝当王爷》《步步生莲》《锦衣夜行》等作品，他打破了网络历史小说在穿越架空等固有模式上的创作局限，呈现真实的大时代，其作品大部分进行了影视剧改编。作者天使奥斯卡，拥有东南大学金融与英语双学士学位，是中国作协会员和江苏省网协副主席。他从 2006 年开始从事网络文学创作，擅长以宏大的世界观构筑故事，代表作品有《宋时归》《篡清》《天命神话》《1911 新中华》《我的新金庸群侠传》等。时至今日，其作品《篡清》仍是网络文学历史类收藏排名前三的作品。与已拥有众多粉丝的天使奥斯卡的签约，是掌阅壮大作家队伍的重要举措。2017 年，天使奥斯卡携新书《盛唐风华》签约成为掌阅文学白金作家，该作品讲述了隋末门阀世家的历史震荡。作者唐欣恬则是“80 后”都市情感类知名网络作家，金融学硕士，先后出版《恩将求抱》《女金融师的次贷爱情》《大女三十》《裸婚——“80 后”的新结婚时代》《谁欠谁一场误会》《侧身遇见爱》《但愿爱情明媚如初》《裸生——生娃这件小事》八部小说。其中，《恩将求抱》入选国家新闻出版广电总局开展的“2017 年优秀网络文学原创作品推介活动”推荐名单，《裸婚——“80 后”的新结婚时代》被改编为电视剧《裸婚时代》，引发社会强烈反响。作者极品妖孽是“95 后”新一代作家的杰出代表，高二时以一部《吞噬永恒》展现出创作潜力。2016 年携作品《绝世战魂》签约成为掌阅作家，并成为掌阅第一个拥有千万盟主的作家，目前该作品点击量已突破千亿次。作者纯情犀利哥是中国作协会员、鲁迅文学院学员，代表作有《独步逍遥》《诸天至尊》《一等家丁》《异界魅影逍遥》等，擅长创作玄幻类网络文学作品，作品总点击量超过 20 亿次，多部作品全网热销，长期占据百度小说风云榜前列。作者解语是掌阅签约大神作家，2007 年开始网络文学创作，代表作品有《盛世帝王妃》《清宫熹妃传》《清宫宛妃传》等。

3. 提倡现实题材创作，着力打造现实题材 IP

掌阅文学通过加强现实题材创作，深度挖掘具备扎实写作功底的作者，由编辑对其作品进行一对一的精细化策划，以强化其精品化战略。一方面，将优秀的传统作家纳入平台作家体系之中，引导他们创作出符合网络传播特色的现实题材作品；另一方面，掌阅会针对每一部优质的现实题材作品成立虚拟项目组，从作品题材到内容策划再到创作跟进，项目组都会全程和作者一起探讨，从源头确保作品既有良好的社会效益，又有良好的经济效益。作品在平台发布后，在运营上会对现实题材作品，专门进行包装推广，通过大数据筛选，将作品推送到大量读者面前，扩大作品影响力。

此外，掌阅也通过举办投入高额奖金的“掌阅文学大赛”，大力挖掘优秀作者，孵化拳头 IP，并会对优秀作品进行大力推荐，对其 IP 进行评估，考虑其后续开发。第一届掌阅文学大赛，洛明月的现实题材作品《荒魂塔克木》获得长篇组一等奖，该作品还入选了北京市新闻出版广电局“2017年向读者推荐优秀网络文学原创作品”名单，目前已进入影视化接洽制作阶段。在 2018 年 3 月举办的第二届掌阅文学大赛中，更多的现实主义题材作品脱颖而出。其中获得长篇组一等奖的《华丽的冰上》是国内首部以“花滑”“速滑”两项热门冰上运动为主题的运动竞技类小说，配合冬奥主题，体现了运动员们对于荣誉与理想的坚持，传递出积极向上的正能量，获得多家影视公司青睐。在 2018 年春季举办的北京电视节目交易会上，掌阅文学携《华丽的冰上》与另一部现实题材作品《i 的告白仪式》亮相，备受瞩目。

四　健全版权管理机制，全力助推版权价值提升

1. 注重版权保护与管理，积极引导正版化阅读

版权关乎文化产业的核心竞争力，版权资产是文化企业获取经营收益、占据市场的核心资源。盗版、抄袭等侵权行为始终是影响网络文学发展的一大障碍，而加强版权保护，完善版权管理机制，是网络文学企业构建网络文学行业良好秩序的应尽义务。与此同时，版权保护机制的完善，也是文化企业持续壮大品牌价值的根基所在。

在版权保护与版权管理方面，掌阅自主研发了版权管理系统，建立起从版权寻源、采购到版权内容签约上架的完善流程；积极配合相关政府部门维

护市场健康发展；通过文本技术加密、法律诉讼等方式维护作者权益；将版权管理后台提供给合作伙伴，协助合作伙伴更好地进行版权管理，完善版权维护措施。

同时，文化企业一方面要重视对自有作品的版权保护和管理，另一方面也要在引导正版阅读方面发挥积极作用。掌阅是最早推行付费阅读的数字阅读平台之一，每年在购买正版数字内容的版权采购方面投入较大力量，持续推动版权方将优质作品数字化，为引领数字阅读进入正版付费的规范化发展阶段做出了重要贡献。因在正版领域的推广运用效果显著，2014 年 10 月，掌阅荣获“全国版权示范单位”称号；2015 年 6 月，荣获“第四届世界知识产权组织版权金奖”。

2. 完善作品评价机制，实现全方位作品推广

为从平台海量作品中筛选出优秀作品，向读者提供更加优质的内容，掌阅文学采用数据和人工相结合的筛选机制，一方面以平台用户为核心，在大数据中引入 PK 竞争机制，根据推荐数据和读者反馈对签约作品进行评级；另一方面，建立了专门的作品评价团队，对签约作品进行审读，并且依据相关标准进行打分评价。

目前掌阅文学设立的作品评价中心有长期稳定的兼职审读编辑 70 余人，兼职编辑每 10 人一组，根据其喜好及擅长的内容类型进行分组，避免有审读编辑分到自己不感兴趣的内容，从而对作品的评判有失公允。另有核心兼职编辑 20 人，对普通审读编辑评选出来的优秀作品进行复查。通过数据和人工通读挑选出来的优秀作品，掌阅会安排顶尖资源进行大力扶持，对作品进行多元化开发评估，在通过推荐位为作品带来高流量的同时，依托自身平台影响力，整合数字阅读平台渠道资源，实现作品全网宣发，并策划多个书圈活动，包括作者互动，各类情节、人物讨论等提高粉丝活跃度及规模，引导粉丝建立自传播矩阵。

3. 多维度评定 IP 价值，全版权开发实现多元增值

掌阅在开发 IP 衍生价值方面持续发力，组建了一支专业的 IP 运营团队，从内容的生产、选择、运营到最终的商业销售，已经形成运转顺畅的

IP 运营闭环。在选择 IP 进行运营之前，掌阅会从作品的 IP 市场价值、IP 开发价值、IP 社会价值三个维度进行评定。其中，IP 市场价值分为作品传播力、作品影响力、作者影响力三个部分；IP 开发价值分为题材、内容、适宜性、风险性四个部分；社会价值分为正能量值、满意度两个部分。

以作品《诸天至尊》为例，在小说上线之后，掌阅对其进行一系列推广，使得作品的百度指数在最高峰时超过 15 万/日，同时和漫画团队合作，开发了作品改编的漫画。随后，与影视公司合作，开发了《诸天至尊》网络大电影，目前网络大电影已经制作完成，即将上线。在大电影拍摄的同时，作品改编的手机游戏也进入开发阶段，目前该游戏已经进入封闭内测阶段，即将在年内上市。

此外，掌阅文学与中国传媒大学联手打造了“中传 & 掌阅 IP 研究基地”，双方将围绕内容宣发，衍生品的设计、研发、实践，IP 产业链相关人才培养，IP 相关研究及孵化模拟实践项目等方面展开合作与探索，在深耕 IP 产业中迈出更加坚实的一步。

互联网和移动互联网改变了传统的商业模式与反馈机制，但新时代文化品牌价值铸造的根本内核并没有改变。掌阅认为网络文学的未来仍大有可为，特别是在版权管理逐步规范后，将实现更大更好的发展。同时，随着作者创作能力和导向意识的不断提升，将出现越来越多的传播真善美和反映大时代普通人奋斗和拼搏的现实题材佳作。在高原之上，不久之后便会出现网络文学的高峰之作。作为数字阅读行业的领军者，未来掌阅将会从以下三个方面着力，促进网络文学行业发展。一是促进更多精品产出，助力全民阅读推广，通过举办征文大赛，鼓励创作优秀原创作品；二是进行以网络文学为核心的“泛娱乐”IP 开发，打造数字经济增长新引擎；三是与更多国家开展合作，推动中国文化走出去。

纵横文学：扎实版权价值，着力探索版权开发路径

纵横文学前身为百度文学，是由完美世界与百度联合打造的网络文学平台，旗下拥有“纵横中文网”“熊猫看书”等知名产品。纵横中文网成立于2008年9月，以内容签约和运营为核心业务，致力于培养优秀作者、打造精品内容，拥有梦入神机、烽火戏诸侯、无罪、天蚕土豆、更俗等知名作者，以文学版权为核心拓展版权衍生业务，同时拥有花语女生网、纵横动漫等子品牌平台。目前，纵横文学拥有超过20万部超长篇（平均字数200万字以上）签约作品，覆盖了市场上超过三成的优质原创版权资源，在百度小说搜索榜单Top15作品中占5部。如《雪中悍刀行》《龙符》《元尊》《终极教师》《剑王朝》《枭臣》《万域之王》等优秀作品不仅吸引了大量用户阅读，还受到了许多知名影视、游戏制作公司的青睐，获得了更进一步的作品改编。

一　积极开拓创新，业务布局趋于完整

1. 依托企业平台，打造数字阅读品牌

纵横文学旗下“熊猫看书”是中国知名数字阅读品牌，在移动阅读领域综合排名靠前，2013年获评“年度最佳无线阅读App奖”“最佳在线阅读类应用”。熊猫看书网罗全网知名网络文学作品，打造更年轻化、个性化的文学阅读工具，有“方言读书”等多项实用功能。熊猫看书与100余家合作伙伴密切合作，拥有包括10万余部书籍的海量书库，每天超过200万用户在使用其阅读，600万用户通过H5访问小说页面，日均产生2亿PV，

是全行业最大的H5小说阅读平台。依靠平台领先的内容签约和孵化能力，纵横文学重点进行付费阅读、版权分销、IP孵化等版权相关业务，并通过重点作者作品的整体运营，与上下游合作伙伴联合进行小说改编影视、游戏等IP相关项目的合作开发，打造基于文学版权的泛娱乐生态圈。

2018年，纵横文学上线了熊猫漫画App，PandaReader App（熊猫看书海外版）。并与Wuxia World、Gravity等海外网站建立长期合作关系。其中，火星引力、月如火等作家的小说在海外网络文学网站点击榜单上长期排在前列，收获了大量海外粉丝。

2. 着力技术创新，为平台发展提供有力支撑

一直以来，纵横文学十分重视技术创新，着力完善平台功能，优化用户阅读体验。在大数据技术应用方面，利用Hadoop、Hive、Spark等技术，搭建纵横文学自己的大数据存储分析集群，每天处理近1TB的用户行为数据，为业务提供强有力的数据支撑。在人工智能应用方面，一方面，纵横文学与百度AI技术进行深度合作，推出“AI阅读”，利用人工智能语音合成技术，为用户提供便捷的语音阅读功能，可智能朗读文本内容，使用户更方便、更舒心地阅读优质内容；另一方面，为编辑搭建高效的审核平台，利用人工智能语言处理技术，智能识别色情垃圾文本，提高审核效率和准确率。此外，以大数据存储的海量用户行为数据为基础，利用机器学习算法，实现千人千面的个性化内容推荐。在优化用户阅读体验方面，纵横文学做了大量努力，一方面，研发排版引擎技术，可在手机等移动设备上，提供精于实体纸质书的阅读排版。灵活动态设置排版效果，将文字和图片、语音融为一体，并将之统一化、流程化、标准化。纵横文学独家研发ePub协议以及相关排版解压缩引擎技术，并将其做成业界模仿的标准，独家研发文字排版过滤引擎技术，在文本过滤排版方面处于国内领先位置。纵横文学也是国内首家自主研发出多种精致翻页排版技术的企业，可提供多种流程翻页方式，在前后台翻页、预加载等处理流程上做了针对性的架构优化，大大提升了引擎的流畅度，对符号换行和英文单词截断问题做了优化。另一方面，在手机等电子设备上通过设置前景色，可过滤对眼睛伤害较大的短波蓝光，以达到保护眼睛

的作用；在阅读器中也可设置护眼模式，这样既可以保护用户的眼睛，又可以在其他页面以正常模式浏览，符合用户的习惯。除了移动产品，纵横文学还利用 web 开发技术，打造 web 端阅读产品纵横中文网 PC 端和 H5 端，以及纵横中文网作者专区，方便作者写作。纵横文学主要使用基于 Java 技术栈的 web 研发技术和 PHP 技术栈。纵横文学旗下的 BS 阅读器 bookerX 是移动浏览器端的阅读器，为浏览器端阅读提供接近客户端阅读的优质体验，使用行业先进的布局技术实现不同规格数据源的水平分页布局，极低的内存占用保证顺滑的滑动分页操作，兼容各种运营活动插件。

此外，纵横文学还采用其他多种技术保障业务及产品正常高效运营。如可自动把 txt 文档的章节目录提取出来，方便用户快进和跳转的技术。这种技术通过对章节起始、标识关键字提取等步骤识别用户所阅章节是否是新章，且识别准确、速度快。纵横文学自主研发的移动设备推送平台，适用于市面上主流机型，并针对含有品牌保护的特殊移动设备进行了差异化处理。其支持多维度推送，具有很高的灵活率，提升了运营效率。纵横文学还会监控服务互相调用量。具体到每个服务的调用量，均可生成 QPS、调用总量、请求耗时的对比曲线和长期趋势图。纵横文学还推广了全站 HTTPS 化，HTTPS 加密传输技术可以保护用户数据不被窃听和篡改，在数据安全性方面表现优异，同时可以避免一系列针对网站发起的攻击，整体提升网站服务的安全性和稳定性。纵横文学采用高性能编程语言处理业务系统产生的各级别日志，实时分析，自动报警，在网站服务产生异常时可以第一时间定位到异常模块，快速响应，快速处理，快速恢复。这些技术为网络文学作品的完美呈现提供了强大的技术保障。

3. 打通产业链上下游，寻求多元变现方式

纵横文学除了在文学平台常规的付费阅读、版权分销、版权衍生和内容分发等业务板块上着力，在打通产业上下游和拓展新市场的业务上也持续发力。一是面向市场上各大影视制作单位推出“制片人计划”，意在将平台优秀的文学作品转化成高质量的影视剧产品。《御天神帝》网络大电影作为该项目的标杆，已在优酷上线了四部系列电影，受到广大网友的热捧，也让影

视制作方获得了不菲的分账收入。二是与热门电视剧合作，推出图书产品发行的合作方案。例如大热剧集《谈判官》与纵横文学的合作，在影视热播同期发布网络小说与出版实体书，实现超 2040 万 PV 的阅览量，推送覆盖用户数超 1050 万。新媒体渠道分发是纵横文学基于对互联网新媒体发展的研究探索出来的金牛项目，是顺应时代发展与互联网传播形态变迁的收益产品。2018 年 8 月，蜻蜓 FM 与纵横文学举行战略合作签约仪式，宣布双方达成文字及音频版权互授、联合打造文学 IP 等合作计划，将聚合双方平台优质资源，以多种手段助力有声精品内容的创作、传播和变现，携手开拓有声阅读市场新阵地。

二　强化作品管理，提升作品质量

1. 注重内容审核，切实履行“把关人”职责

党的十九大报告对文化的阐述，为我们理解网络文学、创作网络文学、繁荣和发展网络文学，设定了价值目标，也指明了发展方向。随着互联网技术和新媒体发展的日新月异，文艺形态出现重大变革。网络文学作为一种新的文学样式，拓宽了文学表现疆域，重新构建了文艺生态。纵横文学自诞生之日起就极为重视作品导向管理，是最早一批成为中国作协网络文学联席会议列席单位的网站之一，在上级直管单位和中国作协的监督指导下，建立了完善的三审三校制度以及编辑责任制度。纵横文学始终把内容质量作为网络文学的生命线，建立了较为严格的作者和作品审核机制，积极引导网络文学讲品位、重格调、弃粗鄙、戒恶搞，建立网络文学内容质量管理长效机制，建立有利于精品力作不断涌现的编、审、发、出版全过程质量评估体系和控制机制。为保证作品的高水准，纵横文学对作者进行了严格的筛选。

在作者审核方面，严格按照网站相关规定审核作者账号资格，对存在问题的申请不予通过。通过新作者审核之后，作者可以上传自己的原创作品。新上传的作品需要经过新书入库审核。新书入库审核主要针对作品名、简介、内容等方面进行审核，按照网站相关规定，不符合要求的作品不予通

过。纵横文学对签约作品进行严格的审核，首先要确定签约作品系作者独立创作，不抄袭纵横文学和第三方平台的作品，不侵害其他原创作者的著作权，不存在任何版权纠纷。引导作者撰写以人民为中心，弘扬主旋律的网络文学作品。作品内容要符合国家相关政策法规，要保证签约作品不含任何侵害第三方名誉权、肖像权、姓名权等人身权及其他民事权利的内容，没有违反著作权法、出版法及其他有关法律、法规。在签约作品方面，纵横文学有严格的要求。首先作品在网站连载一定的时间，网站作品已经有足够的字数，并具有一定的人气，需要一定的读者收藏数和点击量；其次作品要文辞通顺，故事流畅，具备一定的可读性。针对签约作品，纵横文学建立了“责任校对制度”和“三校一读制度”，对上架签约作品跟进审核，这两个制度是纵横文学作品校对的基本制度，以集体交叉与责任校对相结合为特点。纵横文学会对站内所有已发表作品进行安全风险及质量审核，对所有作品发表的新章节内容进行人机两次审核筛选，对于发现问题的作品及时要求修改或给予屏蔽，使读者看到内容健康及思想导向正确的网络文学作品。通过签约审核的作品，需要作者与责编对作品内容进行优化，针对大纲以及作品内容进行合理规划，帮助作者科学规范地进行创作，并保证内容的安全性，不会触犯国家相关法律法规。

2. 引导现实题材创作，建立作品评价机制

纵横文学响应国家号召，顺应市场发展，助力现实题材作品创作，让作品更加贴近广大群众，邀约了一些现实题材作者来网站创作。如《维和战队》《一号警官》的作者高学德是公安部《人民公安报》记者、中国第一支赴非洲维和警察防暴队新闻官、中国边防警察报记者。国家级出版社出版了其作品《蓝盔丹心铸和平》（人民日报出版社）、《挺进非洲》（中国文史出版社）。2013 年至 2014 年，公安部《人民公安报》为其开辟历时 242 天的《利比里亚维和日记》专栏。高学德也受起点中文网邀请撰写《维和行动战地揭秘》，该作同时获公安边防部队报告文学一等奖。作品《至爱功勋》的作者刘广雄，自 1995 年以来，在《人民文学》《十月》《当代》等刊物发表小说 200 余万字，中短篇小说《父亲的疆场》《阳光照耀和平》《正步走过

雷场》《星光木棉》等多次被《新华文摘》《小说选刊》《小说月报》《中篇小说选刊》等选载，出版、发表《白领黑枪》等6部长篇小说，《中国维和英雄》等2部长篇纪实文学，多次获得金盾文学奖、云南文学奖等。他还是中国作家协会会员，原云南省作家协会副主席，原武警边防部队作家协会主席，武警上校。刘广雄于2018年退出现役，现为自由写作者，其长篇小说《太阳滴血》被改编成20集电视剧，2003年在CCTV 8首播。他也是《缉毒警》（院线）、《边防站》（数字）、《特警云豹》（数字）等多部电影的编剧，这些电影均已上映或在央视电影频道播出，并且取得了优异的成绩。未来，纵横文学将签约更多现实题材作家，创作出更多有内涵的作品。

纵横文学针对不同类型作品，建立了不同的作品评价标准。对盈利类作品依照作品收入划分为S、A、B、C四个等级，主要是以当下网络文学市场上的热销作品做标杆，分析整合这些热销作品的重要特点与显著成效，归纳出其能被市场和读者所认可作品的原因，并且将其列为评价某作品是否为盈利类作品的依据。对口碑类作品，着重于作品内容的思想与内涵价值；此类作品可能在某一个时间段没有成长为盈利类作品，但经过纵横文学的培养与扶持，亦会有在未来成长为盈利类作品的可能。同时纵横文学也不会忽视那些小类型题材的作品培养，努力挖掘作品中的亮点与特色，帮助作品更快成长。纵横文学评价作品的基本准则，是作品内容与其宣扬的中心思想不得违背社会主义核心价值观，不得违反我国法律法规的相关规定，要向整个网络文学市场与全社会，宣扬正确、正面、向上的主题思想。

3. 注重作者孵化培育，从源头引导精品创作

作者是网络文学发展的基石和中坚力量，是弘扬中华文化，对海外文化输出的重要载体，纵横文学对作者的关注和培养有着相当完善的系统安排。作者的培训贯穿在日常交流和专业领域等多个方面，如日常培训，编辑在跟作者日常交流时，会以社会主义核心价值观为导向，结合当下市场热门流行元素，引导和鼓励作者创作出受读者喜爱又具有一定积极意义的正能量作品。同时，纵横积极鼓励和推荐作者加入网络作家协会和鲁迅文学院参与学

习，带动和号召作者积极响应各地作协、新闻出版广电局、共青团中央等单位主办的各种线上线下活动。2016 年 3 月，纵横旗下作者烈焰滔滔作为网站代表参加鲁迅文学院第九届网络作家培训班；4 月，作为青年网络作家代表，参加中国作协组织的重走长征路主题采风活动；6 月，烈焰滔滔成为江苏网络作家协会首批会员。2017 年 12 月，作者覆手携作品《激流勇进》参加“大运河文化”主题网络文学重点选题孵化项目辅导老师与网络作者见面会，接受十月文学院培训部主任文爽老师的指导。

不仅是日常指导，纵横文学也为作者在业余时间开展了大量拓展培训活动。分地域举办线下作者沙龙，邀请作者参与讨论；推荐作者参加 2018 好故事训练营暨中国网络作家高级培训班，参加由著名编剧、监制、导演郭靖宇与“神级编剧”小吉祥天等众多知名专业人士担任授课导师，纵横文学与完美建信联合发起的编剧养成及作品孵化计划，等等。在编辑部公众号的日常推送中，纵横文学特别开设了《写作干货》专栏，为广大新老作者提供不同题材、不同领域、不同环节的写作指导和经验总结，方便大家更好地进行创作。

4. 完善作者激励机制，健全作品推广

纵横文学建立了较为完善的作者激励机制和作品推广机制。上架作品通过审核后，纵横文学会对新书进行推广。新书上架前会有一波推荐预热，根据各自类型进入相应频道和推荐位进行推广。预热主要是针对用户免费推广正在连载的网络原创作品，以向广大读者宣传新作品为目的。免费推广结束后，根据作品的点击和收藏情况，安排新作品上架销售。上架作品还将登陆除 PC 端、自有平台之外的无线阅读基地以及第三方渠道，并且享有新一轮重点推广机会，通过多元方式与渠道，提升平台作品的曝光度。对于纵横文学平台签约作者的作品，会将作品推送在自有平台纵横中文网和熊猫看书；读者可以通过纵横中文网和熊猫看书付费订购作品章节并为喜爱的作者作品投票；平台提供数据后台，将作品相关的收入分成结算给作者，作为作者收益。纵横文学签约的作品，通过合作在全网的阅读平台进行销售，对方用户付费后给予纵横文学一定的收入分成，并针对平台进行内容筛选与运营。结合自媒体圈子渠道，建设“自有媒体”沉淀粉丝量，通过内容运营实现收益后建设基于小说内容的“联盟平台”，实现任何自媒体账号的运营者都可自助获取素材和结算收益，达到最好的分发效果，通过平台新模式打造自媒体内容联盟平台品牌，做更好的内容分发，成效显著。此外，纵横文学会根据作家不同级别、影响力、潜力及潜在商业价值为其作品提供不同的推广支持。对于重点作家和大神作家，纵横文学在平台上最大化其作品可见性，从而向读者推广及推荐其作品，同时提供全面对外推广支持，包括媒体曝光度，以更广泛地提高作家的声望及增强其自有品牌的塑造。同时以大数据为基础，多类型推广，以提取核心卖点，制作推介资料、宣传物料，围绕百度指数、百度小说搜索风云榜、微信公众号、微博话题等数据指标进行宣传推广。

在作家激励方面，纵横文学拥有全勤奖、低保奖励、签约送礼、完本奖、月票奖励等作者福利计划，为作家提供基本的创造保障扶持，获得了广大作家支持。作品成绩达到一定标准，纵横文学也会给作者签订涨价协议，以激励作者继续创作。全版权买断（千字买断作品的所有版权）的作品售出版权后，纵横文学也会奖励作者一部分奖金作为福利，以激励作家持续创作内容和积极参与网站的活动。如《特种神医》与《超级小农民》，在已经提前买断其所有版权的情况下，版权售出之后分别奖励了作者 30 万元人民币和 10 万元人民币，激励作者继续创作。

三　坚守版权保护阵地，多途径助推版权增值

1. 内外兼修，铸造版权保护围墙

纵横文学的版权保护工作以内外兼修为纲领。第一，以作品签约环节为源头。一份正式的签约文件，包含明晰详尽的作者信息和作品信息，包括作者证件号码、复印件、作品大纲、作品说明等。在初始的签约环节就明确签约作品信息。在保证作品原创性的同时，便于未来有针对性地对重点作品做版权登记保护。第二，不断升级网络文学作品防盗取技术手段，阻断网络文学作品被盗取的路径，包括网页防复制技术、网站防自动扒文技术等。随时

跟进电子技术手段的升级，并建立几十人的技术团队，基于文学网站的具体情况对网站防盗技术做研究与升级，用户在下载资源时进行加密处理，采用自研发加密技术，速度更快，安全性更高，在提升网站数据安全性的同时对版权给予了很大的保护。第三，网络文学是作者、平台、读者共同组成的亲密整体，通过宣讲、专项活动等，增强作者、读者、工作人员的整体维权意识。比如通过作者与读者的亲密互动，鼓励读者支持正版阅读，并积极举报盗版网站。群策群力，加大维权防盗力度，拓展侦测范围广度。同时主动出击，主要举措有三项：第一，在网络文学版权的授权使用过程中，明确版权授权模式，保证版权授权环节清晰。基于此，纵横文学打磨了几种授权模式，比如按照分发渠道性质的划分，分为PC端渠道授权、手机App客户端授权、H5渠道授权、微信书城渠道授权等。根据授权性质与期限，与分发渠道合作方明确约定官方正版的稿件交付方式，使“良币”驱除“劣币”。第二，通过主动分发拓展渠道，满足读者需求，挤压盗版站的生存空间。加大力度打击网络小说的盗版行为。博学主动监测与收集版权作品的盗版情况。第三，及时在网站违法信息举报平台、版权保护网站进行投诉备案。积极配合行政机关及上级主管单位开展的打击侵权盗版专项行动。纵横文学的法务部门以及各个部门的员工也始终秉承着一旦发现盗版，一定追究责任的原则，对侵权作品的网站、App等产品采取维权行动，无论是否能取得显著效果，也要以实际行动来维护作者权益，营造健康的阅读环境。

纵横中文网自成立以来，通过在各个公开渠道呼吁正版阅读，并且鼓励作者建立多个可以和读者互动的渠道，引导用户树立正版阅读意识。对于重点作者的作品，从创作之初，纵横文学就会从书名开始进行商标注册，防止出现其他人借助知名重点作者的人气以及版权来谋取不正当利益。如对《永夜君王》《龙符》《踏天无痕》《逆天邪神》等进行注册商标保护；对《点道为止》书封设计进行著作权登记。

2. 针对作品特点，确定IP孵化衍生方式

纵横文学通过责编与作者进行密切沟通。在作品创作之前，会就新作题材、市场需求题材、作者素材储备等方面，以及就未来的创作工作方向，做

持续沟通和充分讨论。比如三观犹在的新书《金钱无罪》项目，前置讨论主要包括以下三个方面：一是从作者经验积累方面考虑，该作者作为银行业资深从业者，有 10 年从底层到高层的工作经验和思考，在此题材类型上有充足的经验积累；二是从作者创作热情上考虑，该作者此前已有两部新派武侠作品，其情感内核从始至终都是对不义不法现象的批判，情感上是热烈且持久的；三是从衍生改编市场现状考虑，现实主义题材且有行业垂直深度的作品，更容易进行影视等衍生作品的改编。通过这三个角度对作品精确评估，明确作者、作品的孵化方向。还有作品《追夫 36 计》，纵横文学通过评估，判断其直接进行影视化衍生的成功率不高，而由于篇幅影响，直接进行实体书出版的可能性也不高。因此需要平台在作者用户吸纳、作品赋能方面予以着力，从某个适合实现的方向进行开发。如针对《追夫 36 计》，纵横文学先进行“漫画”这一类别的孵化。通过“漫画”继续吸纳用户，扩大作品影响力为作者赋能。与推广结合，反复互相影响促进，达到提高作品赋能（作者名气、作品数据），拓展用户画像（粉丝规模、粉丝能力、粉丝属性）的目标。

3. 布局版权多元开发，着力提升版权价值

纵横文学作为国内网络文学的知名企业，十分注重网络文学 IP 孵化、培育、开发与积累，进行版权的多元开发，并通过多元方式着力提升 IP 的影响力与竞争力，在版权开发方面取得了不俗的成绩。其中，根据纵横文学旗下作家乱世狂刀作品《御天神帝》改编的同名网络大电影 2017 年在优酷独家播放，获得 2017 年 10 月分账榜单第一名，播放量达 6000 万次。由烽火戏诸侯、梦入神机、无罪、柳下挥创作的《雪中悍刀行》《剑来》《剑王朝》《平天策》《终极教师》《点道为止》等 IP 都以不菲的价格卖出。其中，《点道为止》由大神级作者梦入神机创作，故事以弘扬中国武术知识为核心，在未发布时就受到了众多影视公司的青睐，最终由全球影视公司 TMP 购买拍摄；由著名导演冯小刚监制的四十集网剧《剑王朝》现已杀青。此外，2018 年纵横文学《特种神医》《仙路争锋》《权臣》《国色生枭》《陆少的暖婚新妻》《在中原行镖的日子》《在七扇门当差的日子》等超级 IP 都

在积极拍摄准备中。

《点道为止》是纵横文学打造的重点 IP，进行全版权全品类运营。在作品创作之前，就新作题材类型这个大方向与作者进行持续沟通、充分讨论，争取选择以弘扬中国武术知识为核心的创作方向。主要讨论以下三个方面：一是从作者经验积累方面考虑，梦入神机此前著有经典作品《龙蛇演义》，开创了“国术流”这一网文类型，在此题材类型上有充足的经验积累；二是从作者创作热情上考虑，梦入神机持续不断地研究传统武术，宣传推广传承工作，对武术的情感是热烈且持久的；三是从影视改编市场现状考虑，国学题材够新奇，够正气，更容易进行影视等衍生作品的改编。紧跟作品主旨的确定，选择有实力的合作伙伴进行衍生方向的合作接触。纵横文学选择在创作还没有完成之前，就找好导演、编剧、制作团队。这样做有两点好处：其一，文学作品的连载时间与衍生改编产品制作、宣发时间在一定程度上重合，能更好地促进 IP 的塑造，最大限度地使多方项目热度“1 + 1 > 2”；其二，实现文学作品的前置变现，创造最大化的市场价值。目前《点道为止》影视项目由 TMP 和企鹅影视共同制作，腾讯影视已购买该剧线上版权。最后，为保证项目的最终结果，需要持续的宣发与环节跟进。在《点道为止》正式发布时，纵横文学在上海召开大型联合发布会，并同时举办线上联合推广活动。目前作品创作势头良好，点击已快速累积至近一个亿，读者好评不断。同时，在衍生改编项目方面，《点道为止》剧集已经进入剧本创作阶段，2018 年底投入拍摄，将于 2019 年上线。

四　勇于创新方能实现突破，行业规则亟待树立

纵横文学对当前网络文学行业中存在的问题，从产业和企业两个层面进行了较为深入的思考。

一是产品层面存在的问题。主要是技术创新方面。产品多为微创新，与新科技融合较慢。网络文学相关产品，无论面向前端消费者，还是面向后端作者和编辑等工作人员的产品，在科技创新方面的迭代始终较为缓慢，目前

的创新基本上是一些产品功能上的微创新和优化。与新兴科技的融合、成长始终较为缓慢，同行们在现有产品与新科技结合上的前进步伐相对较为保守。同时，企业在扩张过程当中，自然而然地需要扩大作者规模、作品规模、用户规模和产品线规模，在规模化进程当中，由于发展的不平衡，欠缺对重点作者作品或是重点产品用户等相关方面前景的挖掘。错失机会，或是造成部分群体流失都是可能发生的，这是非常让人扼腕的后果。在供给侧结构性改革下的网站工作新课题方面，网络文学行业的供给侧改革对网站运营提出了更高的要求，网站需要在审核、推荐、作家培养等方面多管齐下，提升网站作者作品的文学水平和思想水平。改变文风和内容，让过去的读者群体感到不一样，网站如何把握好在潜移默化当中对旧读者和新读者进行教化是新时代的一个崭新课题。

二是企业层面存在问题。盈利模式固化，未见颠覆性创新。网络文学发展至今已是较为成熟的行业，盈利模式如付费阅读、打赏、版权售卖、广告销售、定制营销、投资开发衍生产品等主流盈利模式都日趋纯熟，资本层面操作和利基市场的打法已有成熟案例。当行业已经成熟，下一个盈利点在何处或者说行业要往何处走，是各家都在混沌中探索的问题。如同 KK 在《新经济，新规则》中所说的“机会优于效率”，发掘颠覆性创新是网络文学企业在下一个时代弯道超车的重要突破点。同时网络文学企业社会影响力不足。文字阅读之于读者始终是一件私人的事情，尤其是网络文学阅读在用户端的自发推荐行为远低于出版。除了处于垄断地位的企业，其他网络文学企业在发展前期的状态倾向于闷声发财，后期对于品牌的建设和宣传也较弱，所以企业的社会影响力较弱，企业一直以来担负的社会责任也并未受到社会的广泛关注。事实上，社会对行业企业的正向反馈，会推动行业整体的发展，而影响力不足会弱化相关信息的反馈。在行业监管与行业规则方面，网络文学行业对作品内容等方面的监管一直由政府主导，各企业对于自身行为的规范并没有相应规则指导。如何在市场与政策中获取平衡，需要政府和企业共同商讨确立行业规则，以规范和保护行业从业者中各方群体的权益。

纵横文学筹划在未来一段时间内启动IPO上市计划，期望在资本市场上获得更大认可。在可见时间范围内，纵横将在平台和产品规模、作者作品规模和量级、拓展海外市场等方面，继续提升企业的核心竞争力。同时顺应网络文学发展的新趋势，探索更多创新性产品和新商业模式，产出更多大众化成果、高效益成果，提振纵横品牌整体的影响力。

铁血网：中国网络军事文学的初创者

铁血网（tiexue. net）创立于 2001 年，由北京铁血科技股份公司（以下简称“铁血科技”）运营。铁血科技以我国一亿军迷需求为核心，以优质军事内容为息壤，用多样化的内容产品连接军迷。在运作旗下内容业务的基础上，扩展出电商、IP、游戏三大业务板块，通过这四大业务间相互赋能，铁血科技形成了完整的军迷服务产业链。根据 Alexa 数据，截至 2018 年 5 月，铁血网在军事国防类网站综合排名中位列第一名。2015 年 11 月，铁血科技挂牌新三板。2016 年 6 月，铁血科技成为首批进入新三板创新层的公司，先后接受了东方富海、经纬、光线传媒、东方证券等多家机构的投资。自设立以来，铁血网先后入选中国最大的社区 15 强、最有影响力的中文社区 20 强、中国商业网站 100 强、社区类网络媒体 10 强，获得“APEC - 中国最具成长性新锐企业奖”“2015 十佳新三板挂牌公司”等荣誉。

一　发展定位明确——军事类网络文学的初创者

2001 年，铁血网开始从事文学作品的在线阅读业务，并建立了专门的读书平台——铁血读书（http：//book. tiexue. net/）。从创建伊始，平台便确立了以军事历史题材网络文学作品为主要内容的定位。毋庸置疑，铁血读书是中国原创军事作品的摇篮，在军事类网络小说的发展过程中具有里程碑式的意义。直到目前，该平台仍然是全国唯一以军事题材作品为核心的大型网络文学平台，凝聚了数百万军事文学作品爱好者，诞生过众多脍炙人口的优秀军事题材作品，拥有大批的军旅和警界作者，他们以特有的军旅生活积淀和军人铁骨激情，为广大军事小说读者奉上了大批优质军事作品。电视剧

《我是特种兵》导演刘猛，电视剧《雪豹》原著作者周军，热播剧《风筝》《渗透》《二炮手》作者林宏（笔名：肖锚），热播特种兵题材电影《战狼》《空天猎》编剧高岩（笔名：最后的卫道者）等知名军事影视编剧或网络文学作家，均与铁血读书建立了良好的合作关系。

2003 年，铁血读书原创小说《我绑架了一艘航空母舰》出版，这是国内出版的首部网络军事小说。铁血读书至今已成功出版了 60 余部优秀军旅小说。无论在质量上还是数量上，铁血军事文学作品库都有了巨大突破。铁血读书出版平台以“特种军旅”“战争幻想”“大国博弈”“历史架空”等为主打题材轰动互联网，诞生过多部军事题材作品，《兵王》《狼牙》《夜色》《雪亮军刀》等作品在军事类网络小说的发展初期具有里程碑式的意义。此外，《血路》《特战先驱》《暗剑》《机枪响了》《特警犬王》《火蓝刀锋》《热血军魂》《狼烟深处》等众多优秀作品，通过铁血读书的传播而家喻户晓。

二　军事题材佳作不断涌现，广受好评、佳绩不断

铁血网自诞生以来，始终坚持为人民服务、为社会主义服务的文艺发展方向，秉承百花齐放、百家争鸣的文艺方针，致力于为网友提供展现民族精神和时代精神，内容健康、格调高雅、网民受益的网络文化作品。截至 2018 年 6 月，铁血读书拥有 218 万独立注册用户；累计历史作品数 2.7 万部，有效作品数约有 1 万余部。多年来，铁血读书深受业界的高度好评及认可，佳绩不断。

2010 年，《特战先驱》被改编为电视剧《雪豹》，成为军旅影视剧中的一匹黑马，名气响彻大江南北。同年，代表铁血读书参加“首届网络小说创作大赛”（北京网络媒体协会、北京市文学艺术界联合会主办）的参赛作品《泰雅魂》《胡子》（已出版实体书）分获二等奖和三等奖。2012 年，在首都互联网协会举办的“互联网文化季”短篇小说原创大赛上，代表铁血读书参赛的作品《逝去的雅禁》荣获二等奖。同年，铁血网加入“中国作

协联席会议”，成为“中国作协联席会议”的正式成员。在2013年“互联网文化季”中，铁血网推荐的作品《咸雪》获得网络长篇小说大赛三等奖，《白狼》《二毛驴子探亲记》分别获得网络短篇小说大赛一等奖、二等奖，此外还有两部微小说分获微小说大赛一等奖和三等奖。铁血读书在2013年“首都青少年最喜爱的网络小说评选”活动中，荣获共青团北京市委员会颁发的“最佳组织奖”。2014年，铁血读书组织的“全民数字阅读主题月活动”入选国家新闻出版广电总局全民数字阅读全国重点活动。2014年10月15日，铁血签约作者花千芳受邀参加了习近平总书记主持的文艺工作座谈会，获得了习总书记的点名与关心。2015年、2016年，铁血网推荐的网络文学作品《白狼》《世代枪王》《军旅长歌》三部作品，先后入围由北京市新闻出版广电局公布的向读者推荐优秀网络文学原创作品名单。

2015年，铁血网成功促成铁血签约作者高岩与著名动作明星吴京的合作，为吴京自导自演的电影《战狼》担任编剧，该片在全国范围内热映，票房突破5亿元。2016年，铁血网推荐作品《大荒洼》《锋刺》，入围由国家新闻出版广电总局组织开展的“2016年优秀网络文学原创作品推介活动”推荐名单。此外，在由中国作协网络文学委员会主办、中国作家网承办的“2016年中国网络小说排行榜”活动中，铁血网抗战题材长篇小说《一寸山河》荣登未完结作品榜第三名。在北京市新闻出版广电局于2017年组织的“大运河文化”主题网络文学原创作品征集活动中，铁血网的《漕运天下》《长河左岸》两部作品入选32部重点孵化项目。2018年，铁血网选送作品《大漠航天人》入选中国作家协会重点作品扶持计划，《一寸山河》入选全国网络文学重点园地工作联席会议重点作品扶持选题，《漕运天下》入选由北京市新闻出版广电局公布的“2018年向读者推荐优秀网络文学原创作品”名单。

三 坚持社会效益为先，着力打造现实题材精品

铁血读书的作品以军事、历史题材为主，因此在现实主义题材作品创作

方面，具有明显优势。铁血读书积极响应政府倡导，通过举办纪念长征 80 周年活动、“运河情 · 中国梦”大运河主题征文活动、“一路繁花”现实主义题材征文活动等系列举措，大力推进现实主义题材创作。在 2017 年由北京市委宣传部、北京市新闻出版广电局、北京市互联网信息办公室等主办，北京出版集团、北京发行集团等承办的第二届“北京十月文学月”活动期间，铁血网积极响应政府部门号召，组织开展了“大运河文化带系列活动”。2018 年 5 月，铁血读书举办了以“一路繁花”为名的网络文学现实主义题材原创作品征集活动，重点围绕改革开放 40 周年、新中国成立 70 周年、中国共产党成立 100 周年等重大历史节点，促进阐释、传承、引导中华民族正能量的现实题材网络文学精品的孵化与传播。该活动中优秀作品的激励基金累计 20 万元，并有机会成为影视改编、新闻出版系统推优活动的重点推介作品。

2017 年，风靡网络文学生态圈的都市爽文、热血兵王题材作品，点击量高、收益高，但思想价值十分有限。面对利益的诱惑，铁血读书依然没有放弃初心，始终坚持正能量题材定位，尽管在商业回报上可能会错过一些机会，但是铁血读书始终致力于推出弘扬主旋律、正能量的作品，注重作品价值引导、精神引领、审美启迪等方面的作用，没有因为利益的诱惑，转而投向快消爽文的运营。

四　引导作者秉承求实严谨态度，推进精品创作

由于军事题材网络文学作品比普通网络文学作品政治性、军事性和专业性更强，所以军事网络文学不能走普通网络文学的老路，既不能套用“粉丝经济”的营销模式，又不能走“眼球文学”的传播路径。军事网络文学不能一味追求点击率，求取阅读量、转发量和评论数，一定要保质量、有层次，要有宣传主题，要呼应主旋律，体现时代价值。此外，军事网络文学因政治性、敏感性强，比普通网络文学创作有更苛刻的限制条件，应用真实作为“紧箍咒”规范军事网络文学的创作，尤其是关

乎历史事件、涉及历史人物的描写当慎之又慎，切不可胡编乱造、曲解原意。因此，铁血读书除了在内容创作能力方面进行孵化培育，网站也在试图利用自身从事十余年军事题材原创作品运营的优势，培养作者养成客观、严谨、求实的创作态度，避免历史虚无主义的创作倾向。注重提升作者思想理论素养、科学文化素养与文学艺术素养，引导作者创作出弘扬中国精神、凝聚中国力量、传递正能量的优秀作品。铁血读书希望通过这样的方式，帮助作家们深入学习党的文艺方针政策，树立正确的思想观念，坚持正确的创作导向，牢记历史责任和社会使命，提高创作能力，创作出现实主义题材文学精品。

铁血读书通过推荐平台作者参加鲁迅文学院培训班，参与北京市新闻出版广电局等部门举办的优秀网络文学原创作品推荐活动，申请北京影视出版创作基金优秀数字出版物项目、申报中国作协重大题材规划及重点扶持作品等方式，提升作者的知名度和影响力，鼓励和引导作者创作更多优秀作品。

五　注重优秀军事文学作品的发掘与培育，着力实现双效统一

1. 培育新老作者，注重作品价值评估

作为原创军事文学的摇篮，铁血读书始终致力于优秀军事文学作品的发掘与培育，并努力将这些优秀作品发扬光大，产生社会效益与经济价值。一方面，编辑会主动去外站联系新作者，向他们传递铁血读书的宗旨、规划与远景，吸引作者到平台写书创作。另一方面，面对老作者，铁血读书也会与其探讨未来的创作方向，对于正在创作中或已完结的作品，编辑会对其订阅价值与改编价值进行评估，并始终保持把握作品正确导向的警惕性。经评估后，当发现一部作品具有较好的订阅价值时，会将其反馈至运营环节，为读者及时推荐并促进作品价值实现最大化。如果一部作

品具有较高的改编价值，编辑会将作品反馈至版权商务环节，与第三方渠道、平台对接，在评估作品的改编价值后推荐给不同的合作方，与对方商榷版权合作的机会。

2. 完善版权签约机制，重视版权保护

为降低版权风险，避免版权纠纷，铁血读书建立了较为完善的版权签约机制。新作品内容达到签约要求后，责任编辑对作品的内容进行审核，判断作品的版权风险，并对该作品的签约价值进行评估；对于符合签约要求的作品，责任编辑会联系作者，商谈作品版权授权签约相关事宜，若达成签约意向，责任编辑会按照公司规定的签约流程，与作者签署纸质合同，并将合同提交给主编审核签字。同时，主编需要对作品进行审核，确认作品符合签约要求，并对合同内容进行审核，确认无误后，手写签字。双方签字后的作品授权合同，由内容分部统一盖章，扫描电子版并安排归档留存，责任编辑修改作品为签约状态，并统一通知团队内部工作人员，便于相关人员展开后续工作。

同时，铁血读书通过各种措施，加强作品的版权保护。一方面通过技术手段抵御恶意抓取行为，防止秒盗；另一方面，一旦发现盗版侵权行为，及时向相关管理部门举报。铁血读书还积极参与网络文学数字标识试点工作，按照有利于企业管理、有利于公众查询、有利于版权保护及利用的原则，建立兼容性强、使用便捷的原创网络文学作品编目系统、版权信息系统和社会公示及查询系统。2017 年 3 月，铁血申请首批网络文学作品标识试点单位，顺利成为 5 家数字标识试点单位之一。2017 年 3 月 17 日，项目正式立项。经过项目组全力以赴的推进，2017 年 4 月 26 日，铁血读书的第一个内测版本正式上线。由于项目进展顺利，铁血读书的作品《你是谁》申请到了全网第一个 ILTC 编码，这标志着数字版权正规化全面拉开了帷幕。历经长达 8 个月的开发工作，项目系统成功投入使用。2018 年 2 月，铁血读书与纸贵科技达成版权确权及保护战略合作关系，纸贵科技为铁血读书提供区块链版权登记服务，并将在原创内容孵化方面探索合作模式。

3. 聚焦优质 IP，打造现实题材精品

在 IP 运营方面，铁血读书聚焦讴歌党、讴歌人民、讴歌英雄的现实题材优质 IP，坚决抵制低俗、庸俗、媚俗，着力打造内容精良，有可持续发展潜力的现实题材精品。按照作品篇幅、时代背景、呈现方式、剧情、主角设定等标签，对作品的 IP 价值进行评估，实现各个 IP 的精准运营与管理。

2016 年，铁血网成立了全资子公司铁血文化，致力于优质军事、历史类 IP 的全版权运营开发，并成功签约《兵》《代号：忠诚》《毛人凤身边的红色间谍》等作品的影视版权开发，《叛徒》《最后一毫米》《悍马烈日》《活着》《雷霆反击》等作品的有声版权开发。

截至目前，铁血文化重点运营的优秀网络文学作品版权有近百部。其中，现代科技谍战小说《代号：忠诚》，自发布起铁血即对其进行全版权运营，由铁血文化联合出品，开发影视及网络大电影项目，目前剧本已改编完成，并于 2018 年 11 月正式开机摄制；《毛人凤身边的红色间谍》是铁血读书的新晋谍战大作，该作品通过对抗战时期战斗在隐蔽战线、特殊战线的我党人员的描写，反映了为新中国成立而奉献个人的英雄事迹。在收到作者的创作意向之初，铁血读书就积极委派责编进行指导、跟进创作，运营团队开启 VIP 重点作品运营，在短短半年内点击量突破 200 万，目前该作品已签约影视开发，电视剧剧本正在改编中；《雷霆反击》（原名《国家意志》）全书涵盖 300 种军事武器装备，被粉丝称为“武器百科大全”，是科普军事武器知识传播的良好载体，但受限于其内容的专业性、作者个人的分发能力，在运营伊始，其粉丝和传播范围都仅限于资深军迷群体。为此，运营团队为《雷霆反击》制定了“社会化运营策略”，建立公众账号，进行漫画改编及发行，通过这样的方式，使得原本晦涩的军事知识变得更加通俗易懂、拟人化，吸引了青年人关注，扩大了作品的受众群，半年内快速积累公众号粉丝超过 180 万，目前全网点击量达两千多万，引发全网网友对军事武器装备的深度分析和传播热潮，版权正处于有声化的进程中。值得一提的是，在运营过程中，《雷霆反击》实现了军事类型小说全网零差评的奇迹，是当之无愧的军事神作。

六　认清问题，力求突破

长期以来，铁血读书坚持把社会效益放在首位，大力弘扬社会主义核心价值观，聚焦军事、历史题材，着力打造现实主义精品，平台影响力不断提升。为了实现平台可持续发展，未来需要从以下方面予以进一步完善。

一是进一步加强出版质量把控。铁血成立较早，历史存量作品较多，成立早期对作品内容的管控意识和能力不足，对个别作品题材把握不力。针对这一问题，铁血读书正在对历史作品的内容导向进行全面倒查，杜绝历史遗留问题。制定了完善的内容审校流程和管理制度，重点狠抓三审三校制度的落实。通过引入黑马校对，利用技术手段提升作品编校质量。

二是进一步加强对作品文学内涵与艺术审美的把控。对平台首页或重点栏目推介作品，注重其艺术性、思想性、文学性的有机统一，全面做好对践行社会主义核心价值观、弘扬真善美、传播正能量作品的重点推介。

三是持续推进内容创新。铁血读书正在加快研究制定新的创新激励机制，借鉴同行先进管理模式，充分激发和调动作者的创作活力。

四是进一步完善企业制度。目前铁血读书在编辑责任、作者和读者服务、作品管理及质量控制、版权管理、队伍建设和人才培养、经营管理等方面建立了较为完备的企业制度，但在具体落实方面，仍存在一定偏差。部分制度落实力度不够。下一阶段，铁血读书将充分落实北京市新闻出版广电局《关于在北京地区网络出版服务单位全面落实编辑责任制度的通知》，重点加强针对编辑团队的培训教育工作，力争全体编辑持证上岗，提高编辑的工作能力，从而在更大程度上保证网络文学的创作质量，并进一步完善版权续约管理机制，着力解决其他制度执行不到位的情况。

我国网络文学已走过20年发展历程，在作品数量飞速繁荣的背后，因“有高原无高峰”的作品质量缺失问题，一直为各界所诟病。特别是穿越、架空、玄幻等类型的网络作品大行其道，大多数作品艺术水准和作品质量都不足以登上大雅之堂，更难以主流化和经典化评价之，严重影响了网络文学作品的形象和定位。党的十九大报告指出，繁荣文艺创作，坚持思想精深、艺术精湛、制作精良相统一，加强现实题材创作，不断推出讴歌党、讴歌祖国、讴歌人民、讴歌英雄的精品力作。在这一政策的指引下，各家平台都开始在现实题材网络文学作品的创作方面发力。铁血读书作为现实题材创作平台的先行者和领军者，要不忘初心，牢记使命，充分发挥自身从事主旋律现实题材网络文学创作的优势，积极参与重大主题文艺创作，积极引导网络文学创作者，继续遵从党中央和国家领导的重要指示精神指导工作，力争创作出更多更好的“现象级”主旋律题材精品力作。

塔读文学：老牌数字阅读企业的创新变革之路

塔读文学隶属中国最大的移动通信产品分销商天音通信集团，成立于2008年，是全国较早建立的数字阅读平台之一，是经原国家新闻出版广电总局遴选的18家首批“全国网络文学试点单位”之一。截至2017年底，塔读文学在线注册用户数超过3.1亿，日活跃用户数420万以上，书库存量超过35万册，原创签约作者达到1.6万人，签约作品4万余部，作品类型涵盖了玄幻、仙侠、历史、悬疑、青春、校园、都市、言情等多种类别，形成了有规模的内容体系，可满足各层次读者的多元化阅读需求。在维持发展现有作品规模的同时，塔读文学积极拓展签约类型，深度挖掘情怀、励志、温情、浪漫、梦想等类型作品，以文载道，以更适合阅读的方式传播正能量。作为一家老牌数字阅读平台，面对日益多元化的市场竞争，塔读文学在不断巩固原有品牌优势的同时，顺应行业发展新形势、新需求，持续创新探索，始终保有与网络文学发展一致的蓬勃活力，在不懈的探索中，实现了自身品牌的革新升级。

塔读文学始终坚持“改变阅读世界，引领精彩移动阅读生活”的发展理念，顺应移动互联网的阅读需求，充分结合移动终端的富媒体特性，以数字阅读平台为基础，为亿万用户提供精彩的数字阅读服务和贴心、优质的移动阅读体验，以丰富的品质版权内容精细化运营为特色，逐步构建起内容创作、内容分发、内容衍生开发等多板块业务布局，整合产业链上下游的泛娱乐化资源。同时，进一步加大对作者的扶持，打造优质数字内容，持续夯实平台发展根基。

一　加大品牌推广投入力度，推进品牌创新与升级

1. 开拓跨界融合新路径，不断提升品牌影响力

2018年以来，塔读文学在品牌推广方面加大了力度，借助当前网络综艺节目的热度，在品牌打造上进行了很多努力尝试，与各大头部卫视、视频网站等建立了深度合作关系。先后与深圳卫视大型文化综艺类节目《诗意书单》、东方卫视大型青春励志歌舞竞演类综艺节目《下一站传奇》、江苏卫视大型文化情感类节目《阅读·阅美》、北京卫视大型公益"治愈系"纪实节目《生命的礼物》、腾讯视频旅行纪录片《奇遇人生》、爱奇艺视频《中国新说唱》、优酷视频《这就是灌篮》等节目进行联合宣传推广，深入触及年轻用户群体。塔读文学通过与综艺娱乐节目的结合，在站内开展话题讨论，以奖励的方式鼓励年轻用户的积极参与，以提升年轻用户群体的平台黏性。此外，在腾讯视频的另一档情感类自制真人秀综艺节目中，塔读文学也进行了广告投放。2018年10月，塔读文学推出明星推书官这一项目，每月邀请一位形象积极向上的明星来到平台共同参与阅读，向平台用户推荐优质好书并与用户进行深度互动。由此可见，塔读文学在品牌推广方面的用心与决心，其成效也是比较显著的。易观智库报告数据显示，2018年第二季度塔读文学App用户新增数及日活跃度稳步提升，用户日均在线时长上升至行业第二；2018年第三季度塔读文学用户月活跃用户较第二季度再次上涨，涨幅超过20%。

2. 面向二次元市场，打造轻萌新品牌

目前，塔读文学旗下产品主要有两个品牌。其一是塔读文学，于2010年7月上线，是国内综合性的网络文学出版和数字阅读平台，包括App、PC端、WAP端，为读者提供一站式服务，是塔读文学的主打品牌，满足多元化读者需求。其二，随着移动阅读行业小众需求崛起，以年轻群体青睐的轻小说漫画为典型，用户个性化内容需求越来越强烈，塔读文学在满足大多数用户阅读需求，巩固原有品牌的同时，也积极顺应行业发展新形势，把握市

场新需求，深入细分领域，将目光投放在深受青少年喜爱的“二次元”内容方面，成立了“轻萌小说”这一新品牌，“轻萌小说”是专注于二次元的特色阅读平台，主要面向年轻人群，特别是“95后”和“00后”等深受漫画动画类新互联网文化影响的一代人。多板块协同发展在一定程度上可以帮助塔读文学扩展平台用户年龄层，延伸受众边界。在目前的移动阅读市场上，头部平台特点鲜明，对塔读文学而言，发力特定人群的同时，扩展用户年龄层从而实现全民阅读，符合塔读文学的市场定位。

二　注重作者培育与孵化，为作者创作给予充分鼓励和支持

签约作者、征集内容一直是塔读文学平台的核心业务，内容是平台核心竞争力，而作者是构建核心竞争力的必备因素。长期以来，塔读文学都十分注重旗下作者的挖掘、孵化与培育，壮大优秀作者队伍，积极协助作者提升写作水平。网络公开资料显示，超过九成的作者有IP改编的期待，但由于对IP改编的要求和流程不了解，他们更希望从平台处获取帮助。因此塔读文学向作者提出专注IP深度开发的权益，在作品基础上与作者进行深度捆绑，了解作者所需，加大对作者权益的投入。在作者孵化方面，塔读文学通过比赛的形式发掘有潜力的作者，并针对写作爱好者进行创作宣传，组织文学爱好者，以讲座的形式对其进行授课，定期举办文学爱好者座谈会，鼓励他们把爱好付诸实践，投入到网络文学作品创作中去。在作者培育方面，塔读文学尽可能地为作者提供舒适的创作环境和充分的创作空间，在作者创作过程中，编辑会与作者进行深入的沟通交流，给予作者充分鼓励和支持，辅助作家完成创作；定期组织作家交流会，策划优秀作者座谈会，激励作者创作，同时推荐作者参加各类培训班，提升作者职业素养和写作能力。塔读文学通过多年培育，已汇聚了一批优秀网络文学作者。如鸭圣婆，2014年签约塔读文学，次年其作品《红莲业火》获得“芳悦杯”原创文学大赛第一名，其作品《宦妃还朝》的有声小说、游戏版权已经出售。还有塔读文学

签约作者六界三道，其作品《仙武帝尊》已更新至近500万字，截至目前全网点击量超过三亿，长期居于塔读畅销榜前列。该作品在书旗网、咪咕阅读、UC浏览器、360阅读、网易云阅读、快看阅读等各个渠道均取得不俗的成绩。其中，连续半年在书旗男频居于销售榜榜首，连续八个月在UC男频销售榜位列第一。据了解，塔读文学对许多作者的成长都给予了很大支持，如2018年9月，由塔读文学推荐，男频签约作者狐颜乱语参加了由团中央社会联络部与中国作协网络文学中心、中央网信办网络社会工作局共同举办的全国第二期“青年网络作家井冈山高级培训班”，随后又参加了湖北省作协举办的首届网络文学精品培训班。

在作品推荐方面，塔读文学会根据作品上架后的数据表现，分为三个等级。一是可继续推荐书籍，二是需要观察书籍，三是无推荐书籍，根据不同等级，进行不同的作品推广策略。针对数据表现优异的可推荐书籍，塔读文学会为之安排更大流量位置进行曝光，曝光期间编辑会实时掌握作品的后续创作情况以及读者的反馈；针对需观察书籍，进行小量曝光，并根据后续数据表现情况，调整曝光程度，如表现良好，可转变为可推荐书籍；针对无推荐书籍，平台不会安排推荐，但编辑仍会实时把握作品创作情况和读者反馈情况，如果发现作品具有较高的艺术性和文学价值，或读者夸赞较多，也可以转成推荐作品，安排推荐曝光。

三　注重产品优化，完善用户体验

长期以来，塔读文学十分重视产品功能优化，积极开展技术创新的突破尝试，分别针对平台架构方面和用户展示层面做了大量的思考和创新性架构，为平台用户提供更加优质的服务，让用户有更为舒适的实用体验。主要体现在以下六个方面。

一是文字排版技术。塔读文学的技术研发部门投入巨大的人力和物力，定制了Android系统专属的阅读器，最终实现了文字排版效果媲美出版书籍，同时在操作系统上能覆盖到Android 2.0以上所有版本。

二是构建读者—平台—作者的三者强互动。塔读文学结合移动互联网的新特性，建立读者、平台、作者三者之间的强互动功能，可以针对书籍发布短评、长评、章节评论、段落吐槽等多种互动方式。

三是自动预读缓存/购买新章节功能。针对移动互联网时代用户的使用场景主要集中在碎片化时间这一特点，为了保证用户在上下班路上、吃饭闲暇时间均可直接无间断阅读，无须考虑网络，塔读文学针对用户场景做了大量的网络判断和适配，最终实现了用户在不同的网络环境下均可进行“自动预读缓存+购买新章节”。

四是智能语音朗读功能。随着各种新技术的运用和设备的逐步强化，目前塔读文学已经实现了智能语音合成，让用户可直接使用内部智能语音朗读功能，达到自动阅读当前书籍内容，让眼睛休息片刻，保障阅读不间断。

五是智能推荐功能。塔读文学支持用户进行阅读基因定制，用户可根据自己的喜好选择内容标签，系统将根据用户定义的标签内容进行书籍匹配，在阅读过程中，系统还将根据用户的阅读行为习惯做进一步分析，为用户匹配更为精准的符合用户喜好的书籍，从而更好地满足用户个性化需求。

六是引入及运营社区多元化内容。塔读文学内置“广场”板块，其中在书荒讨论专区内，用户可以主动与他人分享自己阅读过的优质好书，也可以在专区内找到自己所喜爱的单个品类的书单。在专栏文章内引入受众基础较好的搞笑作品以及短篇阅读，为用户提供更加丰富的阅读选择，在碎片化时间内让用户能够获取更多的优质内容，有效提升平台黏性及用户在线时长。

四　多方合作，注重版权引入与输出

塔读文学通过与其他平台合作，提升自身平台作品的覆盖面与影响力。目前塔读文学的版权输出的合作方覆盖近百家阅读平台，以分销为主，主要运营模式包括书籍自荐以及专题制作，并注重于作品在合作平台的数据分析整理及反馈。除了依靠自己的原创力量，塔读文学也从各个渠道引进内容，充实平台数字内容资源，目前合作伙伴达到三百余家，内容包括阅文集团、掌阅科技等多家网络文学平台作品以及传统出版单位的畅销实体书。

塔读文学认为，传统写作的发表平台是有限的，而互联网的出现，让信息更加通达，网络文学兴起并逐渐形成了泛娱乐生态，平台原创内容的孵化与改编需要协同发展，IP 和泛娱乐生态的发展则是文化与互联网相互融合的必然产物。对于资本方或者产业链其他环节而言，看到一个好作品就会自然而然地想到它能够被挖掘出的潜在价值。当前，各方看到这些有开发价值的作品的渠道更加通畅。正如美国和日本的漫画同样会与电影和游戏对接，这是文化市场发展的必经阶段。美国和日本会有一些更先进的商业模式，比如作家或公司主动去发掘热销的漫画，然后把它改编成小说或电影。但是在让文学、影视、动漫等领域进行更有机的联动方面，塔读文学认为中国实际上实现了弯道超车。因为中国的互联网用户量足够庞大，会涌现很多独创的东西。中国现在网络影视的制作模式是很先进的，网络文学收费阅读模式也是很先进的。日本在 2014 年才开始推出收费的漫画阅读，但是在中国，随着公众版权意识的逐步增强，盗版作品被打击，行业环境愈加健康，同时得益于技术算法的升级和内容产量的加大，用户个性化阅读需求得到满足，用户对付费阅读接受度不断提升，网络文学付费阅读这一商业模式已发展得非常成熟，并已成为行业最主要的收入来源。

塔读文学是国内较早对自有原创作家挖掘和培养，开展自主 IP 授权交易的数字阅读平台。选定 IP 必须以符合国家网络出版服务法律法规的相关规定为前提，形成有一定粉丝基础的，弘扬社会正能量，情感真实、引人共鸣的作品，并做到内容新颖、独特、有创意，不落俗套。同时，还会根据不同影视公司需求，定向挖掘不同类型的 IP。

IP 经过 2015 年的爆发，2016、2017 年的持续发酵，到 2018 年，网文价值进一步扩大，形成蓬勃发展之势。小说作为 IP 改编源头，其优质性对整个 IP 产业链开发都具有重大的意义。多年来，塔读文学已经成功输出多部不同题材类型的优秀 IP，进行影视作品、游戏等衍生开发，有声版权已售几百部。2015 年，塔读文学平台连载作品《清宫熹妃传》，点击量过亿，积累了良好的粉丝基础，游戏版权由苏州玩友时代科技股份有限公司开发，分为《熹妃传》《熹妃 Q 传》两款手游。其中手游《熹妃传》于 2015 年 6 月上线，作为塔读文学重点产品中的领头军，塔读文学一直将它放在首位并给予最佳的资源和最充足的推广投放预算，上线后创下平均日活跃用户数 50 万，最高月流水 5000 万元的佳绩，累计导入超过 1 亿用户的优异成绩。另一款手游《熹妃 Q 传》于 2017 年 9 月上线，是国内首款 3D 宫斗题材手游，也是塔读文学年度新产品中的拳头产品，上线后推广投入和流水表现同创新高，短短时间已累计导入用户数近 500 万，日活跃用户数 60 万以上，当月流水突破 4000 万元，收获业内外一致好评，在游戏媒体屡占头条。此外，《清宫熹妃传》的影视版权由顶峰影业开发，影视版权以 360 万元的价格成功售出。2018 年 12 月媒体正式公布《清宫熹妃传》改编的清宫剧《熹妃传》由新丽传媒、顶峰影业、派乐传媒联合出品并正式开始筹备，预计本剧将于 2019 年在腾讯视频平台播出。塔读文学签约原创古装喜剧题材作品《水浒客栈》的同名网络大电影于 2017 年 4 月在爱奇艺独家播出，影片上线 24 小时点击量就已突破 400 万，上线 4 天点击量突破千万，多家媒体发布新闻通稿，百度搜索结果超过 50 万次。塔读文学签约原创都市言情题材作品《婚成勿扰》改编的网剧《花飞尽归不归》于 2016 年 11 月在腾讯视频独播，截至目前播放次数已超千万。2018 年，塔读文学人气作者月半的小说《假面娇妻》改编的电视剧《曼陀花开》的拍摄及后期工作均已全面完结，并将于 2019 年在腾讯视频播出，该剧由企鹅影视出品，也是塔读文学首次担任联合出品方的一部影视作品，这部剧不同于以往影视剧故事线单一的特点，以“女主逆袭养成”的正能量为主线，穿插了虐恋、恩怨斗争等多种元素，通过女主角和男主角的不同视角，展现一场甜虐齐飞的逆风翻盘大戏。同期，改编自塔读女频作者纯风一度的《私宠甜心宝贝》的青春偶像剧《奈何 BOSS 要娶我》也于 2018 年暑期在杭州正式开机，《奈何 BOSS 要娶我》讲述了港东首富凌异洲和十八线演员夏林的一场“蓄谋已久”的爱情故事，该剧以原著为基础，花费近一年时间打磨，完美还原了原著中的画面以及男女主角之间的甜蜜互动。该剧将于 2019 年在搜狐视频平台播出。

未来，塔读文学还会继续加大对垂直类目的深耕力度，对优质小说、漫画、轻小说进行动画、真人剧、网络大电影、游戏等不同形式的改编，创造产业间互助共赢的合作模式。

在重视版权的引进与输出，深入开展版权运营的同时，塔读文学对网络文学作品的版权保护也给予高度重视，将其视为更好地开展版权运营的前提。一方面，坚持版权正版化；另一方面，对自有版权进行专业的防盗版维权工作。建立了专门的维权部门负责版权保护工作，建立了调查搜索—证据保全—发送律师函—立案诉讼的一整套版权保护流程。在打击盗版方面取得了较大进展，一年内成立维权案件上百起。

五　携手并进，破解行业发展难题

从自身发展，塔读文学对当前整个网络文学行业的发展现状也有较为清醒的认识和客观的思考。特别是网络文学在快速发展的同时，也面临一些问题。一是版权问题依然比较严重。现阶段各家网络文学企业虽然都采取一定的版权保护措施，但是盗版侵权的问题依然普遍存在，除了持续引导读者进行正版化阅读，采取法律手段打击盗版外，塔读文学认为需要整个行业的共同协作，保护正版内容，为网络文学发展提供良好的环境。二是题材同质化的问题较为明显。传统的小说自新文化运动以来，形成了很多规矩，创作起来有很多桎梏，网络文学的蓬勃发展，在很大程度上是因为它降低了写作的门槛，创作空间更加自由，再由读者来决定，让市场来判断作品价值，是完全市场化的行为，这就造成了作品质量参差不齐，而好的作品、受欢迎的作品会成为其他创作者借鉴的对象，也会出现作品同质化、套路化的情况。网络文学的作品数量庞大，出现质量差的作品在所难免，但是更应该看到当中也有精品。当前网络文学正处在一个阶段性的高原上，将来还会带给我们更多惊喜，或许会出现经典，出现流传千古的作品，也许经典已经问世了，只是我们现在还没意识到。关于人工智能技术，塔读文学认为，网络文学的发展根本还是取决于人，取决于创作和传播本身，包括人工智能在内的一切技术都只是一个辅助手段。辅助手段的不断进化，会让创作和传播更有效率，会打造出更好的内容。

整个行业的发展呈曲线式变化，以图形呈现则体现为有平缓积累的过程，也有爬坡式的上升过程，目前行业发展处在一个阶段式的高原上，面临下一步的爆发。未来，塔读文学有四个重点发展方向。一是塔读文学作品的精品化和多样化。目前塔读文学无论是在内容上还是商业化上都取得了较为不错的成绩，形成了较好的市场反响和读者口碑。网络文学将来的方向，一定是更好地服务于读者、服务于用户。只有这样，才能将生态系统打造得更加完善。如果做不好这一点的话，不管技术如何先进，都会被时代抛弃，读者是行业发展的核心。未来塔读文学将生产更加丰富多彩的内容以飨读者，获得更大的市场份额和更多的读者认可。二是对创新技术开拓移动阅读行业细分市场的探索。随着智慧经济的发展，智能化、便捷化成为人们未来生活的趋势，人工智能和 VR 等技术的升级正在推动数字阅读的发展进程，可以预见在未来将会形成 VR 阅读市场、AR 阅读市场。三是提升生态化能力。进一步加强塔读文学在当前生态中的地位，着力促成更多作品进行影视改编，同时也会把更多的热门影视改编的作品放到塔读平台上展示给广大用户。未来娱乐行业的竞争将是全方位的生态竞争，塔读文学将通过不同的 IP 形态，最大化地释放 IP 价值，为市场激活存量用户，多形态抢占用户时间，进而实现可持续、多方位变现。四是加强对细分领域的探索，做大年轻用户市场。如用轻萌小说，这种更贴近“95 后”“00 后”的、带有更多动画漫画元素的产品来抢占下一代市场。同时尝试开展网文与漫画的双向衍生，这种 IP 衍生模式既可以放大 IP 价值，也可以扩展更多的用户群体，最终实现多方共赢。

晋江文学城：专注女性网络文学的发展之路

在网络文学如火如荼发展的今天，网络文学平台百家争鸣、百花齐放，如何在竞争激烈的网络文学领域占据一席之地，是每一个网络文学平台都在思考和研究的问题。其中，晋江文学城凭借其专注于女性文学网站的定位，选择了一条独辟蹊径的发展之路。历经十几年的风雨，晋江文学城已经从一个简单的文学爱好者集散地快速且稳健地成长为覆盖 PC、WAP、App 等各类终端的行业头部网站，日均 PV 超 1 个亿，用户覆盖全球 213 个国家和地区，海外用户流量占全部流量的比例超过 15%。

晋江文学城创立于 2003 年，创立之初名为晋江原创网，是女性原创文学网站，之后以站内言情题材原创网络小说而闻名。2010 年，晋江原创网正式更名为晋江文学城，经过十余年的发展，截止到 2018 年 6 月，晋江文学城注册用户已超过 2600 万人，注册作者超过 152 万人，其中签约作者近 4 万人，已发布在线网络小说 280 余万部，涉及爱情、武侠、奇幻、仙侠、游戏、传奇、科幻、童话、悬疑、动漫等各种题材，累计发布字数超过 650 亿。据了解，晋江文学城平均每日更新字数超过 3600 万，这个数字意味着平均每 1 分钟就有一篇新文章发表，每 5 秒就有一个新章节更新，每 1 秒就有两个新评论产生，其用户活跃度可见一斑。

晋江文学城已经取得了包括互联网出版许可证、网络文化经营许可证等相关从业证照，形成了层层把关、严格审核的作品筛选机制，并且为签约作者提供一系列的培训、版权运营等服务保障；网站累计签约版权作品 25 万多部，平均每个月新增签约版权超过 2500 部，是一个为有不同创作需求的作者提供创作交流、数字出版发行，为拥有不同阅读喜好的读者提供阅读评论等全方位服务的互联网阅读平台。

一　注重作品衍生版权开发，影视游戏动漫等领域全面开花

随着网络文学行业的发展，作品的衍生版权开发得到了高度重视，晋江文学城更是将作品衍生版权开发作为网络文学 IP 包装和运营的重中之重，注重全版权领域的开发。且因为晋江文学城作品类型全、数量多、读者覆盖面广，在影视、游戏、动漫、有声读物等版权形式的改编方面均取得了不错的成果，衍生版权开发长期保持行业领先地位。

1. 图书版权开发成绩优异，版权输出超千部

在大陆简体图书出版市场，晋江文学城已经与国内数十家出版机构建立了长期的、深度的合作伙伴关系，其中不乏国内知名出版集团。特别是在国内的简体言情题材网络小说出版市场中，超过 70% 的小说版权来源于晋江文学城，形成了绝对优势和极大影响力。据不完全统计，截止到 2018 年 6 月，通过晋江文学城获得正式出版的小说已超过 6800 部，平均每天有 4 部晋江文学城的小说签出实体版权。

在繁体及海外实体出版方面，晋江文学城已经和 50 余家港台繁体出版社、20 余家越南出版社，以及泰国、韩国、日本等国的版权合作方建立了长期友好的合作关系，成功开拓了东南亚版权输出市场。截至 2018 年，已累计向港澳台地区及越南、泰国等国家输出网络文学作品超千部。同时，晋江文学城还不断提升内容与服务质量，开拓新的版权输出渠道，争取帮助作者把更多优秀作品推广到更多国家和地区。

2. 影视剧版权领域独领风骚，影视作品受追捧

当前，诸多优秀的网络文学作品被搬上了荧幕，网络文学作品的影视版权授权改编也成为其 IP 运营的重中之重。

在影视版权授权改编方面，自 2005 年起，在晋江文学城连载的小说被

改编成影视剧或已经售出影视版权的作品超 500 部，在文学网站中独领风骚。其中不乏非常热门的电视剧作品，如《花千骨》《何以笙箫默》《美人心计》《步步惊心》《杉杉来了》《战长沙》《芈月传》《微微一笑很倾城》《香蜜沉沉烬如霜》等，由晋江文学城的作品改编的影视剧均取得了火爆的市场反响。这些影视剧的热播，也为晋江文学城的相关作品带来了较高的流量，发挥了双效作用。

晋江文学城作为拥有优质内容资源的专业版权代理机构，多年来与慈文传媒、华谊兄弟、芒果 TV、山影集团、万达影业、柠萌影业等业内知名影视制作发行机构建立了长期合作关系。而在影视改编授权金额方面，早已有多位作者授权金额达千万元级别。仅 2016 年一年，晋江文学城网站的影视版权签约金额就破亿元大关，而在 2017 年 1～8 月，仅半年多的时间，版权成交金额就突破了亿元大关。

3. 启动动漫、有声版权推荐，部分作品即将上线

在当前喜马拉雅、懒人听书等多平台有声图书销售火热的趋势下，晋江文学城投入大量人力、物力等资源，启动动漫、有声读物等延伸版权的授权和产品研发，为多家平台推荐了动漫、有声作品版权。目前已经启动的动漫画改编作品有《末日曙光》《帝王攻略》《盛世妆娘》《魔道祖师》《人渣反派自救系统》《不科学唯物主义秘密档案》等。已经启动的广播剧有《相见欢》《二零一三》《杀破狼》《不死者》《帝王攻略》《撒野》《有匪》《金牌助理》等。

4. 专业化服务，为优质作品搭建 IP 开发快车道

上述成绩的取得，主要得益于晋江文学城提供的专业化服务。作为承载诸多优质作品的平台，晋江文学城努力为作者搭建起一个可持续发展的创作环境，包括在创作过程中给予相应的指导和引导，在作品推广过程中发挥网站的优势定向，推荐优势作品，在版权保护上不断提升技术力量，减少盗文情况的发生并积极配合和帮助作者进行维权等。

此外，在不断提高各项服务水平和平台竞争力的同时，晋江文学城十分注重将作品的外围渠道做大做强，比如成立专业团队，拓展与出版、影视传媒等领域的关系，积极向出版社、影视传媒公司推介优质版权内容，为签约

作者搭建了版权输出的快车道，这也是晋江文学城输出的优质影视剧作品能够称霸荧屏的根基所在。

这一举措在保障作者利益最大化的同时，还带给作者鼓励，使其有更大动力去继续创作更加优秀的作品。

二　强化作品审核机制，倾力打造正能量作品

1. 严控作品导向，建立健全内容管理举报体系

一直以来，晋江文学城都致力于引导作者文明写作，倡导用户文明阅读，并且为此开展了一系列工作，力图在根源上提升作者的写作水平、政治意识等，培养起根基真正扎实的网络文学作者队伍。

（1）严守法律底线，在作者层面做好积极引导

文学网站最重要的一项工作就是要引导作者知道什么能写，什么不能写。为此晋江文学城会不定期组织内部员工（包括管理人员和一线编辑等）学习并研读相关法律法规，不断扩充相关知识。编辑在与作者进行日常沟通的过程中会将相关政策和法律法规传达给作者，引导作者积极承担社会责任。在内容审核过程中，晋江文学城更是时刻严守国家相关法律法规，一旦发现有越线创作的行为，网站方面将会给予严厉处罚。

（2）建立健全内容管理举报体系，引导用户形成正确价值观

在严守法律底线的基础上，为了对网站作品内容有更好的监督管理，晋江文学城专门开发了违规情况举报平台（即晋江文学举报中心，网址为 http：//www. jjwxc. net/report_ center. php），并发起了“大家的晋江，大家维护”专项活动，鼓励所有网友积极参与网站内容共建，对违规内容积极举报，共同监督。

为激励用户能积极主动举报不良信息，引导用户形成正确的价值观，晋江文学城特意设立了有奖举报机制，网站上任何内容均公开接受用户监督举报，举报属实的将给予举报人一定奖励，以此来发动网友力量，实现人人监督，这一举措也获得了较好效果。

（3）尊重作者意愿，给予作者创作的空间

除了强化作品审核机制，严控作品导向外，晋江文学城也充分尊重作者的意愿，对在法律法规内创作的作者给予最大尊重。在作者创作方面，除了给予作者题材选择上的自由，让作者可以发挥出最大的想象力，不强行扭转作者的写作意识外，晋江文学城还积极鼓励作者创新，对于一些题材较好，但短期内没有经济效益的网络文学作品，网站还会给予一定的扶持和推广，不会为了短期经济利益而要求作者针对当下热门题材进行山寨创作。这样的做法也使得晋江文学城的作品呈现“百花齐放、多元共存”的局面，从最早的穿越到后期的重生，从都市婚恋到校园励志，从宅斗宫斗到随身空间及种田，种种题材的网络文学作品在晋江文学城的平台上闪耀着各自的光芒。

2. 创立双轨并行审核机制，推出更多优质作品

网络文学存在的最大问题就是作品内容质量参差不齐，很多作品中存在触碰法律底线的内容。晋江文学城不仅对作者进行积极正面引导，更高度重视对已上线发布作品进行审核和监管，创立了双轨并行的审核机制，一方面依靠“系统审核——网友审核——人工审核”的三重审核系统，另一方面不断培养专业编辑队伍，由专业编辑进行三审三校，确保人工审核质量。

自网站上线以来，晋江文学城就确立了以最严格的标准要求网站所发布的内容必须符合相关法律法规的原则。随着网站的发展和内容的不断增加，平台更是为了配合与支持在全国范围内统一开展的打击网上淫秽色情信息的“净网”专项行动，严厉打击违规内容。同时，定期召开内容监管内部会议，布置清查工作，要求网站从上到下都要对此行动高度重视与配合。

晋江文学城内部不断完善内容审核机制，建立健全审核团队，投入大量人力、物力，上线了整套审核体系，建立了网审制度，聘请了专业的审核团队加入审核工作，网站上任何内容均公开接受监督举报，不包庇、不纵容，力争尽量避免淫秽色情等有害内容在网站出现与传播。

（1）“系统审核——网友审核——人工审核”三重文字审核体系

在文字方面，晋江文学城的审核体系为“系统审核——网友审核——人工审核”三重审核，随着审核体系的不断升级，实践经验的不断增多，

晋江文学城的三重审核机制已经日渐发挥效用。

在系统审核方面，晋江文学城建立了一套通过技术手段对关键词进行扫描过滤的系统，该系统对所有文字信息进行扫描，若发现该段文字内容中所含的关键词数量达到警戒值，则该段文字内容将直接被屏蔽，不予展示，等待后续更加严格的审核处理。同时，晋江文学城还会根据实际工作中发现的问题对系统进行不断完善，比如针对故意躲避初级审核系统而将问题词汇中间加入其他符号或者文字进行间隔，阻碍关键词扫描的行为，进行了屏蔽词过滤系统的优化，目前已经实现了将文章中所有符号提出后再匹配关键词库，并将现有关键词库中的词汇进行分级并赋予分值，当章节中关键词汇分值大于固定值，该章节会直接进入高级别审核流程，这样会更高效更准确地锁定问题章节并进行处理。

在网友审核方面，晋江文学城由于建站时间较早，规模较大，现存文章较多，为了提高审核的工作效率，减少发生问题的风险，平台自主研发了一套全民审核系统并建立了对应的审核制度。如根据用户在网站的活动轨迹通过大数据统计筛选出有资格参加网审工作的“网站特聘网友审核员”，每个文章邀请至少三名“网站特聘网友审核员”对同一文字内容进行交叉审核，请他们根据审核标准对文字内容进行初步的人工审核。只要有一名“网站特聘网友审核员”对所审核的文字内容有疑问，则该文字内容就被纳入更高级的专业人工审核环节，等待更高级别的专业审核人员做出判断。

在审核团队建设方面，晋江文学城还聘请了诸多具备出版专业、数字编辑专业及国家新闻出版广电总局认可的相关专业技术职业资格的专业编辑负责高级审核。该团队已有 30 人，对包括文章、评论、论坛内容等经过上一级审核筛选后的文字信息进行更为专业严格的复审，随着网站规模的不断扩大，审核团队也在不断扩充。

（2）题材审核聘请专业编辑进行三审，大大提升作品质量

多年来，晋江文学城一直在构建和培养自己的专业编辑队伍。除了文字方面的审核外，为了保障网络出版物内容合法，确保网络出版物出版质量，在题材方面的审核上，晋江文学城全部聘用专业编辑进行把控。实行初审、

复审和终审的三级审核制度。

同时，为了保证编辑的专业性，晋江文学城制定了《北京晋江原创网络科技有限公司编辑责任制度》，制度中对编辑资格类别、各级编辑的具体职责及制度的保障措施进行了详细的规定。比如，制度中规定初审由具备助理编辑资格的初审编辑负责，要对作品的社会效益、文化学术价值、出版价值和技术实现效果进行审核，严格把好导向关、知识关、文字关、技术关。复审由具备责任编辑资格的复审编辑负责，要对作品质量和呈现效果提出复审意见，做出总体评价。终审由具备总编辑资格的终审编辑负责，主要对出版导向、学术质量、社会效果、是否符合党和国家的政策法规等方面做出评价，终审编辑对作品能否上线做出最终决定。

为了更好地提升编辑队伍的水平，晋江文学城十分注重编辑队伍的培养，除了定期组织编辑学习、培训外，还积极鼓励编辑队伍参加原国家新闻出版广电总局每年组织的出版专业职业资格考试、评审以及继续教育等，从公司角度给予参加考试、参与评审、参与继续教育的编辑一定的支持。对通过自身努力取得公司认可的相关资格证书并用于实现公司发展需要的员工，晋江文学城还将给予一定的技能奖励。通过一系列的制度激励，晋江文学城的编辑均会积极主动参与相关技能培训，目前平台在职员工中，有出版相关资质证书的员工有 12 人，占编辑总人数的 40%。

（3）注重管理团队自身素养提升，确保整体导向

晋江文学城在推进编辑、作家等培训工作的同时也非常注重管理团队自身在业务水平和思想道德层面上的提升，管理团队相关人员也在积极参与各类培训活动，如 2017 年网站联合创始人刘旭东参加了国家新闻出版广电总局主办的马克思主义新闻观出版观专题培训班；2017 年网站联合创始人刘旭东先生与网站编辑负责人参加了由北京市新闻出版广电局主办的学习宣传贯彻党的十九大精神培训班；2017 年网站编辑负责人参加了共青团北京市委组织的第三期首都互联网企业团建工作培训班等。通过管理团队的培训，网站领导层也更加深入了解学习了行业内相关知识，有助于领导层建立正确的价值观，确保网站整体导向的正确性。

在当今互联网高速发展的大环境中，晋江文学城作为一家文学网站，充分认知到自己的社会责任，在发展壮大自己的同时，十分注重自身所肩负的社会责任，遵守法律，严格把控网站内容，坚决抵制不良信息的蔓延和侵害，希望能够为我国互联网环境的整顿治理贡献自己的力量。

3. 多举措引导作者创作，推出一系列现实题材作品

晋江文学城认识到鼓励创新可让更多的灵感落地生根，对网络文学的繁荣发展至关重要。晋江文学城为此开展了专题宣传、鼓励创新奖、党的十九大主题正能量作品征集等多项活动，通过征集或推荐优秀作品引导作者关注民生，引导作者多创作能反映当代中国人自强不息、积极进取的现实题材类作品。

党的十九大报告中对文艺创作及文艺工作者提出要求，“要坚持为人民服务、为社会主义服务，坚持百花齐放、百家争鸣，坚持创造性转化、创新性发展，不断铸就中华文化新辉煌”。为贯彻执行这一要求，提升网络文学从业者的写作水平，晋江文学城结合党的十九大报告精神和网站自身特点，开展了一系列工作。通过这些工作的开展，晋江文学城的作品相对往年而言，题材更加丰富，全文字数更多，作品的更新内容在质和量上都有长足提高。特别是多个由晋江文学城作者作品改编而成的影视剧的热播也带动了作者们的写作热情，目前网站中创业、冒险、竞技这类题材精品作品数量较往年有大幅增加，题材也更加贴近都市现实生活。

（1）提升文艺原创力，推动文艺创新

晋江文学城在“百花齐放，百家争鸣”方针指引下，一直致力于给作者提供平等、包容的创作平台，党的十九大报告“提升文艺原创力，推动文艺创新”的文艺工作要求更是指明了今后网站发展的方向。在今后的工作中，晋江文学城将更加积极引导作者严守法律底线，鼓励作者不忘初心，努力创新，同时，对盗版、侵权现象予以坚决打击，鼓励并帮助作者进行维权，以此创建良好的生态环境，提升文化原创力。

（2）推进国际传播能力建设，讲好中国故事

当下，中国文化带着自信，向世界展示其独特的魅力。晋江文学城一直以向世界传播中国文化为己任。晋江文学城以提升网站作品质量为基础，吸

引了更多的海外读者和作者，同时在版权运营方面，自2011年起便开始了海外实体版权输出，2018年开始进行海外电子版权合作。今后，晋江文学城还将继续以“讲好中国故事”为己任，以实际工作贯彻习近平总书记的要求，为繁荣兴盛中国的文化事业而努力。

（3）推进现实主义题材创作

为了全面宣传贯彻党的十九大精神，晋江文学城组织全站作者开展了以“自强不息”“小康致富路”“百舸争流”“传承”等为主题的现实题材作品征文活动，并从参赛作品中筛选出了20部优秀作品进行集中展示宣传。与此同时，平台加大了现实题材作品的对外推广力度，希望让更多更优质的现实题材作品有更多的展示平台，以更丰富多样的形式展现给全网用户。

三　全力推进优秀作者孵化和优质作品推广，提升网站核心竞争力

1. 自然榜为主，用实力筛选优秀作品

从有网络文学网站开始，就已经有排行榜，随着各种各样的网络文学网站不断壮大，排行榜也在不断优化、完善。晋江文学城的排行榜推荐机制主要分为人工榜和自然榜两种。人工榜是由评委（包括编辑和专家）参与和决定的榜单；所谓自然榜，则是纯粹由数据控制的榜单，数据是指点击、收藏、评论、打分等一系列因用户阅读行为而形成的综合数据。

晋江文学城自然榜有很多，比如新晋作者榜、月榜、季榜、总分榜、收入榜等，这些自然榜不受某个编辑眼光局限，真正从读者需求出发，从市场出发，做到了自下而上地发掘发现优秀作品，既可以帮助优秀作者快速崭露头角，又能够帮助编辑寻找、筛选可以签约的优质作者。

同时，为了避免出现网络文学作品人气较高，但是文笔、思想性、立意欠佳，晋江文学城的自然榜综合考虑了读者的点击数、收藏数、评论条数、

评论字数、评论打分等一系列因素，并给予每种因素不同的权重，最后计算出综合数值，不仅仅依据单一数据控制排榜。一方面，综合计算出的榜单更全面，另一方面，也增加恶意刷榜作弊的难度。

2. 人工榜为辅，确保榜单公平公正

晋江文学城的人工榜是由整个编辑组负责排榜的，不同类型的编辑会对不同类型的文章根据不同的规则进行排榜。总体来说，编辑会以作品的读者收藏数、作品订阅量、收益情况、日更新字数、更新频率、点击数、上榜记录、读者评论、积分、文章题材、作者文笔、社会效益等作为排榜的依据，进行综合考量。编辑团队在进行人工榜排序的同时，也会对自然榜榜单进行监控，若发现自然榜数据明显夸张失常，会对作品是否存在刷分等违规行为进行调查，尽力维护榜单公平。

一系列的举措，确保了晋江文学城榜单规则的公平、透明且设置合理，一些出版社、影视公司和其他合作方会根据晋江文学城的榜单及时了解网络文学的风向和动态，掌握目前读者对哪类文章最感兴趣，以这些比较热门的榜单作为版权合作的重要依据。

3. 双向评价机制，公平公正展现优秀作品的价值

晋江文学城的作品评价机制主要分为读者评价、官方评价，并将这两方评价共同作用于作品中，也体现在作品后续的推广中。

在晋江文学城，读者的评价可以对作者创作故事情节产生影响，作者也可以与读者进行讨论，反向推动作者产生创作灵感。作者经常会因为这些讨论写出不同版本的结局，还会新增一些番外。这些创作灵感，都来源于评论。晋江平台每年新增评论 3000 多万条，千字以上的评论文章，一年有 1 万篇。而且这些读者评价也会反映在作者作品的积分变化上，提升作者作品的知名度和曝光率。

晋江文学城的官方评价则综合了编辑评价和专家评价，如晋江文学城在早期有一个官方推荐榜，会邀请业内比较资深的评论员、读者写一些评论文章，平台则根据评论推荐其中几部小说上榜。当时网络文学还处于“蛮荒”时期，处于只有少数作品可以进行实体出版的时代，这个榜单上的作品就基

本上都可以实现实体图书出版。近期，晋江文学城还在推进评审团进入网站的工作，计划邀请各大高校的专业评论员入驻网站的评审频道，对作品进行评价评论。

4. 注重作者孵化与培训，全力打造作家队伍

众所周知，网络文学百家争鸣的重点是作者，每个网络文学平台都在努力为作者创造更好的写作环境，搭建更为强大的展示平台。晋江文学城更是十分注重作者的孵化和培训，将培养作家队伍作为平台发展的重中之重。

（1）“经济效益＋社会效益”双丰收的作者孵化培育机制

晋江文学城十分注重作者孵化，从平台的角度充分给予作者推送机会和成长空间，如借助平台优势进行版权转化推广工作，让作者可以得到经济层面的收获，又如推荐作者参加各类评奖活动和业界高级别会议等，让作者从精神层面得到认同。

截至2017年底，晋江文学城共推荐了10余名作者参加各类行业内的高级别会议及大型主题活动，如中国“网络文学＋”大会、中国网络文学论坛等，并推荐优秀作者加入中国作协及各地作协，已累计推荐并成功加入各级作协的作者有近百人。晋江文学城还积极推荐优秀的作者作品参加各类评选活动，如优秀网络文学原创作品推优活动、中国网络小说排行榜活动，网站多部作品均入选或榜上有名。

（2）丰厚的作者激励机制，为作者提供安心的创作保障

晋江文学城还提供了一系列的作者激励机制，试图为作者提供更好的创作环境，以便作者安心撰写更多优质的作品，如针对作者更新的全勤奖奖励；针对作者曝光率的榜单奖励；针对作品后期的IP转化推荐，以及其他奖项推荐等。作者只要创作优质作品就可以从各个方面得到激励奖励。

此外，在作品创作后期及创作完成后，晋江文学城还会安排资深版权编辑结合作品自身特点将其推荐给适合的合作方，帮助作者进行版权洽谈和推广，致力于为优秀作品打造最适合、最宽泛、最专业的推广渠道。如在影视推荐方面，晋江文学城定期向影视合作方发送影视推荐表，同时在“本周晋江影视动态”中更新晋江主推、作者自推、影视方自寻等满足不同需求

的推荐作品本数，在数据上做到清晰透明。如面向所有的影视合作方，晋江还会定期更新“影视改编热推作品”及“近期影视公司关注作品”两个榜单，方便作者和影视合作方掌握网站当下热门题材风向、影视公司喜欢的题材风向，大大提升了版权签约的比例。

（3）大量的培训机会，为作者提供最快的成长通道

晋江文学城积极参与业内有影响力的活动，与相关政府主管部门、中国作协、各省市作协等建立了良好的沟通反馈机制，定期输送优秀作者加入各级作协，推荐作者参加各类专业培训，积极为优质作品推荐申报各类奖项榜单，为优秀作者的快速成长，为优秀作品的脱颖而出，都提供了最快的通道。

仅 2017 年，由晋江文学城网站推荐，已成功加入中国作协，北京、四川、福建等地方作协的作者就有 20 多人，推荐参加鲁迅文学院网络文学作者高级研修班的作者 5 人。晋江文学城旗下多部作品脱颖而出，获得重要奖项，如获得中国作协重点作品扶持 2 部，入选中国网络小说排行榜 3 部，获得网络文学双年奖 6 部，入选北京市新闻出版广电局推优作品 2 部，入选国家新闻出版广电总局推优作品 2 部，在北京市新闻出版广电局“大运河文化”项目中入选作品 3 部，获得中国网络小说年度好作品 4 部等。

四　商业模式多样化，影视剧 IP 运营成其主要阵地

网络文学因其创作者众多，读者反馈及时，题材创新快速，传播范围广等特色，发展到今天，已经对人民群众的娱乐文化生活产生了很大的影响，电影、电视剧、网络剧、游戏等娱乐内容中，也都渗入了网络文学的基因。

晋江文学城的商业模式中，最重要的收益当属影视剧 IP 的运营和转化。

1. 从版权营收的单一盈利模式向“版权金 + 分账”等多元模式转变

晋江文学城作为一个较早建立的文学网站，创建之初是由一群有同样爱好的网友聚集在一起，交流、分享自己喜爱的网络文学作品，随着平台上共

同爱好网络文学的人越聚越多，网络文学作品实体出版逐渐成为当时比较主流的作品变现渠道。晋江文学城从那时起便开始进行作品的版权运营——代理签约出版，并将此项业务一直延续至今。

2008 年，晋江文学城在网络文学市场化的浪潮推动下，开始推行 VIP 阅读制度，并同时进行更深入、多样的版权运营、IP 转化等推广工作。VIP 订阅和其他版权授权收入是晋江文学的重要营收来源。

未来，晋江文学城将继续发挥 IP 授权优势，增加版权营收，并将围绕 IP 版权开发新的盈利模式，如目前除了直接的版权经营，晋江文学城已经开始尝试对 IP 进行影视化制作或投资，或以版权入股，取得分账收入。未来，晋江文学城的商业模式将继续以 IP 版权为核心，从版权营收的单一盈利模式向“版权金＋分账”等多元模式转变。

2. 影视版权独树一帜，积极拓展海外市场和新版权形态

晋江文学城非常注重平台网络文学作品的衍生版权开发，通过多年的版权运营，积累了比较丰富的经验，有《花千骨》《无心法师》《何以笙箫默》《南方有乔木》等一批充满着青春热情、励志向上、风趣接地气的作品被改编为影视剧并在各大平台上热播。同时，晋江文学城在海外的市场已开拓至越南、泰国、新加坡、日本等多个国家，如《花千骨》《诡行天下》等作品，版权已经输出到了越南、泰国、新加坡等地，这些作品被翻译成外文供国外友人阅读并多次在国内外书展上展出。

晋江文学城在版权运营方面取得的成绩，一方面，归功于多年来网站在作者、出版社、影视方等各层面的合作方之间建立的快速良好的沟通机制，并通过一个个成功案例不断树立起良好的口碑。另一个方面，得益于晋江文学城运营团队不断研究不同国家和地区版权方的喜好，研究他国文化、国情，随时了解各国最新文化流行趋势，有针对性地推荐好作品，以此争取把更多的优秀作品推广到更多的国家，用中国的文字和故事，向世界各地读者展示中国的魅力。

未来，晋江文学城在海外版权输出工作上，将继续巩固现有东南亚版权输出的成绩，同时，积极尝试拓展输出区域，比如输送到欧美等国家，争取

将中国文化传播到世界各地。此外，就是积极拓展新形态的、多种类的版权输出方式，如有声读物、实景 VR 等当下热门的版权输出种类。

3. 从《花千骨》的成功运营看晋江 IP 运营模式

（1）《花千骨》图书出版发行，市场反响热烈

《花千骨》从 2008 年开始在晋江文学城连载，当时仙侠题材的市场反应普遍遇冷，但晋江文学城一向不会因为短期商业利益而让编辑影响作者的创作自由，片面追求网络阅读成绩。《花千骨》正是在这种开放包容、鼓励创新的网站文化氛围下，作为冷题材作品得到了充足的生长空间，顺利连载至完结的。

2009 年，通过晋江文学城的推荐运作，《花千骨》顺利签约大陆简体出版社，并于同年正式上市发行，发行初期就登上了当当网等知名图书售卖类网站的畅销榜，由于市场反响热烈，多次加印，并于 2013 年再版发行，2014 年还推出了同名修订升级版。

2010 年，通过分析观察《花千骨》小说在网站的点击阅读数据以及在简体图书市场上的销售情况，晋江文学城向港台地区出版机构进行重点针对性推荐。同年《花千骨》繁体版本上市，并销至台湾、香港等地区，广受好评。

（2）《花千骨》版权输出到越南、泰国，受到好评

2012 年晋江文学城编辑在浏览国外文学图书网站时发现，有懂中文的越南网友自发在当地网络上翻译《花千骨》《寻郎》等晋江文学城网站知名作品，追随阅读者很多。于是，晋江文学城主动联系了越南出版方，对《花千骨》等作品进行了版权推荐，并最终成功售出了《花千骨》的越南版权，该图书在越南一上市便掀起了“花千骨”风潮，受到广大读者的欢迎，已多次加印，十分畅销。

2012 年，通过多方努力，作为开启晋江文学城与泰国出版商合作标志的《仙侠奇缘之花千骨》泰文版图书版权签订，此书也是同类型作品第一次输出到泰国。2013 年，该书在泰国出版上市，被抢购一空。在 2014 年的泰国书展上，泰国版《花千骨》成为吸引泰国青少年的主力书籍，有不少

读者购得此书后发到网上晒单展现激动心情，泰国知名演员也在公众平台发帖赞誉该作品很好看。

（3）《花千骨》电视剧播出，创当年收视冠军

《花千骨》原著小说在越南、泰国、中国台湾等国家和地区的出版持续火热，为电视剧《花千骨》风靡东南亚打下了良好基础。《花千骨》未拍已先热，早在开拍之前，就已有泰国、日本等地的电视机构商洽购片合作事宜。

2015 年 6 月，《花千骨》被业界评为最值得期待的电视剧，在中国及东南亚国家的荧屏上播出，首播破 2 亿，百度指数高达 119 万，创造了微博话题总榜、微博话题 24 小时总榜、微博实时热搜榜三榜榜首的热议高峰，成为湖南卫视 2015 年上半年收视冠军。

与此同时，在越南最大视频网站“Zingtv”首页，该剧的视频点击量稳居前五名。2016 年，《花千骨》电视剧越南版在越南地区热播。

（4）持续宣传《花千骨》，衍生产品走红

随着《花千骨》电视剧在越南的播出和火热，其相关的衍生产品开始走红，如《花千骨》一剧里女主角的妆容在泰国等东南亚国家的青年男女中极为流行，并被泰国历史最悠久、影响力最大的华文报纸《星暹日报》定义为“花千骨”现象，并发表专题评论《中泰一家亲，要靠〈花千骨〉》，该评论以《花千骨》剧中女主角的妆容在泰国流行为切入点，探讨了“泰中两国文化交流”，评论观点认为《花千骨》为中国文化软实力的输出，以及“泰中两国文化交流”贡献了重要力量。

五　盗版抄袭问题严峻，多举措推动版权保护

网络文学的版权保护主要有两方面问题。一方面是盗文、盗版问题。由于盗版文字的成本极低，盗版网站可以以极低成本大量复制正版原创文学网站的作品，这类盗版网站关掉一家，可以开出千万家，屡禁不止。而且某些搜索引擎在盗版网站的“推广”中也起到了推波助澜的作用。在一些搜索

引擎的搜索结果中，绝大多数盗版网站都排在正版网站之前，新的读者往往根本不知道有正版网站而只知道盗版网站，很多都是阅读好几年后才知道原来自己一直在看盗版。

另一方面是抄袭问题。晋江文学城对于抄袭一直持零容忍态度。如果外站作者抄袭晋江文学城网站作者作品，晋江文学城会按照正常的法律途径解决，如取证、发送侵权告知函等。晋江文学城试图积累更多案例，让整个社会形成一致的声音，从思想上为抄袭设置一道警戒线，只有这样才有可能有效防止作品被抄袭，并有力抵制他人抄袭。

1. 技术防盗版，大大降低被盗比例

晋江文学城作为被盗文网站侵扰十分严重的原创文学网站之一，一直在与盗文进行斗争，网站成立了专业的技术团队，并且在技术层面不断提高自己的技术力量，增加盗文的成本及难度。2017 年初，晋江文学城上线了防盗文程序，在一定程度上阻碍了盗文速度，增加了盗文成本，大大减少了平台文章被盗取的比例。

2. 组建专业法务团队，全力保护自有作者权益

晋江文学城还组建了专业的法务团队，积极维权，为作者的合法权益保驾护航。遇到其他平台的侵权行为，晋江文学城绝不容忍，积极帮助作者进行维权，在确保作者利益的同时，更为推动行业的良性发展发挥了重要作用。

如果是网站内部有作者抄袭，晋江文学城作为平台方更是绝不会偏袒、姑息抄袭者，特别设立了举报抄袭信息的举报中心，接受全部读者、编辑、作者的监督，对于被举报的文章章节，平台方会按照已经公布的规则对被举报文章进行判定，无论结果如何均会将判定结果进行公示，全力保护被抄袭者的权益，确保自身平台形成良好的竞争氛围。

3. 未来问题重重，需要全行业的共同努力

未来，在版权保护方面，网络文学还将面临重重问题，晋江文学城有责任更有义务做好维权，为推动行业发展贡献重要力量。因此，晋江文学城也从从业者的角度提出了一些建议。

（1）建议行业监管盗版页面广告

目前，在维权过程中存在重重问题，如在起诉侵权网站时，大量侵权网站不留任何信息，无法找到拥有人，甚至还有些网站服务器在境外，没有起诉主体，无法有效地完成起诉和维权工作。

部分侵权网站提供免费作品，再以广告为赢利手段，所以建议行业充分曝光盗版页面的广告，结合国家相关广告管理法律，引导广告商不在侵权网站放置广告，则可以在很大程度上降低侵权动机。谷歌公司就承诺谷歌广告如果放置在盗版页面，权利人可以向谷歌申请撤销广告，但国内的广告公司没有类似的道德承诺，就算起诉也没有相关法律依据。

（2）建议简化版权登记制度

在版权登记方面，目前作者的版权登记流程相对复杂，耗时较长且费用不低，建议国家的版权登记机关可以结合网络文学的新形势，推出一些简便的登记方案，比如作者在正版网站发表作品时就可以实时登记版权。

（3）建议增加行业文库，便于查重

建议国家相关部门协调构建国家级的网络文学词库，抓取各平台网络文学作品，构建技术平台，支持作品查重。类似于论文查重，在作者发表作品时，就可以通过接口查重，这样就会把很多抄袭者从开始就扼杀在摇篮状态，大大提高行业监管效率。

经过十余年的摸索，晋江文学城取得了一些成绩，但也面临很大的竞争压力和诸多版权保护的问题。网络文学经营者不能只把眼光放于网络，单纯追求短平快的网络成绩，而应该通过 IP 转化将读者范围从原来的网络文字阅读者拓展到纸书阅读者、电影电视观赏者、游戏玩家等更广阔的受众群体。未来，晋江文学城也将打造一个兼容并包的平台，为作者提供更优质更专业的服务平台，推动其创作更多优质新颖的作品，并通过 IP 转化让大众认识到网络文学的多元发展潜力。

点众科技：文化为核，科技为翼，展现网络文学融合发展新气象

北京点众科技股份有限公司（以下简称“点众科技”）创立于2011年，是专注于移动端正版数字阅读内容生产、传播和分发的国家高新技术企业。自成立以来，点众科技以诚信、专注、责任、共赢为宗旨，以打造国内一流的数字阅读服务提供商为愿景，以传播弘扬优秀文化成果为己任，推动文化传播事业不断创新发展。点众科技旗下拥有“快看小说”手机阅读客户端和移动网站、“松鼠阅读”原创网站两个品牌，其中“快看小说”手机阅读客户端跻身国内手机移动阅读品牌排行榜前十。截至2018年10月，公司在职员工208人，注册资金4104万元，拥有畅销、文学、经管、社科等类别图书版权25万册，累计注册用户超过2亿。点众科技经营业绩在同行业公司中名列前茅，在广大小说阅读人群中有上佳口碑，为积累传播民族优秀文化、提升全民阅读水平做出了积极贡献。

点众科技依托精细化运营理念、强大的渠道拓展能力、严密的版权保护措施、勇于开拓的人才队伍，通过科技与文化的融合发展，围绕打造国内领先的正版数字化图书内容聚合、传播、分发平台的核心业务目标，以数字阅读平台为基础做好内容发行业务，依托数字阅读平台的大数据分析做好内容创作业务，基于好的作品及强大的发行能力做好IP开发业务，形成内容创作、内容发行、IP开发（漫画、有声、影视、游戏、周边产品等）三大互相促进和支撑的业务板块布局。点众科技也积极实施文学精品战略，努力抓好优秀作品创作生产中心环节，着力培育扶持精品佳作，推动文学健康有序发展。

一　立足精品，积极拓展网络文学业务

点众科技积极响应党和国家的号召与部署，结合科技和文化的不断创

新，充分利用移动互联网的数字阅读平台，大力弘扬社会主义核心价值观，传播中华传统文化，弘扬社会主旋律，不断创作、传播和推广社会效益和经济效益双效合一的优秀作品，创造更多更好的社会效益和经济效益。

点众科技通过“快看小说”手机阅读客户端和H5移动网站向移动互联网用户提供数字阅读业务。多年来与200多家知名内容提供商建立了长期战略合作关系，引进高质量图书数字版权超过25万册。截至2018年10月，累计注册用户超过2亿，2017年全年发行图书2.6亿册。点众科技是国家高新技术企业，并且获得网络出版服务许可证、网络文化经营许可证、出版物经营许可证、增值电信业务经营许可证、电信与信息服务业务经营许可证等多项行业资质。

根据知名第三方测评机构艾瑞mUserTracker监测数据，从收入和用户覆盖两个维度考量，其将主要移动阅读类App划分为三个梯队，点众科技稳居行业第二梯队前列。

公司通过全资子公司中企瑞铭科技（北京）有限公司全面运营原创版权运营业务，旗下原创网站“松鼠阅读”建立以来，作品总量5000余部，签约作家3000多人，签约作品涉及都市情感、现代言情、古代言情、穿越玄幻、青春幻想、历史等10余类。其中有10余部已经改编成漫画，两部作品改编成有声读物，两部作品正在网络剧制作当中。同时，点众科技还在尝试IP孵化新模式，如重点打造适合青春题材的二次元作品，与影视机构合作进行影视剧孵化，进行小说作品反向定制以及推进作者转编剧的培养工作等。

二　打造发展特色，创新发展模式，凝聚发展优势

（一）发挥党组织政治核心作用，以“导向为魂”，锚定主旋律

1. 积极响应党的号召，筹建基层党组织

从党的十八大明确提出“建设文化强国”，到党的十九大强调要“坚定文化自信”，文化在国民经济与社会发展中的重要性日益提升。点众科技牢

牢紧跟国家文化发展战略，紧跟党的召唤，重视党的建设，以“导向为魂”，锚定主旋律，努力建设国内领先的数字阅读平台，弘扬社会主义核心价值观，传播中华传统文化，弘扬社会主旋律。

作为一家在十八大之后成长起来的民营文化创业公司，点众科技深知，要确保正确的内容导向和政治立场，必须将党建融入企业发展，将业务发展和党建工作结合。点众科技已完成在职员工中党员数量和组织关系的梳理工作，积极筹备成立北京点众科技股份有限公司党支部，以发挥党组织的政治核心作用。

点众科技将充分发挥党的基层组织在企业基层组织中的战斗堡垒作用，努力把优秀员工培养成党员，把党员培养成企业骨干，把骨干党员培养成管理者。用创新理论成果武装头脑、指导实践、推动工作，进一步增强企业员工的创造力、凝聚力和战斗力，促进企业更加快速、健康、有序发展。

2. 严抓导向管理，积极落实规章规范

点众科技深刻认识到正确的价值导向是公司发展的基石，必须始终坚持“内容为本，导向为魂”。坚持党的系列正确路线和强大理论思想指引，牢牢把握正确的价值导向和昂扬的思想格调，在内容生产和传播上始终坚持社会主义核心价值观和社会主义文化发展方向不动摇，挖掘思想性、艺术性和可读性有机统一的精品佳作，传承和弘扬中华优秀传统文化，用积极、正能量的文化产品满足人民群众精神文化需求。

文化内容产业的发展离不开正确的舆论导向、积极的价值引领和规范化的制度建设。点众科技在发展过程中高度重视平台运营和内容传播上的合法合规性，深入贯彻党的十九大以来习近平总书记系列重要讲话精神，在公司日常运营和内容传播过程中始终坚持把社会效益放在首位，实现社会效益与经济效益相统一，积极落实《出版管理条例》《网络出版服务管理规定》《关于推动网络文学健康发展的指导意见》等法规文件的要求，严格把关内容传播和分发流程，规范数字出版服务秩序，大力传播主旋律、正能量作品，确保网络出版物内容安全。

3. 坚持精品战略，弘扬正能量，唱响主旋律

点众科技始终坚持精品内容战略，严格把握内容质量关，坚持社会主义

先进文化前进方向，以传播思想性、艺术性和可读性有机统一的精品佳作为目标导向，注重作品价值引导、精神引领、审美启迪。为了真正将内容导向和制度规范建设落到实处，点众科技从行业资质保障和编辑队伍建设、版权合作引入机制、内容审核机制等方面入手，做了很多相应的保障工作。经过几年的发展，点众科技已经建立了一支高效的运营团队。作为点众科技面向用户的前沿部门，运营部成员通过内容运营数据，定期针对内容进行归纳、分析、总结，发现用户阅读偏好。同时，运营部关注行业发展、名家新出作品以及各大平台榜单，围绕用户阅读偏好、国家发展方向，制订符合国家发展战略的健康、绿色的内容发展方案，从而有目的地采集榜单作品数据，提出版权引进需求。

版权部作为点众科技版权采购部门，是项目内容资源引入的关键部门。版权部首要保证全部采购正版，根据自身严格的版权采购审核确认流程规范，通过针对合作方的资质审查、合作方平台人工确认、合作协议审核等多项内容确认，建立由版权经理初审、版权总监复查的整套审核流程，满足运营部和用户的版权引入需求。

（二）推动科技文化融合，搭建业内领先数字阅读分发平台

1. 以人才优势奠定发展优势

点众科技创始团队和绝大部分中高层管理人员来自国内互联网知名企业、电信运营商体系和文化类上市公司，具有强烈的文化使命感、良好的职业素养和丰富的互联网从业经验，具备多年移动增值业务、移动互联网业务开发和运营经验，同时对打造网络文化精品有着执着追求，形成了既懂互联网产品设计开发和运营，又懂运营商的团队，擅长 B2B2C 业务，使点众科技在科技文化融合方面奠定了良好的人才基础。

点众科技依托与生俱来的精细化运营基因、强大的渠道拓展能力、严密的版权保护措施、勇于开拓的人才队伍，积极致力于在数字出版产业链中扮演移动阅读服务提供商角色，专注于移动端正版数字阅读内容的传播和分发，以成为国内一流的数字阅读服务提供商为企业愿景。点众科技发挥技术

优势，整合丰富、优质的数字版权资源，打造国内领先的正版数字化图书内容的聚合、传播、分发平台。

2. 持续技术创新能力催生多项成果

技术创新是互联网企业开展经营活动、实现可持续发展的重要手段，也是数字阅读平台增强用户体验、保持市场竞争力所必需的能力，其发展有赖于研发人员的主观创造性及技术条件的不断变革进步。点众科技自成立以来，一直注重产品的研发及创新，不断优化产品细节及性能，在业内率先实现了客户端插件化、原创内容在线编辑系统、排版引擎技术、仿真翻页效果等技术创新应用，并形成了核心技术优势。

点众科技通过多年经营和持续的研发投入，已经掌握了一系列成熟的核心技术，并运用在公司的主营业务和产品中。主要核心技术情况见表1。

表1　点众科技核心技术情况

序号	技术名称	技术用途	技术特点
1	客户端插件化	完成产品逻辑的热更新，可以在部分情况下，用户不需要更新客户端，即可体验到新的产品逻辑。应用场景很多，比如AB测试。运营动态开关	(1)独立研发的轻量级插件，大小仅有200KB，在国内属于领先水平；(2)插件更新速度快，更新过程用户感知，节省网络流量；(3)良好的适配性，生效及时
2	原创内容在线编辑系统	面向网络原创站作者和编辑提供可视化的内容创作、编辑、发布、管理的工作。支持自动保存草稿，定时发布等	(1)良好的多端适配性，同时适配PC和移动端，便于使用者在移动端编辑；(2)多级内容管理能力，便于专业编辑团队做内容的审查。严控内容创作
3	排版引擎技术	在App里面，展现优质的排版效果，支持txt，ePub格式的优质排版	(1)基于内存渲染的数据预处理流程，增加排版引擎的流畅性能；(2)支持txt、ePub等不同个内容格式的渲染，在性能上处于行业一流水平

续表

序号	技术名称	技术用途	技术特点
4	仿真翻页效果	在手机阅读器里面，支持良好优质的仿真翻页效果，良好的适配效果	(1)自主研发基于3D效果的翻页效果和动画。完全模拟真实书籍的翻页效果；(2)对于动画的细节处理，包括阴影，翻页手势追随都契合现实效果。整体效果处于行业一流水平
5	组件自动升级模式	将客户端的关键模块组件化，日常运营中，客户端可以自动升级各个组件	更新快捷，不需要人工干预，不影响前台阅读

以上技术的创新和应用，使点众科技低成本规模化获取用户的能力不断提升。点众科技通过用户群和内容差异化，精准发展用户，有效降低获取用户成本；在产品、投放、合作模式、内容创作模式上不断创新，结合大数据进行内容创作和传播，不断提升各个环节的效率，进一步降低用户获取成本，提升用户的转化和留存能力。

3. 健全技术创新机制，营造良好创新氛围

创新是知识经济的本质，技术创新则是企业高科技发展的生命。当下，对企业而言，保持快速的技术创新，已成为决胜于市场的关键。PC、移动终端的不断推陈出新以及日益增长的用户在应用体验需求上的提高，对企业的产品创新能力提出了越来越高的要求，企业需要对产品进行持续的升级以保持行业技术领先的位置，这也为点众科技应用开发系统提出新的挑战。因此，在IT技术不断演进、市场竞争逐渐深化的背景下，打造面向未来的IT支撑环境对保持公司市场竞争力、增强业务能力等显得更加重要。为了营造良好创新氛围，激励员工创新，点众科技建立健全技术创新机制，对创新行为积极鼓励，保证技术创新能力的持续提升。点众科技的技术创新机制主要包括三个方面：一是从用户需求出发，对产品设计、技术支持等各个环节进行创新，制定了《原创软件及专利奖励办法》等激励制度，对技术创新给予奖励，建立内部创新机制，提升研发效率。二是由技术总监主导，专门组

建技术委员会，定期对技术人员进行技术分享，以灵活的奖励形式鼓励支持技术人员的技术创新行为，从而保证公司拥有技术创新续航能力。三是在实践中练兵，积极创新。根据不同的项目需求，点众科技划拨优秀的研发人员成立技术研发先锋队，为他们提供良好的研发氛围，从而保证核心技术持续优化，保证技术人员对新技术的持续学习、高度关注，通过制定流程的方式在新项目中应用新的互联网技术，从而引领行业技术新变革。

4. 凭借优势研发能力，开展共赢合作

2018 年 6 月，在华为视频 & 阅读内容联盟合作分论坛上，点众科技凭借专注务实的企业风格和出色的产品研发能力，正式与华为阅读达成战略合作意向，并签署了《华为阅读新客户端合作协议》，双方将就华为阅读客户端技术和运营开展深度合作，共同创建华为阅读联盟。点众科技与华为阅读的合作，不仅是双方企业层面的通力互助，更是内容生态体系的联合打造。点众科技将助力华为共同构建品类丰富、内容海量的华为阅读内容生态体系，推进内容生态的持续健康发展，致力于为华为终端用户提供更高品质的阅读体验。

（三）以用户为中心、行业领先的精细化运营策略

1. 个性化推荐，提升用户留存率

点众科技围绕核心目标——打造国内一流的出版物数字版权内容的分发渠道平台，不断完善产品的用户体验，加强数据分析系统的建设，优化搜索推荐引擎，让用户能第一时间发现喜欢的内容，也让好的内容第一时间找到合适的用户，实现产品从“好用”到“爱用”的跨越，打造有利的竞争优势。

点众科技基于用户行为等运营数据，通过大数据分析总结形成用户习惯标签，建立系统的流程化推荐，筛选优质内容，定期通过推送等方式有针对性地为用户推荐活动或重磅内容，并根据用户的特性进行限时促销，满足用户阅读需求。基于自主研发的搜索推荐引擎系统，点众科技可根据用户的阅读喜好、阅读历史、阅读时长、付费情况等行为属性，实现阅读内容的个性

化及智能化推荐，极大地提升了产品的用户体验；同时，运营人员可通过搜索推荐引擎系统分析客户流失的节点和原因，在可能流失的环节进行针对性的留存和转化，从而提高用户留存率及用户付费率。

手机阅读客户端是一个运营型产品，界面、布局以及内容会根据运营的需要进行不断调整。点众科技采用 BS 方式实现客户端运营界面，并用 CS 及组件化的方式实现客户端功能，从而保证技术和运营团队可随时调整客户端，并可将变化立即更新至所有存量用户的客户端，提高了运营效率，降低了试错成本，兼顾了运营效率和用户体验。

2. 产品开发和产品运营有效互动

点众科技依照互联网行业先进的敏捷开发原则进行产品开发，手机客户端由产品团队配合公司高层、市场人员共同确认产品商业目标，由开发团队按照客户需求完成产品原型的设计。产品原型设计完毕后由公司核心技术团队依照产品原型完成相应的开发、技术测试等工作，完成相应的技术改进后部署上线或交付。对于网络原创作品，需先由点众科技的技术部门对接合作方技术部门，开发、调试技术接口，保证线上内容自动传输的及时性、准确性。技术开发完成后，版权内容进入公司版权平台。

在产品运营中，由专人负责对产品运营中的各项指标进行监测，配合数据后台的自动化预警机制，实时查看业务运营情况，根据数据反馈情况，对各项产品进行及时升级调整，从而确保手机阅读业务的运营目标得到有效实施。同时，点众科技通过对自身大数据平台的不断研发创新，平台系统会通过智能程序主动进行内容运营优化，逐步替换人工操作的工作量，减少对人工检测与运营的依赖。

3. 精准到位的推广运营活动

点众科技的数字阅读平台聚集了大量的数字阅读用户以及丰富的数字内容资源，平台根据社会文化焦点对热点数字内容实施重点推广，同时通过高效精确的数据分析系统，实现数字内容的精准推送，形成了以社会文化娱乐生态和用户行为为导向的精细化数字阅读运营体系。

针对上架新书，点众科技的运营部会根据不同图书品类及图书字数，设置不同的营销推广策略。部分新书会面向用户进行限时免费推广，部分新书则会在各频道新书栏目进行曝光测试推广。限时免费的图书在免费到期后，运营人员会根据图书后续付费情况确定下一步的推广策略。如果限免结束后付费情况较好，这些图书会进入频道页面更好的位置进行推广，维持一定的曝光度，延续付费。如果限免结束后付费情况不理想，则对这些图书进行弱化处理，仅维持小范围的曝光，待图书字数有明显增长或后续内容情节质量提升后，再次推广测试。对于在新书栏目曝光的图书，点众科技会根据图书销售的数据表现让它们分别进入不同栏目进行推广。销售较好的图书，会晋级至频道更优位置，并遵循一定的晋级规范，不断向精选页、书架页、启动页等重点位置晋级。其他图书则会沉淀至其他子栏目页面，或者借助特价、抽奖、秒杀等多种形式的促销活动进行推广。

4. 建立健全推荐位运营机制

点众科技会挖掘各级推荐位最大潜力，最大限度地把优质图书挖掘出来，让更多用户阅读到好的内容，使热门畅销书与潜力新书比例平衡。在确保畅销书曝光量的同时，点众科技重视潜力新书的呈现，通过梯度晋级和周期推荐，形成图书在客户端内部的良性循环，延长书籍的生命周期，延续书籍长尾收入。另外，点众科技与很多主流出版社合作引入了大批热门出版物图书，图书品类涉及经管、历史、情感、生活、影视等各方面，并对这些作品进行定期推荐。

在实践中，点众科技逐渐完善了以下推荐位运营机制。

（1）梯度晋级：次级推荐位数据出色的图书晋升至上一级推荐位。“其他推荐位”里没有达到晋级标准的图书则被淘汰。

（2）周期推荐：各位置推荐周期为一周。经过推荐周期无法继续晋级的书籍，放在“其他推荐位”上，保持适度曝光，延续书籍长尾收入。

（3）新老结合：晋级图书如无法填满所有推荐位，则由测试新书补位，保证新书曝光度。

（4）建立推荐书单：当一个推荐周期结束后，应及时建立推荐书单。

从转订率、人均访问、人均付费次数、CP、图书等级等几个方面为推荐过的图书建档，以保证后续运营有章可循。

（四）建立以大数据为基础的原创内容生产创作体系

1. 挖掘用户大数据，指导现实题材精品网络小说创作

点众科技在打造业内领先数字阅读分发平台的过程中，积累了丰富而宝贵的用户数据，对于原创内容创作有重要的借鉴作用和使用价值，利用好这些数据，对创作人民群众喜闻乐见的精品网络小说有重要的现实意义。点众科技充分利用自己的互联网优势和科技特长，挖掘数据背后的隐藏信息，使其被用于原生内容的创作，特别是在推进现实主义题材创作方面取得了良好效果。

点众科技的运营部门通过摸查读者搜索引擎高频词，发现某段时间都市乡村结合、手机与人性关怀、白领跌落逆袭等关键词出现频率极高，反馈给CP部门之后，编辑有意引导作者在创作相关现实题材作品时进行有益尝试。《甘霖》《北京背影》两部优秀现实题材作品由此脱颖而出。

《甘霖》主要讲述了都市中年轻干练的白领梁猗猗回乡送葬，陶醉于故乡青山绿水和淳厚民风，也震惊于家乡的贫困，热心的她凭借营销特长搭建了一座城乡销售桥梁，这一行为成为她人生的转折点。在遭遇了家庭、感情、职业等方面的挫折后，梁猗猗跌落谷底，有感于家乡的召唤，她毅然返乡创业，利用新思路新技术，和扶贫干部顾久等伙伴配合，从无到有创建了“得乐园”大学生返乡创业农庄，业务范围甚至触达海外。猗猗最终带领家乡人民脱贫致富，开辟出一方新天地，实现了人生价值。本书以现实主义手法再现新时代乡村精准扶贫工作的得失苦乐，穿插了几个年轻人的感情经历，描绘了以梁猗猗、顾久、徐竹君为代表的新青年的成长过程，充满正向能量、示范作用和青春气息。

《北京背影》则讲述了一对平凡的北京夫妻通过不断奋斗、不向网络暴力屈服，努力改变自己生活和命运的故事。陈墨是从农村来的北漂女青年，在人生低谷时遇到了老实可靠的顾一成，两人结成连理。陈墨不

断努力，数年之后，北京公平竞争、激励奋斗的文化中心氛围，使她的才华和能力充分展现，她成为大型广告公司创意总监；而顾一成安于现状，仍是一名小学老师。在平凡生活中，两人因为不同的价值取向产生分歧，渐行渐远。陈墨某次做好事却被人误解，引发了一场网络暴力事件，这给她的事业生活带来很大影响，除了微博大V“真相哥”外，没人相信她，而后北京网络公安主持正义，最终她得到平反。陈墨和“真相哥”因此成为好友，但是“真相哥”却突然失踪了，同时陈墨的丈夫顾一成遭遇车祸。她开始反思两人之间的关系，经过一番调查，她发现“真相哥”就是顾一成。

这两部作品在全网的点击量均超过300万，引发了良好而广泛的社会反响。

2. 结合网络口碑，健全作者培育激励机制

为了在实践中挖掘作者，利用好网络大数据和作者口碑，点众科技组织了多种活动，培育和激励作者创作精品。2017年10月，点众科技花费重金组织了“荣耀之战”文化传承征文活动，旨在传播中华民族优秀文化，重新焕发华夏荣耀。经过半年的激烈角逐，数十万名网友踊跃参与投票，近千名作者投稿，通过多维度的数据分析和网友口碑论证，出现了《运河天地之策马春风堤上行》等一批优秀作品。

点众科技积极支持和鼓励作者参加网络作家协会等正规组织以及参加相应的培训课程。据不完全统计，有十余名作家分别加入所在地的网络作协，并分别参加“全国网络作家深入学习习近平新时代中国特色社会主义思想专题培训班”“鲁迅文学院网络文学现实题材作家培训班”等各种正规培训，进一步提高了作者素质。

同时，签约作者将作品上传到自有平台后，负责编辑会跟进阅读，关注内容，并会关注作品在平台上的各项数据，平台上的数据表现和内容质量好坏息息相关，无论是编辑跟读时候发现质量波动，还是数据变化出现异常，编辑都会及时和作者进行沟通，给出意见并关注后续的效果。当作者确定签约后，点众科技相关部门会大力向合作方和具有资质

的企业推荐其作品，进行“影视、游戏、动漫、有声”等各个衍生方向的改编，提升作者的个人价值和收益。当推荐成功，签订协议之后，点众科技会按照合同规定发放收益。

点众科技还会定期组织签约作者进行采风和实践等聚会活动，在这样的活动中组织培训和交流，提升公司和作者的亲密度，定期组织体检，保证签约作者的身体和心理健康。

3. 三审制基础上的机器审核与人工审核相结合

点众科技在平台内容传播过程中，始终坚持导向意识，坚持制度建设先行，严格把控作品的价值导向和精神引领。坚决从制度规范上杜绝生产和传播漠视公序良俗、道德规范，混淆审美，违背正确人生观、价值观、伦理观、道德观以及一味低俗猎奇、娱乐至上的内容，逐步建立和完善了内容三审责任制度。

三审制度贯穿平台内容传播过程始终，内容审核过滤机制、责任校对机制、色情低俗内容识别和处理制度、敏感词词库更新维护制度、不良信息举报制度、应急管理制度等多项制度构成点众科技的内容安全保障体系。内容审核工作的具体实施和执行由公司成立的编辑部门负责，实行总编辑负责制。在具体审核执行操作过程中，审核团队采取技术手段加人工审核的组合审查方式，进行过滤审查。具体步骤如下。

第一步，关键字过滤机制。点众科技利用大数据资源，自主研发敏感词过滤扫描平台，将整个版权库里的所有内容均纳入敏感词扫描。首先确保从技术上建立第一道安全阀。敏感词的维护及更新对于安全运营起着十分重要的作用，分类维护更加精确和有针对性，并需要做到专项专审，杜绝审核层面漏放敏感内容。同时，点众科技会与上级部门及时沟通，定期领取敏感词样本，更新敏感词库。敏感词库的维护采取“宽进严出”机制，对于敏感词的删减必须经过主管领导确认，才可操作，并且限定敏感词删减权限。

第二步，编辑人工审核。编辑人工审核包括试读和通读两个步骤。试读一般选取书稿20%左右的内容进行审读，如试读书稿出现违规内容，则直接驳回版权方，修改后再次审核。如试读通过，则由审核专员进行通读审查，对全文内容进行审查，通读过程中发现违规内容，则驳回版权方，修改后再次审核直至最终内容没有风险才予以入库。在审核过程中，如审核专员遇到无法确认内容是否违规的情况，则记录问题，上报至责任编辑，由责任编辑把关判断。如责任编辑存在疑问，则上报至总编，由总编最终给出审核意见，并将问题形成案例，作为日后遇到同样问题的处理依据。同时，审核组实行“背靠背”审核机制，由审核专员选取各自已经审核通过的内容进行抽查互审，确保审核标准和规范的一致性和统一性，保证内容审核质量和内容安全。

4. 严把渠道入口关，保障平台内容优质

点众科技在版权合作方的选择上保持着较强的导向意识和版权意识，始终坚持与优质的内容资源提供商合作。点众科技要求内容提供商提供的作品，要以坚持正面宣传为主，正确把握舆论导向，与党和政府的宣传指导精神保持一致，提倡“正能量”，杜绝政治性差错；严禁淫秽、色情、暴力、血腥的信息内容；严禁任何违反法律、法规的内容。点众科技慎重遴选合作方和合作内容，主要有以下要求：一是版权合作方一定是正规的出版社、出版公司或者有合法授权的图书提供商；二是合作方须出具授权图书的权属证明文件，确认其拥有该版权内容的原始数字版权或转授权；三是双方必须签署数字版权授权协议，协议中授权的版权必须以详单形式列表，并作为合同附件，加盖双方骑缝章；四是由渠道合作方提供的数字媒体及其原素材和源文件，版权合作方须保证其来源、内容以及可用于数字分发的合法性，不会侵犯第三方的知识产权，包括但不限于著作权、商标权、专利权及其商业秘密等；五是内容引入要求走技术接口流程，对内容做一对一的接口输出，且对输出内容进行编辑和审核，输出接口是按照公司要求搭建的绿色接口，避免人员文本传递过程中出现文本毁坏、文本改动等问题。

为提高数字产品管理的计划性、科学性和严肃性，提高版权合作产品策划水平，规范版权合作产品立项评审流程，点众科技还成立了“点众科技版权合作产品评审委员会”，负责组织版权合作产品评审。

5. 提高紧急情况预防处置能力应急管理制度

为确保敏感时期和发生重大突发事件时不出现问题，点众科技专门制定了应急管理制度。一是建立日常应急处置预案流程。组织管理人员培训，提前传达相关事件注意事项以及相关精神，确保传达落实到管理和一线审核岗位的每一个人。二是制定完善的管理标准，确定哪些内容应注意，哪些内容应删除。三是管理权限统一，保证被处理过的书籍或者评论不可随意恢复，避免出现漏洞。四是对事件分级和布置响应措施。其中，一级事件包括党和国家重大会议和政治活动；暴恐、战争等引发社会恐慌的重大突发事件；特殊日期纪念日等敏感期。其响应措施是：总编辑在岗带班，增加不少于80%的审核人员；跟帖先审后发、逐条审核；启动技术和后勤部门值班机制。二级事件包括党和国家领导人重要活动；重大灾害、重大事故、重大刑事案件等可能引发社会负面舆情的事件。二级事件的响应措施是：相关内容审核负责人带岗在班，带班人员须具备充分权限，增加不少于50%的审核人员；与一级事件一样，进行跟帖先审后发、逐条审核。此外，点众科技还建立了运维、技术、审核多部门协同机制，包括五个方面：一是应急事件中不仅审核部门需要重视，公司硬件设施也需要完善；二是确保应急处置期间公司网络正常运行，如有问题能够第一时间解决；三是确保公司服务器运行正常，杜绝黑客攻击；四是确保后台正常运行，应急处置期间不做后台更新；五是确保后台问题能够及时解决，发现漏洞第一时间补救。

（五）以主题作品为抓手，打造IP全产业链

点众科技作为一家有着强烈社会责任感的文化科技企业，成立以来专注于为广大读者提供健康向上、制作精良的优质正版数字内容，尤其是在主题作品创作和传播方面不遗余力，积极担当育新人、兴文化的社会责任，努力传播壮大网络正能量。

2017年，在北京市委宣传部、北京市新闻出版广电局组织并主办的第

一届中国“网络文学 +”大会上，主办方发布了“大运河文化”主题网络文学征集活动。在北京市委宣传部的统筹和指导下，点众科技组织多位专家作者一起走访了长达 82.6 公里的大运河流经的北京市六区县，参与了由北京市委宣传部举办的一系列座谈会。为了大范围征集大运河文学作品，点众科技专门搭建了“运河天地”文学网站，积极组织作者参与该主题活动，与千龙网一起策划上线了《文学大运河》专家访谈专栏。最终点众科技选送的《运河天地之大明第一北漂》等 4 部作品入围重点选题孵化项目，是入围作品最多的企业。2018 年，这 4 部作品又都入选北京市新闻出版广电局组织的北京影视出版创作基金扶持项目。2018 年 9 月，《运河武工队》入选北京市新闻出版广电局“2018 年度向读者推荐的 21 部优秀网络文学原创作品”名单。

《运河天地之大明第一北漂》以跌宕起伏的情节、紧凑有韵的语言、源远流长的运河文化和永远昂扬的奋斗精神，被众多合作方看中，点众科技经过慎重考虑，最终选择苹果箱影视公司作为合作伙伴。双方签订协议，共同摄制由该作品改编的电视剧和网络电视剧，对该作品进行深度 IP 产业链开发。

《策马春风堤上行》依托真实的历史背景，以清新流畅的叙述方式呈现大运河对明代经济的促进作用以及运河人民对运河的深厚感情，通过运河旁边百姓与运河的相互守望，还原了一幅真实的大运河边众生图，展现真正和大运河息息相关的岸边百姓的努力、挣扎与向往。该作品得到中国华侨出版社青睐，已经出版成纸质书，影视版权也正在输出过程中。

由合作伙伴狮子鱼公司出品的青春励志甜宠喜剧《我的邻居睡不着》已经顺利杀青，点众科技推出该剧同名小说。此外，点众科技联合静思六合（烟台）文化传媒有限公司、北京幻想故事工坊共同合作开发长篇志怪作品《六合青山卷》，该书主创团队是一批“90 后”“95 后”的年轻人，故事取材于《山海经》《淮南子》《聊斋志异》，在唯美感人的故事背后，体现了新生代小说作者群对传统优秀文化的扬弃和传承。

以上案例都说明了点众科技在原创小说精品内容积累、版权挖掘上的突出能力，通过这些运营举措，点众科技在涉足网络文学上下游产业链方向上迈出了坚实一步。未来，点众科技仍将继续大力培育传播启迪心智、健康向上的文艺作品，深度挖掘放大优秀作品 IP 价值，积极布局大文化生态，弘扬传播主流文化、优秀文化。

三　立足当下，着眼未来，实现可持续发展

未来，点众科技将以数字阅读平台为基础做好内容分发业务，依托数字阅读平台的大数据分析做好内容创作业务，基于好的作品及强大的发行能力做好 IP 开发业务，形成内容创作、内容分发、IP 开发（漫画、有声、影视、游戏、周边产品等）三大互相促进和支撑的业务板块布局，进一步提升市场竞争力。

1. 深化用户拓展，做大内容分发业务

点众科技目前已经形成了以“快看小说”App 和 H5 网站为核心的内容分发平台，未来将进一步深化用户的拓展，扩大覆盖的用户规模。此外，点众科技已和各大互联网平台和主要手机厂商建立起比较成熟和深入的合作，日后会进一步加强合作的深度和广度以及合作形式的多样性探索，力争更为全面地覆盖潜在用户。同时，顺应移动互联网发展态势，点众科技将加大在内容相关的平台及社会化媒体方面的运营力度，以获取更多高质量的用户以及形成差异化的竞争优势。

2. 建立多维内容创作体系，提升内容优势

根据大数据分析，点众科技确定合适的方向和题材，初期以投资有潜力的创作公司为主，以紧密合作的合作伙伴为补充，以自有原创文学创作平台，组建专业的编辑团队为辅，寻找并培养优秀的创作者去创作社会效益和经济效益双效合一的优秀作品；然后逐步过渡到以自己的编辑团队和创作者为主，投资的公司为补充，紧密合作伙伴为辅的内容创作体系，形成多种梯队的创作团队，互为竞争，也互为补充。

3. 采取项目合作开发模式，发力优质 IP 深度运营

点众科技全资子公司中企瑞铭科技（北京）有限公司和其他参股公司的内容生产团队每年有几千部优秀全版权作品产出。基于点众科技“快看小说”阅读平台庞大的用户基础，结合优秀的内容资源，点众科技将引入国内领先的漫画、有声、影视、游戏、周边产品等相关公司，采取项目合作开发的模式进行深度合作，并将“优质 IP 深度运营”打造为公司未来在内容方面的核心竞争优势。

中国网络文学经过 20 年发展，目前用户数已经突破 4 亿，原创作品总量超过 1600 万部，网络文学作者超过 1400 万人，网络文学群体已经成为一支不可忽视的社会力量，网络文学也成为中国特色的文化现象和文化品牌。习近平总书记在文艺工作座谈会上的讲话和在党的十九大报告中关于坚定文化自信，推动社会主义文化繁荣兴盛的重要论述，更加坚定了网络文学行业从业者的发展信念，网络文学逐渐从草根文学走向主流文学之列。

在新时代下，网络文学发展也出现了一些新的变化和趋势，从产业发展来看，网络文学产业上下游融合趋势越来越明显，网络文学作为 IP 源头，会更多地渗透到产业上下游中去；在内容题材方面，网络文学作品会越来越走精品创作路线，更多反映社会发展、反映老百姓日常生活的现实题材作品会不断涌现；从传播形式来看，随着大数据、AR/VR、区块链等新型的互联网技术的成熟，网络文学结合新技术的运用必定会有更多新的传播形式出现。点众科技将充分利用自身互联网技术的特长，基于对发展文化事业的赤子情怀，努力做好文化科技融合工作，不忘初心，砥砺前行，为读者提供更多更优质的精神食粮，为社会主义文化强国建设贡献应有之力。

中文在线：以优质 IP 为核心，打造泛娱乐生态布局

随着行业不断发展，市场需求不断升级，资本市场热切关注网络文学市场的竞争，行业态势一片利好，大量网络文学集中 IP 泛娱乐化。另外，伴随市场需求不断升级，在劣质 IP 被市场淘汰的同时，IP 精品化正逐步成为时代主流。而中文在线等公司纷纷将目光聚焦在优质 IP 的培育和开发上，对所持有 IP 的一体化开发不断深入。从中文在线 2017 年经营业绩获得的高质量增长来看，其在 IP 一体化开发上已见成效，并且有了更多的思考和更清晰的方向。中文在线数字出版集团（以下简称“中文在线”）2000 年成立于清华大学，以“数字传承文明”为企业使命，致力于成为世界级的文化教育集团。2015 年 1 月 21 日，中文在线在深交所创业板上市，成为中国“数字出版第一股”。中文在线是国内最大的正版数字内容提供商之一，自有用户超 8000 万，合作用户超 3 亿。中文在线拥有数字内容资源 400 万种，签约版权机构 600 余家，签约知名作家、畅销书作者 2000 余位，驻站网络文学作者超过 370 万名。

作为数字阅读的推动者，中文在线集合旗下 17K 小说网、四月天、汤圆创作三大网络文学原创平台，以及公益性网络文学大学，共同培养争创新、讲品位、重艺德的网络文学作者，推广为历史存正气、为世人弘美德的优秀文学作品。中文在线未来也将一直秉承推广主旋律作品、培养优秀网络作家、引进多类型创作、推广 IP 一体化开发的发展路线，希望通过净化网络文化环境、丰富网络文学体裁、提升作家待遇，为网络文学事业的健康理性发展尽绵薄之力。

在数字阅读方面，中文在线凭借长期积累的传统出版内容，包括周梅

森、金一南、毕飞宇、刘和平、张小娴、阿来、刘醒龙等大量知名作家的优秀作品，以及旗下 17K 小说网、四月天、汤圆创作等多元原创互联网文学平台，中文在线已吸引了大量读者用户。

中文在线以“文化＋”“教育＋”双翼飞翔作为企业发展战略，向世界级文化教育集团迈进，为超过 3 亿用户提供百万种优质数字阅读资源，并以 IP 内容为核心，深入挖掘地方公共文化元素，多维度深度开发大众文化产品，衍生为影视、游戏、动漫、听书、纸书等，以匠心造精品，推动中华优秀文化的创造性转化、创新性发展。

一 以三大原创平台为马车，影视与游戏为双翼，IP 产业展翅飞翔

作为数字阅读的推动者，中文在线集合旗下 17K 小说网、四月天、汤圆创作三大网络文学原创平台，形成规模化的分享渠道，工业化的影视/二次元生产线，创新性的游戏以及泛生活的 IP 新消费等多元化开发平台的系列产业链。遵循高效的协调发展战略，中文在线以 IP 为驱动力，打通了“原创平台＋IP 运营＋影视＋游戏”的垂直内部生态体系，以保证网络文学的 IP 项目高效落地。

中文在线文化业务板块不断壮大，2018 年上半年实现文化业务收入 38065.50 万元，较 2017 年同期增长 43.36%。中文在线的主要业务板块包括数字阅读业务、版权（IP）运营业务、游戏业务、互联网广告业务与知识产权。中文在线的多元内容平台也继续高速发展，海外数字阅读市场取得突破。2017 年以来，网络文学保持良好发展态势。中文在线旗下原创网络文学平台每年生产大量优质作品，同时，培养了大批潜力作者及大神作者。中文书城作为中文在线重要的内容发行渠道，提供互联网阅读服务及互联网广告、游戏联运等增值服务。中文在线自有平台用户数超 8000 万，优秀作品有《修罗武神》《九星霸体诀》《归一》《天行》《人皇纪》《超级兵王》《万古仙穹》《圣龙图腾》《生死聚焦》《权门婚宠》《公主喜嫁》等。

在传统出版作品方面，新增签约青年女作家蒋方舟、著名评书表演艺术

家田占义、著名心理学家武志红等；新签约优秀出版作品《环太平洋前传》《环太平洋1》《环太平洋2》《历史的天空》等，其中《历史的天空》获得第六届茅盾文学奖。此外，中文在线旗下子公司鸿达以太拥有27万集部、7.7万小时的有声读物资源和优质原创小说资源。

中文在线版权（IP）运营多点开花，IP一体化开发项目也在加速落地。在IP影视方面，中文在线联合出品的电视剧《天盛长歌》（原著小说为《凰权·弈天下》）于2018年8月14日登陆湖南卫视金鹰独播剧场，爱奇艺全网独家同步更新；联合出品电视剧《橙红年代》（由17K小说网同名原创IP改编）目前已制作完成；与爱奇艺联合出品的电视剧《新白娘子传奇》已拍摄完成，该剧由新晋人气偶像于朦胧和鞠婧祎主演；联合出品电影《鬼吹灯之龙岭迷窟》已拍摄完成，目前正在后期制作中。

在IP动漫方面，中文在线联合原力动画打造的真人CG超级动画网剧《陨神记》，目前已正式开机。在IP游戏方面，原创IP定制游戏《武道至尊》《修罗武神》取得较好的流水和排名。中文在线代理发行的H5游戏《修罗武神》是东方玄幻与中国武侠元素完美结合的RPG游戏，该游戏于2018年3月16日首发，已累计覆盖用户2000万，已覆盖包括疯狂游乐场、爱微游、玩吧等90家游戏平台。中文在线还有多部主控型超级IP一体化开发项目正在筹划推进中，如《罗布泊之咒》《大宝鉴》《极限末日》《丛林兵王》《巫颂》等。

中文在线完成并购晨之科后，游戏业务也增长迅速。中文在线通过旗下“中文游戏”开展游戏业务，游戏收入主要包括游戏代理收入、游戏渠道收入和游戏授权收入，代理发行的游戏包括《苍蓝境界》《武道至尊》《修罗武神》等。作为游戏代理商获得游戏产品经营权以后，中文在线利用自有的游戏平台或其他一个或多个第三方平台运营游戏产品，负责游戏的运营、推广和维护。晨之科是一家深耕ACGN（Animation、Comic、Game and Novel，即动画、漫画、游戏和小说）领域的互联网企业。目前正在运营的主要游戏包括《幻想计划》《姬斗无双》《恶灵退散》、『神無月』、『アビス？ホライズン』（《深渊地平线》）等。《幻想计划》是晨之科独家代理发行的一款二次元3D萌系ARPG手游，2018年4月6日iOS正式公测，上线当日获 iOS 精品推荐，位列免费游戏榜第 13 名，游戏畅销榜第 37 位，上线 15 天 iOS 单渠道流水破千万元。该游戏于 2018 年 7 月 11 日全平台公测，并计划逐步登陆日本及全球市场。《姬斗无双》是一款 3D 即时战斗 RPG 类手游，综合了角色养成、冒险闯关、竞技 PK 等丰富游戏内容，2018 年上半年流水超过 5000 万元。《恶灵退散》是一款由晨之科发行的 3D 二次元唯美和风的休闲放置 RPG 手游，自上线以来广受游戏玩家好评，下一步将以『百姫退魔 - 放課後少女 - 』为名登陆日本市场，并计划全球发行。『神無月』是由晨之科在日本发行的超幻想 RPG 游戏，于 2018 年 4 月 9 日正式上线，上线仅 3 天时间便登陆日本 iOS 免费榜第 9 名，在安卓已安装榜上排名第二。《深渊地平线》（『アビス？ホライズン』）是由晨之科在日本发行的一款 3D 战舰拟人化角色扮演游戏。2018 年 6 月 28 日开服当日便荣登日本 AppStore 游戏总榜第 5 名，应用总榜第 9 名。

二　拓展海外市场，网络文学扬帆出海

中文在线不断拓展海外市场业务，该公司及子公司布局的海外视觉小说平台业务取得突破式发展，受到用户的高度认可。中文在线在美国市场推出的“视觉小说平台”Chapters，通过网络文学作品创新，将单线文字作品转化成图文并茂的作品，并使读者可以代入其中，已多次荣登安卓平台推荐。Chapters 目前注册用户已达 500 万，是全球第三、中国最大的海外视觉小说平台。中文在线将 Chapters 定位为视觉小说平台、内容培育平台、作家聚合平台、粉丝互动平台，不仅是推动中文 IP 登陆国际化市场的全新尝试，还是一种业态的成功创新，突破性地以全新方式呈现文学作品。

中文在线还战略投资了英语国家最大的中国文学网站 Wuxia World。Wuxia World 成立于 2014 年 12 月，其内容以玄幻、武侠、仙侠等题材的作品为主，网站月活跃用户达 400 万，读者遍布 100 个国家和地区，北美读者占总数的 1/3 以上。中文在线将旗下知名网络文学 IP《修罗武神》《斩龙》等授权给该平台发布以后，这些作品迅速成为网站热门作品。

三　培养优质作者，打造一体化 IP 源泉

（一）17K 小说网打造“新都市、新玄幻”，助力网络文学作者成长

17K 小说网作为中文在线核心的原创内容生产平台，拥有注册用户数超 5000 万，驻站网络作者人数超 100 万，点击量过亿 IP 超 100 部，已经改编为影视、游戏、动漫等衍生作品的作品 100 余部；2017 年新增作品数 19 万部，新增签约作者 2500 余位，2018 年新增的优秀作品有《归一》《真龙》《剑仙在上》《近战狂兵》《神话禁区》《天庭地府微信群》《星球博物馆》《山海禹皇记》等。

17K 小说网平台用户基数越来越大，也越来越年轻化，随着“90 后”用户逐渐成为主流，网络文学的内容也朝着轻松方向转变。同时，现实主义题材的作品也受到广大用户的喜爱，17K 小说网会以拥抱新时代为基础，不断融入新元素，坚持做好精品内容。

2018 年，17K 小说网进一步强化平台造血能力，为作者提供更多养分；丰富互动产品，打通内部产品体系和外部社交工具，帮助作者和自己的粉丝更紧密地联系在一起，提升作者影响力；增加有声读物、漫画、AVG 互动小说等一系列轻衍生产品，帮助更多作品获得衍生机会，积累更大的 IP 价值。

17K 小说网的十年经典 IP 作品《橙红年代》被改编为同名电视剧，陈伟霆、马思纯、刘奕君、陈瑶、巫刚、李建义、王姬、胡静等众多明星倾情加盟。作为立足现实主义的匠心巨制，《橙红年代》既有家国任务的使命担当、对于承诺的坚守，也有当代百姓两代人的奋斗人生路的呈现，更有公安干警践行使命、捍卫正义的责任坚守。《橙红年代》作为首部点击量过亿的都市网络小说、首部入围茅盾文学奖的网络小说，在连载期间一直雄踞中文在线旗下 17K 小说网各大排行榜榜首，2011 年即在 PC 端点击破亿，紧接着更以所向披靡之势达到 1.9 亿次点击，成为至今为止全网同

类型完结小说点击量最高者。

2017 年 4 月，反映当下时政的现实主义题材电视剧《人民的名义》一开播即登上收视冠军宝座，与收视纪录同步爆棚的还有该剧口碑，该剧甚至漂洋过海，火到了海外，被 BBC 誉为中国版《纸牌屋》。该剧的火热也直接带动了原著小说人气的迅速火爆，中文在线为该原著小说独家数字版权方。《人民的名义》纸质书销量突破 138 万册，电子书月点击量破 5 亿，有声书月收听量突破 2000 万，打开很多 App 和设备，都能看到《人民的名义》处于推荐位。

2018 年 3 月，中文在线签约作家酒徒的作品《家园》入选“中国网络文学 20 年 20 部作品”。《家园》成为酒徒非架空历史小说的开山之作，并斩获多项大奖，曾荣获中国国际版权博览会“最具商业价值原创网络文学奖”，“第一届首都青少年最喜爱的网络文学作品”，中国网络文学十年盘点“十佳人气作品”“十佳优秀作品”双榜大奖。

2018 年 1 月，国家新闻出版广电总局和中国作家协会联合发布“2017 年优秀网络文学原创作品”推介名单，中文在线 17K 小说网作品《太玄战记》《万古仙穹》《武林大爆炸》等 24 部作品入选。此次中文在线入选的作品中有 3 部作品大胆探索，追求在题材、体裁、形式上有创新，在观念、内容、风格上有特色，力图在网络文学世界中展现中国传统文化的魅力与风采。该活动是继 2015 年和 2016 年后第三次举办，共有 380 部作品参选，申报数量创三届之最。

2018 年 1 月，在由中国传媒大学主办，中国广告协会、中国版权保护中心联合主办，中国传媒大学 IP 跨界传播研究中心和中国广告协会软 IP 分会公布的首届“中国软 IP 年度评选”榜单中，中文在线脱颖而出，获得“IP 年度传播平台”奖。旗下 17K 小说网作品《修罗武神》入选 IP 年度热度榜，《盛唐烟云》入选 IP 年度文化贡献榜。

2017 年 12 月，在由新浪微博、微博读书联合主办的“阅读 V 时代 · V 影响力峰会读书年度盛典”上，中文在线旗下 17K 小说网签约作品《罗布泊之咒》与《凌霄之上》分别进入微博先锋势力榜 TOP10。

2017 年 11 月，在 2017 中国泛娱乐指数盛典 ENAwards 中，中文在线 17K 小说网作品《修罗武神》与《妾色》分别进入文学 IP 价值榜（男频/女频榜）TOP30。

2017 年 11 月，第二届网络文学双年奖在宁波慈溪揭晓，唯一的金奖颁给了中文在线签约作家酒徒（作品《男儿行》）。2016 年，在中国作家网承办的 2016 年中国网络小说排行榜年榜上，酒徒的两部作品《男儿行》与《乱世宏图》均位列榜单第一位，成为双冠王。

2017 年 8 月，在中国"网络文学 +"大会发布会上，在北京市新闻出版广电局"2017 年向读者推荐优秀网络文学原创作品活动"中，入选作品的作者及入选企业获颁证书。中文在线收获企业大奖，中文在线旗下 17K 小说网大神作者酒徒凭作品《盛唐烟云》荣获推荐。

2017 年 3 月，2016 年中国网络小说排行榜年榜在京发布，中文在线签约作家酒徒的作品再度登榜，《男儿行》获得 2016 年中国网络小说排行榜年榜第一名，《乱世宏图》获得 2016 年中国网络小说排行榜（未完结作品）第一名，酒徒成为双料冠军。

在 2016 年亚洲好书榜上，中文在线推出的《我的美女老师》《修罗武神》《白日梦小姐》《龙血战神》四部作品入选微博原创先锋势力榜。

（二）定位"新女性、新言情"，打造垂直网络文学社区平台

随着女性收入及社会地位的提高，以女性为中心的消费产业成为新的发展潮流。娱乐方式的多元化、内容产业的扩大和细分，带动这股风潮从消费市场蔓延到文化娱乐市场，垂直女性内容正在成为下一个风口。

四月天是一个面向女性用户的垂直网络文学社区平台，内容整合中文在线全部女频类作品 20 余万册，每年作者和作品数量年增长 10% 以上，2018 年度优秀作品有《星纪元恋爱学院》《锦堂归燕》《案生情愫》。随着女性市场的不断扩大升级，四月天在 2018 年将内容方向定位为"新女性、新言情"。"新女性"的特质为"独立、自强、智慧、自由、会选择、懂生活、有信仰、懂性爱、个性突出、有处世原则、不随波逐流"；"新言情"则要

求作品“始于言情但不止于言情——去悬浮，反低幼，重逻辑，有格局”。未来的四月天是一个广义的四月天品牌，将整合中文在线所有女频优质内容，既要保持女频稳中有升，又要为中文在线 IP 一体化开发的战略做好内容的储备并培养一片高产能的热土。

（三）“汤圆创作”——聚焦校园，挖掘创作新群体

汤圆创作为国内最大的校园移动创作平台，以塑造“00 后”作家代表为己任，生产更多的广受年轻群体喜爱的优秀作品，逐步构建多层级的商业价值体系；累计用户数量近 2000 万，驻站网络作者人数超 270 万，已生产作品 350 余万部。

随着智能手机以及 3G、4G 网络的普及，手机端读者数量增长极为迅速。移动互联网的兴起释放了网络文学的价值，人们越来越多地开始在手机和平板设备上进行阅读、创作，网络文学的受众群体规模变得更大了，阅读、创作便利性也大大提高了。但因移动互联时代用户对“短、频、快”的强烈诉求，导致用户多是利用碎片时间来享受阅读与进行创作。基于此现状，中文在线组织团队开发了以手机为主的移动无线终端写作平台，并正式成立了“汤圆创作”子公司。

同时，在网络文学向移动互联网转型的过程中，汤圆创作发挥了先锋军的作用，目前汤圆创作的作者有 98% 是直接通过手机、平板电脑等移动端进行创作的，代表了网络文学创作的新风向。

汤圆创作发挥在移动互联网的先锋带头作用，继续扩大自身在作者群体里的影响，发起了“抵制抄袭，支持原创”的公益活动，微博话题阅读量近百万，并有 50 多家媒体先后进行报道。

汤圆创作还成立了汤圆校园文学联盟，有 1000 家高校的文学社团加入，这些高校均组建了汤圆网络文学社。汤圆创作通过深耕校园市场，努力扩大用户量，带动校园文学的整体升级，预期可将校园文学社团覆盖全国 90% 以上的大中专院校，影响数以千万计的文学爱好者。

针对作品内容导向问题，中文在线对于三大原创网站，有如下要求。

一是就创作层面，审核和激励并行。在内容审核上严把关、细把关，同时对传播正能量、抨击负面现象的作者作品进行实质激励。强调主流价值引领，力图发掘更多三观正的文艺精品。

二是就企业运转层面，完善作家之间的良性竞争机制，提高编辑团队的整体素质。从根本上改善站内的文学生态，从源头上注意作品价值观的引领。弱化榜单、点击量等对作者收入的影响，增加口碑、价值观输出等新指标。

三是发挥企业和编辑团队本身的主观能动性，深入领会习近平总书记关于网络文学的重要论述，坚守中华文化立场，弘扬优秀传统文化，让中国的作品在创新性发展中提升中华文化的影响力。

四　实施超级 IP 战略，搭建垂直内部生态体系

超级 IP 并不仅仅指的是现有的市场价值在千亿量级的 IP，而是一种打造优质 IP 的思路。好的创意，加上有形的载体和粉丝，才能让超级 IP 显示巨大的威力。超级 IP 一定要具备的四个特质是：超级设定、超级故事、超级粉丝和超级衍生。换句话来说，超级 IP 需要创新、独特、正能量的世界观和人物设定，整个结构具有强扩展性和序列化可能性，同时故事内容逻辑合理、能引发情感共鸣。另外，作品的可衍生潜力也是重要考量——跨界可能性越多，价值越大。而除了多元化的载体，超级 IP 还需要有足够的粉丝基础。网络文学的 IP 内核提供了超级 IP 的裂变基础。而超级 IP 的裂变，才是文化创意领域真正的价值蓝海。当市场还在聚焦网络文学的版权和电子阅读价值时，中文在线早于 2016 年就提出了超级 IP 战略，宣布公司进入大力发展 IP 价值经营期。截至 2018 年，仅 17K 小说网平台的原创内容就已经有 100 余部被改编为影视、游戏、动漫等衍生作品。

IP 中下游产业能力，是整体行业突破的价值所在，考验的是产业链研发、协调能力；超级 IP 的制造与开发一体化，需要内容平台的孵化能力；粉丝运营、项目落地，考验的是管理平台能力、产业平台的研发能力和转化变现能力。

从宣布超级 IP 战略至今，中文在线逐渐搭建内循环生态，建立了新而

强的内容原创平台，规模化的分享渠道，工业化的影视/二次元生产线，创新性的游戏以及泛生活的 IP 新消费等多元化开发平台的系列产业链。遵循高效的协调发展战略，中文在线以 IP 为驱动力，打通了“原创平台 + IP 运营 + 影视 + 游戏”的垂直内部生态体系，以保证网络文学的 IP 项目高效落地。

泥沙俱下的市场环境是遏制行业发展前行的绊脚石，必须剔除糟粕才能确保网络文学行业的健康发展，因此“正能量、精品化、接地气”便成了网络文学行业新时代发展的新要求。17K 小说网作为中文在线旗下原创网络文学平台，一直是引领行业的风向标，2017 年，其 3 部作品《太玄战记》《万古仙穹》《武林大爆炸》入选国家新闻出版广电总局与中国作家协会联合发布的“2017 年优秀网络原创作品”推介名单。事实证明，优质的内容是根本也是立足行业顶端的优势。

随着头部影视公司对 IP 的占有要求越来越高，产业竞争愈演愈烈。值得一提的是，2017 年 17K 小说网原创 IP《我的狐仙老婆》《我才不会被女孩子欺负呢》网剧已在优酷上线。与华策克顿联合投资的《天盛长歌》由陈坤、倪妮担任主演，得到了一众粉丝追捧，堪称年度匠心巨制，已于 2018 年 8 月 14 日登陆湖南卫视金鹰独播剧场，爱奇艺全网独家同步更新。被誉为都市题材殿堂级作品的 17K 小说网原创 IP《橙红年代》电视剧由陈伟霆、马思纯主演，该剧收获良好口碑，播放量超 15 亿，同名手游也将同步上线。中文在线与爱奇艺联合出品的电视剧《新白娘子传奇》已拍摄完成，该剧由新晋人气偶像于朦胧和鞠婧祎主演；中文在线与多家公司联合出品的电影《鬼吹灯之龙岭迷窟》已拍摄完成，目前正在后期制作中。

IP 项目垂直内部生态体系的搭建，意味着中文在线在打造 IP 项目上，已经有了一套成熟的体系与逻辑，也意味着中文在线要在未来打造一系列 IP 项目，让中国网络文学走向全世界。

五　持续推动知识产权保护，与盗版侵权斗争到底

维权业务稳步发展，持续推动知识产权保护，中文在线积极参与版权保

护工作，促进全民反盗版意识的提高。目前，维权诉讼近万起，涉案作品超过十万部，中文在线已成为权利人维权的重要渠道，对业界产生积极影响。在维护知识产权、打击盗版方面，中文在线一直走在行业前列。中文在线董事长兼总经理童之磊先生现任中国版权协会副理事长。2005 年 7 月，在国家版权局和中国出版工作者协会指导下，由中文在线联合国内十几家大型出版社、知名作家和律师事务所，发起成立中文“在线反盗版联盟”。该联盟拥有规模化、专业化的法律团队，维权行动遍布全国 20 多个省、市、自治区，先后起诉了盗版网站上千家，运作维权案件近万件，涉案作品超过十万部；并就美国苹果公司等 40 多家公司在互联网擅自传播中文在线享有权利的作品的现象，陆续向北京市东城区人民法院等司法机关提起诉讼，累计立案 300 余起，涉及周梅森《人民的名义》，二月河“帝王三部曲”，王跃文《国画》《大清相国》，毕飞宇《推拿》及畅销网络小说《龙血战神》《万古仙穹》《仕途天骄》《权力巅峰》等作品 600 余部，法院均作出中文在线胜诉判决，在部分案件中还全额支持中文在线的诉讼请求，有力维护了其签约作家的合法权益，有效规范了市场秩序，并且对公司业绩产生了积极影响。

着眼未来发展，为顺应行业发展需求，夯实泛娱乐超级 IP 战略，中文在线将持续创新从 IP 策划到转化的过程，通过新定位、新平台、新内容、新规模、新团队进行平台化打造超级 IP，持续以网络文学为支点，撬动超级 IP 战略的运营。中文在线内部三大原创平台的造血能力，为其产业链提供了源源不断的 IP 资源。在内部运营达到高效战略协同的基础上，中文在线剑指 IP 协同创新体系，与众多行业头部公司携手打造线上 IP 生态圈，联合产业的头部资源和力量，以战略共赢、开放共赢等方式，打造全生命周期、全版权、全生态化的超级 IP 经营新生态。中文在线致力于打造能打破地域与文化的隔阂，走遍全球的超级 IP，并希望成为源源不断生产超级 IP 的世界级文化公司。

天下书盟：以 IP 为核心，构建“一体两翼”发展模式

北京天下书盟文化传媒有限公司（以下简称“天下书盟”）成立于2003年，原名为北京天下书盟文化发展有限公司，是一家致力于宣传和弘扬传统文化的网络文学企业，已于2015年8月在“新三板”上市。天下书盟旗下的天下书盟小说网成立于2003年初，是中国较为资深、版权资源积累较厚重的原创小说网站之一。

经过十余年的发展，天下书盟现已形成了以 IP 为中心，“一体两翼”的业务运营发展模式。“一体”为新媒体“天下书盟小说网”；“两翼”为数字出版和图书出版业务。通过“一体两翼”结合的模式，天下书盟构建起了运营网络文学的产业链。天下书盟将 IP 孵化打造作为未来发展的重大战略方向，着力在图书出版、数字出版和衍生产品开发三个方向进行布局。

经过多年的积累和发展，天下书盟已拥有品种齐全、门类丰富、特色鲜明的数字产品和服务模式，已经与6000多名作者签约并保持长期合作关系，其中知名作家包括龙人、谢荣鹏、瑞根、亦客、罗晓、夏言冰等。天下书盟签约的优质 IP 作品逾2000余部，其中拥有纸媒出版、影视、游戏、漫画、有声读物改编权的全版权作品有1000多部。在 IP 衍生产品开发业务方面，天下书盟与国内上海玄霆、腾讯、北京中文在线、上海启闻、上海林白影视、北京讯听网络技术有限公司等多家单位建立了良好的版权合作关系，这成为天下书盟打造产业链的重要助力，使其可着力孵化开发打造原创文学精品 IP。

一　多重筛选推荐机制，全力扶持优质作品

为确保内容质量，天下书盟严把作品导向观，要求旗下所有作品不

得违反《网络出版服务管理规定》中的相关条款，同时建立六重审核的作品导向机制确保作品质量，通过“技术+人工”的推荐机制、评价机制筛选优质作品给予重点扶持等，这一系列的举措全面提升了作品质量。

1. 六重作品审核管理机制，全面提升作品质量

为了维护网络文学网站开放性的网络平台功能和特征，天下书盟小说网设置了许多专业编辑岗位负责网站内容的审查工作，形成了六重审查制度，并最终将每部作品的审核工作都落实到具体的责任编辑，构建起了层层审核的责任编辑制度。

（1）第一重：网络编辑推荐制度

天下书盟已经形成自己的网络兼职编辑团队，网站上的作品首先是由网络兼职编辑从海量的内容中筛选推荐出来的，在推荐过程中，兼职编辑会对作品进行审查，做到良进劣退。

（2）第二重：作者自查自纠制度

网络兼职编辑推荐过来的作品，相对来说数量很多，在选取的过程中，还需要作者自查自纠，进行自我推荐。对于不符合要求或者内容低俗不过关的作品，作者自我推荐后，平台会进行相应的审核，这一阶段会屏蔽掉一些劣质内容。

（3）第三重：系统自动屏蔽机制

天下书盟通过技术手段，设置关键词，构建起了完善的系统自动屏蔽功能，对于已经出现过的问题和不良情况，以及常见的一些网络敏感词，都具备较好的屏蔽功能，且技术部门每周都会对敏感词库、屏蔽机制等进行相应的改进和完善，提升技术筛选的水平。

（4）第四重：初审编辑审核制度

天下书盟自主培养的编辑队伍，按照工作流程分为初审编辑、复审编辑和责任编辑三类，他们通过人工层层审核确保内容质量。

其中，初审编辑主要负责对即将发布在网站上的内容进行垃圾信息和有害信息等的初步审核清理。对初审不通过的作品将勒令作者修改，如果作者

拒绝修改，初审编辑将直接从网站后台中将作品删除。初审通过的作品，初审编辑也会按照重点程度对作品进行分类标注和推荐。

（5）第五重：复审编辑审核制度

作为整体审核流程中十分关键的一步，复审编辑主要负责对所有在之前审核流程中，被判断为待定的内容进行低俗、庸俗等尺度的审查并做出相应处理。文章尺度的把控是比较复杂的，审核人员需要有较为丰富的经验才不致判断出错，所以天下书盟挖掘了许多具有中级编辑资格的专业复审人员进行审核，希望其对作品进行严格的、全面的掌控。只有过了这一关，作品才能真正稳定地并长期展示在天下书盟小说网上。

（6）第六重：责任编辑全程跟进制度

天下书盟对通过复审且平台希望扶持的签约作品，会配备专业的责任编辑。责任编辑主要负责筛选合适的作者，代表网站方与其签约，对签约作者进行正面沟通引导，鼓励作者发表更多积极向上、传播正能量的内容，及时传达相关政策，并为作者合理安排推荐位，为作品增加曝光率。同时，责任编辑也会对违规的作者、作品进行相应的处罚。

天下书盟的责任编辑全程跟进制度秉持责任到人的原则，每部作品都有自己专职的责任编辑人员，该部作品的问题与成绩都与责任编辑息息相关。

2. “多轮PK + 编辑推荐”的推荐机制，真正筛选优质内容

为了更好地甄选优秀内容，也为了给读者带来最佳的阅读内容，天下书盟小说网对诸多网络文学作品实行多轮PK制和编辑推荐制相结合的推荐推广制度。

（1）多轮PK制度，为优质作品提供最大平台

经过编辑层层审核上线的新书，天下书盟将在网站首页热门连载区域进行试水推荐，经过一段时间的推荐后，排名靠前的将获得网站分类新书精选强推。同时，在作品上架后，还会根据订阅量、粉丝值等情况进行PK，成绩优异的作品将会获得平台的全渠道线上推广，为作品带来最大的曝光。多轮PK后胜出的作品，天下书盟还会为其做出版、影视、游戏、动漫等领域

的开发，最大限度地挖掘作品潜力。

（2）编辑推荐制度，最大限度地挖掘优质作品

除了靠订阅量、粉丝值等数据说话，天下书盟还设立了由人做主的编辑推荐制度。特别是对一些正能量的现实主义题材作品，以及小众题材的优秀作品，平台会采取编辑推荐制度，经过编辑审核、主编确认，同样可以获得网站首页封面的强推，为作品带来一定流量，在经过一系列强推后获得读者认可的作品同样将获得全渠道推广，以及影视、出版等领域的推广。

3. 作品类型丰富，着力推广优质内容

天下书盟从创办之初，一直秉持着“创作在天下，书香飘万家”的理念，着力传播优秀内容。目前网站内容题材多样，为了方便管理，所有作品在大方向上分为网站原创小说、网站出版图书、名家专区三大类别。

网站原创小说按照玄幻奇幻、武侠仙侠、都市异能、网游竞技、科幻灵异、军事历史、青春校园、爱情言情、穿越宫廷、刑侦悬疑、二次元等进行分类。网站出版图书则分为爱国教育、青春校园、婚恋家庭、职场励志、官场财经、都市言情、军史乡土、玄幻奇侠、悬疑推理、恐怖科幻、儿童教育、社科心理、经典文学名著等诸多类别。

名家专区聚合了天下书盟原创小说和出版图书作者资源，作者名下拥有3本及以上作品的，在天下书盟旗下飞看网内容号平台聚合页中会进入专门的名家专区，被轮换展示，并有专门的列表页面进行展示。

同时，为响应原国家新闻出版广电总局推广现实主义题材创作的要求，天下书盟的作品分类上特别设置“爱国教育”板块，引进了数十部现实主义题材的优秀作品。此外，天下书盟在其他常规类型作品中也加大了现实主义作品的推荐比重，旗下作品《灭秦》《纪委书记》分别入选2015年及2016年北京市新闻出版广电局向读者推荐的优秀网络文学原创作品名单。

4. “大数据＋人工”评价机制，客观评价作品

天下书盟采取大数据综合评价和编辑评价机制相结合的方式对作品

进行全方位的评价。大数据综合评价主要是根据作品的点击、订阅、月票、粉丝值、读者评价等数据进行综合评价，其中订阅与读者评价权重占比在作品评分中最大。编辑评价则主要针对小众却优秀的网络文学作品，作品由编辑审阅后，结合读者评价报送主编，经过主编确认后进行评价和打分。

5. 建立作品监督机制，重塑有价值作品

（1）建立作品监督机制，保护作品版权

目前，网络文学领域抄袭事件十分频繁，作品题材内容同质化现象较为明显，天下书盟为旗下作品建立了监督机制，利用网络关键词筛选、外部举报、内部自查等多种方式保护作品版权，如发现天下书盟小说网作品存在抄袭等问题，会立即下架并进行相关处理。

（2）实时更新内容包装，以便符合作者阅读体验

网络文学的读者口味是随着时代发展的，而一些作品可能已经跟不上时代潮流。因此，对于有价值的作品，天下书盟会重新进行更新，在封面设计、章节排版、内容修改等方面进行全方位调整，以便更符合读者的阅读体验。

二　全面的培养机制，为作者成长提供专业平台

作者是网站的核心资源之一，稳定的优质作者与源源不断加入的新作者是任何一个网络文学网站发展不可或缺的。天下书盟在作者孵化培育方面采取了一系列措施，如定期举办有奖征文大赛吸引作者，提供作者培训机会帮助作者成长，提供丰厚的作者分成等。其中，天下书盟小说网平台每年会定期举行“龙人杯”大赛，吸引新老读者参与，并根据作品在线人气评选优秀作品，对高人气作品给予其作者不同程度的奖励，同时指派编辑对获奖作品作者进行一对一辅导，进行IP孵化，帮助作者全面成长。

此外，对于网站优秀签约作家，天下书盟还会在特定节日，作家结婚、生子、生日等重要日期赠送丰厚的礼物，与作者建立更为深厚的

关系。

1. 设立奖金计划，激发作者创作积极性

天下书盟的作者收益来源分为线上 VIP 付费订阅收益和线下作品改编的版权收益。其中，作者最核心的收益是通过读者对作品的付费阅读消费获得的，其他的收益则是靠线上奖励和线下版权改编获得，因此天下书盟十分重视对作者的奖励机制，以便激发作者的创作动力。

一方面，VIP 付费阅读的收益分成比例按照合同约定的比例会每月及时支付给作者，缩短结算周期。另一方面，对于打赏类、包月类等其他线上收益，则充分考虑作者的贡献，将分成比例提升，激发作者创作积极性。特别是打赏类收益，读者以网站虚拟币的形式对作者的某部作品进行犒劳，具有“粉丝经济”特征，双方之间的口碑评价还发挥了自营销的作用，因此会将绝大部分比例收益提供给作者。

与此同时，天下书盟出台了丰厚的奖金计划激励作者写作，包含月票奖和全勤奖。月票奖是根据月票总榜前十名发放奖金 1000 元，月票总榜前三名按照名次分别发放 10000 元、5000 元、3000 元的现金奖励，奖金数目还会随着年度逐渐变化。全勤奖则是对日更 3000 字以上，并保持当月不断更的作者每月奖励现金 300 元，对日更 6000 字以上，并保持当月不断更的作者奖励现金 500 元。

2. 定期组织沙龙和培训，与作者一同成长

天下书盟在建立完善的作者福利体系的同时，还积极组织作者沙龙和作者培训，开展网络文学政策法规、网站内容审核等一系列培训，全面提升作者素养。

“翰墨沙龙”作为天下书盟组织的针对网站驻站写手和优秀作品进行评论、指导的定期聚会，主要参与人员是原创领域的资深编辑、写手，出版社的编辑、编审，天下书盟影视或游戏改编方面的相关负责人员。同时，天下书盟也会不定期地邀请相关监管部门人员到场指导内容导向方面的问题。“翰墨沙龙”发挥了培训和学习的双重作用，也带动了编辑与作者的同步成长。

三 明确岗位职责提供成长机制，构建人才成长快车道

1. 完善的人员岗位设置，覆盖全产业链

天下书盟实行董事长总负责、总经理业务负责制度，业务层面由总经理集中统一负责，天下书盟下设影视、原创（网络文学）、发行、数字、设计五大业务中心，文教、社科、少儿、小说（含网络文学和影视文学）四大纸质图书出版中心。同时，天下书盟还设立了独立的事业部“数字媒体运营中心”，负责自有移动阅读平台“飞看世界”、微视频项目和网站内自有 IP 的衍生版权孵化等，为天下书盟拓宽新的业务领域和类型。

天下书盟十分注重围绕核心业务设立核心团队，除了自建新媒体编辑运营团队外，还自建原创文学编辑团队和图书发行团队，培养了一批优秀人才，助力其业务快速推进和发展。

独立设置的数字传媒运营中心负责天下书盟内容公众平台“内容号”的整体搭建和运营推广宣传，负责个别垂直类别内容的引进和运营，负责天下书盟官网和 PC 端网站、M 端网站的改版升级，以及公司部分市场宣传和公共关系事务，负责天下书盟网相关 CP（内容提供方）的管理维护工作，负责内容公众平台流量和用户合作的整体工作。

2. 注重员工培训，构建长效发展机制

天下书盟十分注重员工的培训，提供了完善的员工成长机制，也设立了一些员工管理制度和惩罚措施，两者结合推动公司长远发展。

（1）业务学习和政策解读相结合

除了针对新员工在上岗前进行规章制度、法律法规、礼仪沟通等岗前教育外，天下书盟还会定期组织新老员工学习新的制度。特别是针对上级主管部门历年来针对网络文学出台的相关政策和规定，天下书盟会随时组织员工学习，确保员工能够深入理解、领悟国家政策，更好地推动企业发展。

（2）内部学习和外部培训相结合

天下书盟为员工提供了诸多学习机会，一方面，在公司内部积极组织培训活动，以统一培训和部门培训相结合；另一方面，鼓励员工积极参加政府和社会组织的短训班、交流会以及对天下书盟业务发展有益的培训活动，增强员工的业务能力。

（3）奖励和惩罚制度相结合

天下书盟在版权运营、业务拓展等方面设立了一定的奖励措施，同时，对于一些成功挖掘重点版权、扶持重点作者的责任编辑也会根据版权运营的情况给予奖励。

维持一个公司发展的，除了激励机制，更重要的是惩罚措施。针对员工违反规定的，天下书盟会根据情况予以批评教育或予以一定的经济处罚；造成公司或个人信誉、经济利益及名誉损失的，天下书盟会视具体情况予以通报批评或予以一定的经济处罚；触犯国家政策、法规的，交由国家有关部门进行处理，天下书盟将积极配合主管部门和国家相关单位的处理。

四　以“天下书盟小说网”为核心，开拓多元化商业模式

目前，天下书盟形成了以“天下书盟小说网”新媒体为核心和基础的技术平台，以数字出版和图书出版为业务主导，以相关衍生产品（主要为影视剧、游戏）开发为拓展方向的发展模式。随着不断完善和发展，天下书盟也搭建起了以数字版权转让为主的图书策划、编辑、销售平台；为电子付费阅读打造电子图书数字出版销售平台；促进优质原创文学 IP 的衍生，为电影、游戏、动漫等衍生产品提供优质 IP 内容版权的营销平台。这三大平台相辅相成构建起了天下书盟完整的网络文学企业发展产业链。

IP 孵化运营可以说是一个网络文学企业取得长远发展的核心竞争力，天下书盟围绕提升“IP 孵化运营能力”，提出了“一体两翼，内容先行，三足鼎立，优化布局”的经营策略。

1. 一体两翼，内容先行

天下书盟作为文化创意企业，内容是核心。因此，天下书盟十分重视内容的多层次、多种类开发和利用，在重视精品内容的同时，注重资源的汇集，在海量内容的基础上筛选优质内容，复合使用，对精品内容会更注重版权衍生品开发。

通过对优质内容的筛选和挖掘，天下书盟构建起了以内容为核心的强大引擎，推动其长远发展。目前，天下书盟已经打造了一个完整的自有 IP 生态圈，包括纸质图书出版、数字阅读、有声读物、影视、游戏、主题公园等内容的完整的 IP 生态系统。

2. 三足鼎立，优化布局

在图书出版方面，天下书盟主抓优质原创文学 IP 孵化，选择优质内容进行图书版权的开发，已经出版了一系列网络文学作品。

在数字出版方面，天下书盟在增强数字阅读领域收入的同时，拓展新业务，开发手机教育类产品和手机阅读客户端产品；在衍生产品开发方面，则是以优质 IP 打造为主，为电影电视制片商和动漫游戏开发商提供优质版权和改编权，适当涉足联合制作，投资开发电影、动漫、游戏产品。

3. 内容优化和 IP 运营能力双向驱动

天下书盟经过多年发展，在内容优化、IP 衍生孵化和运营方面积累了大量的经验和渠道，逐步形成了天下书盟的核心竞争力：一方面，构建起了专业的原创编辑团队，在内容的孵化、策划与运营方面重点发力，这个团队在选择优秀内容和对内容进行优化方面表现出了较强的能力，也成为天下书盟网络小说业务、图书业务快速发展的核心驱动力；另一方面，在数字出版、图书发行、衍生产业发展等三个方面，重点发力，展现出了其在 IP 孵化和运营方面的实力。

（1）数字出版发力三大板块业务

天下书盟在数字出版方面的成绩主要得益于三大板块业务。一是运营商阅读业务。二是第三方阅读平台的合作，天下书盟已经与 QQ 阅读、掌阅、亚马逊（kindle）、阿里巴巴、小米移动、福州畅读、网易等十几家互联网阅读平台建立合作关系。三是建设自有内容平台——飞看世界，打造专注于数字内容生产、传播、交易的内容平台。

（2）图书发行渠道覆盖全国

天下书盟在衍生图书的开发和销售上处于行业领先地位，这主要得益于自主建设的发行团队。天下书盟已经建立起了覆盖全国的销售体系，包括全国民营图书市场、全国新华书店市场（包括浙江、江苏、四川文轩、北京、广购等39家）、全国电商（包括当当、京东、卓越、天猫、文轩网、博库网等）、全国机场及高铁（包括北京、上海、广州、深圳等全国机场及高铁里的图书门店）、商超（包括新华文轩、海之源、尚品汇德等7家，含3000多家门店）、专渠市场、天猫淘宝、馆配（包括98家民营馆配商及5家出口馆配商市场）。

（3）影视、游戏、动漫等衍生品运营

衍生产业运营是IP运营产生更大更长远效益的根本，天下书盟在影视、游戏、动漫、有声读物等多领域进行了布局，现已成交的授权改编影视作品包括《洪荒天子》《天龙策》《卿清和她的沉默先生》《沉默深海里的列车》《黄金瞳》等多部作品。其中，最有代表性的当属《魔兽战神》。《魔兽战神》从2015年1月28日开始连载，至2017年8月3日结束，全文字数678万。仅天下书盟小说网一个网站的点击量就有1.2亿，全网总点击量更是超过3亿，各大阅读平台在线同时阅读人数超过100万。同时，该作品长期占据各大阅读平台排行榜前列位置，如移动咪咕阅读幻想精品榜第一名，咪咕阅读新锐榜第三名，百度搜索小说风云榜第三十六位。

《魔兽战神》电子图书已经在“和阅读”基地上线，在短短一周时间获得40万点击量。该书还联合阿里文学，利用UC浏览器、书旗客户端、神马小说等渠道进行互联网和移动互联网推广。《魔兽战神》纸质版图书已经由二十一世纪出版社于2015年5月出版，迄今为止已经推出14部，销售量达30万册。该作品目前已经引起万达、阿里影业、九游等业内顶级影视公司的关注，相关影视版权授权事宜正在洽谈当中。

五　注重版权保护，完善版权评估机制

1. 注重版权保护，帮助作者解决版权纠纷

随着移动互联网的迅猛发展，网络在提供了便捷、庞大的资源共享体系的同时，也给传统知识产权制度带来了挑战。在网络环境中，侵害知识产权权利人的合法利益的犯罪活动不断增多，严重影响了网络环境的正常秩序。

为了更好地保护作者以及天下书盟小说网拥有的知识产权，将授权作品进行更好的市场推广和运作，天下书盟依据《中华人民共和国著作权法》《中华人民共和国合同法》等法律法规，与作者就授权作品的版权合作签署了协议。协议中除了对作者的复制权、发行权、出租权、展览权、表演权、放映权、广播权、信息网络传播权、摄制权、改编权、翻译权、汇编权及其他权利和上述权利的转授权等相关著作权利进行了明确的要求外，还十分注重对作者版权内容的保护。

比如，合同中明确约定了“作者授权天下书盟小说网对授权作品进行维权，当授权作品的数字版权、录音制品（含有声读物）及授权作品影视剧、游戏、动漫改编权版权等受到非法侵害时，天下书盟有权以天下书盟小说网名义制止侵权行为，并要求侵权人承担停止侵害、消除影响、赔礼道歉、赔偿损失等民事责任的权利”。天下书盟会全力帮助作者维护版权，平台方、作者方联合进行维权，在一定程度上对盗版者形成了有效震慑力量。

2. 完善的版权评价标准，针对优质版权给予重点运营

（1）多角度衡量的IP分级标准

经过长期实践，天下书盟形成了以作品内容作为首要评估条件的IP分级评分标准，以十分制作为评分标准，主要参考六个方面的指数进行综合评分。

一是IP题材。比如价值观导向性内容是否健康、积极向上；改编可操作性、拍摄成本高低、类似题材市场热度等。对于一些热门作品还会选择一些市场上大热的作品作为对照参考给出评价。二是IP主题创意。比如故事

切入点是否恰当新颖、与同类型作品有哪些区别。三是作品是否具有深度。如人物设定是否有新意、特色或者具有话题性，人物行为动机及行为是否合理，人物弧线即主要人物是否具有变化性或成长性等。四是故事结构。如开端、发展、高潮、结尾是否完整合理，每个系类是否可以成为一个完整的故事。五是情节设定，如剧情基调是否符合此种类型、情节梗是否新颖、情节容量是否丰富、叙事是否流畅等。六是故事整体是否具有吸引力，这主要从故事内核和故事主线出发判定；行文语言是否有特色，可以从语言风格及辨识度方面来判定。

（2）全方位审核的作品影响力评价标准

为了让优质作品更客观地脱颖而出，得到平台提供的一系列 IP 孵化和运营服务，天下书盟形成了一套综合的作品影响力评价标准，采用十分制，从八个方面进行评估。一是是否为全版权，包括但不限于进行电视剧、院线电影、网络剧、网络大电影、游戏、综艺等产业开发。二是作者情况，包括是否有作品影视化前例，或者小说已卖出版权或者出版图书。三是豆瓣评分，或者其他比较公正的评分系统的评价。四是是否获奖，包括作品的所有荣誉。五是是否出版，包括再版次数。六是书籍销量或者网络点击量。七是是否有微博大 V 或者名人推荐。八是粉丝基础。

（3）三级评估标准定级推荐制度

根据以上两类标准进行综合评分后，天下书盟会根据不同评分进行定级，同时根据不同的级别，给予作品不同的资源进行推荐和运营推广。其中，S 级最高，要求 IP 分级和作品影响力两大类综合评分在 8 分以上；A 级其次，要求其中一大类平均评分在 8 分以上或者两大类评分为 8 分以下但不低于 7 分。B 级第三，要求两大类平均评分为 7 分以下但不低于 6 分或者其中一大类评分为 8 分以下但不低于 7 分。

（4）IP 版权分类、分级授权机制

梳理天下书盟现有 IP，按照上述标准进行分类、分级后，天下书盟会提供不同的资源，比如针对重点作品定制 IP 宣传手册，针对每部作品定制影视项目书，针对优质IP制作单个项目的PPT等。同时，天下书盟会为部分优质作品和其作者制作身份卡，包括简介、同类型作品分析等。

此外，针对不同级别、不同类型的作品，天下书盟的授权模式也会有所不同，主要分为全版权买断、合作+分成、合作三种模式，版权定级的级别越高，天下书盟全版权买断的概率就越大。

六　推出飞看世界平台，为新媒体时代网络文学发展铺路

1. 着力打造飞看世界平台，布局新媒体

立足于已有的出版发行平台、版权中心、网络文学原创中心、影视商务和宣传设计资源支持基础，天下书盟以原有技术部和运营部为核心，组建成立了新的“飞看世界”数字传媒运营中心，由知名网络作家、半壁江中文网创始人董江波牵头，开始创办建设飞看世界平台及其内容体系，并独立化运营飞看世界。

飞看世界区别于传统网络文学平台的作品引入和运营模式，是以作家和内容提供商为核心，给其独立展示、完全专属的平台和版权自由的机会，形成一个个自发的飞看内容号和自有平台。飞看世界的推出，是为了让人人有平台，汇聚成飞看号内容公众展示的大平台，最终实现平台真正的价值，放大内容的产业链衍生收益。飞看世界已经拥有30余个合作的独立飞看号，平台上完本精品网络文学作品超过2000部，出版图书完本精品超过400部。

作者在天下书盟小说网网站内注册一个飞看号，可以享受天下书盟的内容公众平台服务系统，拥有独立的集作品上传、销售、访客跟踪管理、收入实时显示、独立自有首页自建等强大功能的自有网站系统，拥有自己的网站和品牌，有助于作者及其作品的快速推广和销售。而天下书盟作为飞看平台的管理方，会为用户提供技术支撑、运营支持和更多的内容选择机会。

飞看平台的推出，可以说打通了产业链各环节之间的壁垒，内容提供方可以获得更多的内容资源和推广渠道；推广渠道方会获得优质的网络小说和

出版小说内容。

天下书盟一直将IP孵化打造和新型业务开拓作为公司未来发展的重大战略方向，着力在传统出版、数字出版和衍生产品开发三个方向进行布局，变两翼布局为三足鼎立布局。而飞看世界作为自媒体时代开放性的网络文学服务平台，是天下书盟在重大战略布局下，对促进传统文学和网络文学相互融合的有力尝试。

2. 运用技术手段，让内容挖掘和读者服务更完善

迎合知识服务的浪潮，天下书盟在知识服务发展规划中也做了一定布局，着重强调提高知识服务相关技术的认知能力、研发能力和应用能力。一方面，借助技术手段，天下书盟扩充并挖掘网站内外的优秀内容资源，对内容逐渐进行细化和丰富。另一方面，在内容索引和内容推送方面，天下书盟着重提高数据解析能力，增强平台与用户的有效互动，提高用户黏度。此外，在用户交互设计方面，天下书盟注重通过收集用户使用数据，为用户提供个性化、专业化且有效的内容服务。

七　继续发力“作品+作者”，双核驱动实现长远发展

天下书盟专注于“一体两翼”出版结构的升级版打造，投入大量资金改造了“天下书盟小说网”网站，加大力度推动数字出版和传统图书出版，在社科领域、文学领域出版了一批优质出版物，实现了线上出版和线下出版的良性互动。同时，天下书盟也不断筛选和孵化优质资源，为中国移动和中国电信等手机阅读营运商提供数字阅读内容，为电子付费阅读、线下出版、电影、游戏、动画等领域的单位提供优质内容版权。

随着移动互联网带来的技术革命正在逐渐改变人们的生活，天下书盟也在不断着眼于未来进行布局，创办飞看世界，以网络文学内容和数字出版内容为先导，充分发挥垂直分类强大的力量，打造飞看网内容公众平台专属的标签印记，同时借助短视频风潮，让平台充分打通IP内容的数字和视频两

个端口，为天下书盟原有的出版发行主业注入强大的生命力，让以内容和出版为核心的天下书盟，真正成长为以出版发行和数字传媒为双核心的强大文化娱乐行业的产业链条性企业。

面向未来，天下书盟表示并不会停留在旧有业务版图上故步自封，而是积极探索，不断尝试转型，以便驶入新的业务蓝海领域。

1. 大量购入优质作品，着手影视剧开发

随着天下书盟自身运营的天下书盟小说网、飞看世界的发展以及与第三方阅读平台、三大移动阅读基地的合作的推进，其网络文学版权需求量在日渐增加，未来，天下书盟将持续投入资金，购入优质的网络文学作品版权。同时，为了能更好地与图书、影视、游戏、动漫、有声读物等产品进行联动开发，天下书盟计划进一步提升 IP 孵化开发和运营能力，选取优质 IP 进行全介质推广，在推出数字出版的同时，推出纸质图书。

未来，天下书盟将着手筹建“天下影业”影视公司，投入资金独立或者与制作经验丰富、市场知名度高的公司联合进行影视、游戏、漫画产品的开发，共同打造超级 IP。

2. 加大畅销图书策划，拓展出版业务

天下书盟线上、线下销售渠道已经基本成熟，在出版行业内已经形成品牌。未来，天下书盟一方面需要在畅销图书策划、开发方面加大资金投入，以保证大量优质图书产品的不间断供给。另一方面，不断拓展产品品类，在原有的社科产品、文学产品的基础上，尝试教育、少儿等诸多品类，同时引进一些出版社的优质电子书版权，供读者在网站内阅读。

3. 创造更好的环境，全力吸引优质作者

天下书盟将以网站平台为基础，大力培养有潜力的作者，组建一批属于天下书盟的忠诚写作团体充实内容生产力量，着力签约一批当下文学名家以及在网络上有一定人气和知名度的作者的新作品，借此增强天下书盟小说网的知名度和人气。

此外，天下书盟将充分发挥与出版社建立的良好合作关系的作用，适时推出一批网络优秀作品转化而成的出版物，以提高网站作者的人气和网站凝聚力，从而吸引更多更优秀的作者前来投稿并驻站创作。

4. 大力推进 IP 衍生品开发业务，强化产业链

随着技术的升级、各类平台的不断发展，天下书盟将会把天下书盟小说网拥有的各种版权内容通过自有和合作的模式进行多介质开发。如将一些数字内容进行纸质出版；与领域内公司合作将网络小说改编为影视作品；将自有的网络小说版权授权制作为有声读物，将部分作品授权游戏产品和动漫产品开发等，大力推进 IP 衍生产品的开发，从而让整个天下书盟构建的自有产业链更加牢固。

凤娱：内容生产与娱乐跨界融合

北京凤娱网络技术有限公司（以下简称“凤娱”）作为凤凰网旗下布局文娱领域、践行文化自信战略的独立子公司，自成立以来，就确定了以网络文学 IP 发展源头为核心的发展战略，以原创“网络文学”为核心，向出版、影视、动漫改编、音频有声、周边衍生品开发、舞台剧改编、线下活动等产业发展，走出了一条“内容生产 + 娱乐”跨界融合的发展道路。

凤娱的前身是成立于 2013 年的凤凰网书城频道，成立之初就是为了集聚原创作者，布局网络文学。2015 年，凤娱正式成立，并成为中国移动旗下咪咕文化公司的首批战略合作伙伴之一。短短几年时间里，依托凤凰网的分发优势，凤娱的签约作者、优质作品迅速增加，推出了“翻阅小说”App，利用技术构建社交化闭环，承办了首届中国“网络文学 + ”大会暨 IP 交易大会，部分作品入选由国家新闻出版广电总局（现国家新闻出版署）举办的“优秀网络文学原创作品”活动，入选“大运河文化”主题网络文学作品选题重点孵化项目等。

同时，凤娱还在积极布局漫画、影视等多个领域，秉承凤凰网一贯的媒体气质，立足“泛娱乐”战略，通过自主内容制作、内容输出、联合开发、授权开发、明星 IP 孵化等多种形式全力进军互动娱乐行业，开创全民互动娱乐的新时代。

一　立足数字娱乐内容生产，构建全产业链运营模式

1. 以数字娱乐内容生产为核心，打造综合平台矩阵

通过创作平台、内容平台、分发平台的建设，凤娱构建起了贯穿作者和

读者双边的，以数字娱乐内容生产为核心的综合平台矩阵。

其中，创作平台主要为网络文学、对话小说、漫画、视频、有声音频的UGC/PGC等内容作者提供便利快捷的一站式服务。内容平台则是借助凤娱推出的“翻阅小说”“翻阅有声”“翻阅视频”等产品，为读者构建起一体化的综合数字娱乐内容平台。分发平台是凤娱的网络文学作品通过凤凰网、凤凰新闻客户端、一点资讯等平台，利用技术分发优势，将自有内容及第三方内容实现一键分发的平台，为优质网络文学产品快速在网络上产生影响力发挥了重要作用。

2. 产品覆盖漫画、有声、视频等多领域，构建社交化闭环平台

依托于凤凰网强大的技术背景，凤娱自成立以来，就积极尝试通过技术更新提升用户的阅读体验，开发了一系列的新产品，这些产品的推出和运营形成了一个产业链闭环，共同为凤娱的IP运营服务。

一是推出了交互式阅读App“翻阅小说”，“翻阅小说”的交互式阅读功能结合了最先进的动画、媒体、传感器技术及第三方API实现用户互动，给用户带来声光电影的全新阅读体验。

二是开发了主打泛二次元用户群体的原创漫画平台“翻阅漫画”，与凤凰网旗下小说、游戏、音乐和新闻等产品资源深度结合，并将在未来实现布局动画、游戏、影视等授权衍生领域的优质IP平台，实现泛娱乐产业链的良性循环。2018年，“翻阅漫画”作为凤凰网动漫旗下独立品牌正式独立运营。

三是上线了凤娱有声，积极尝试有声书及知识付费音频课程。凤娱有声书以现实主义题材为主，将凤娱自有的文学IP孵化为有声读物。凤娱知识付费产品则主要以音频的形式呈现，联合知名文化学者、著名作家、专业领域讲师，共同推出多品类知识付费音频。

四是开发视频项目，凤娱的视频业务集视频制作、渠道宣发、内容运营为一体，分为长片、短片、短视频等几个领域，在为IP运营服务的同时，不少自主打造的视频作品渠道已经取得了很好的市场效果，如短视频领域，出品了凤凰“你看”MCN，涵盖搞笑、生活、情感、游戏类原创头部IP，全网月点击量超过1000万，聚合200家合作自媒体，月更新量可达5000

条。全网平台分发至爱奇艺、腾讯、新浪微博、新浪看点、头条号、网易号、企鹅号、微视、抖音、趣头条、bilibili、微信等媒体渠道。

3. 搭建 IP 交易平台，为网络文学行业服务

（1）聚合产业链条，搭建 IP 交易平台

2017、2018 年，在由国家新闻出版署（原国家新闻出版广电总局）、北京市人民政府指导，中共北京市委宣传部、北京市新闻广电局等主办的中国“网络文学 +”大会期间，凤娱连续两年承办了中国网络文学 IP 交易大会，邀请了网络文学、影视、动漫、游戏和传统出版行业上百家企业和 IP 持有人，与行业知名影视企业同台，围绕一些最具潜力的网文 IP，现场进行版权交易洽谈。

IP 交易大会的举办，为网络文学的创作、出版和 IP 开发、转化提供了更大的平台，聚合更丰富的资源，创造更多的合作机会。凤娱此举，旨在打造北京“全国文化中心”的品牌活动，通过打通线上线下，延伸产业链条，创造文学 IP 新高峰。

（2）协助搭建政府与企业交流平台

由国家新闻出版署指导，中国新闻出版研究院主办的第八届中国数字出版博览会于 2018 年 7 月 23 日至 26 日，在北京国际会议中心举办，全面展示我国数字出版领域最新发展和总体面貌，供与会各方深入交流数字出版各领域、各环节新技术、新方案、新成果、新模式。

凤娱作为第八届中国数字出版博览会合作伙伴，协助中国新闻出版研究院，作为“新时代文娱产业发展论坛”协办方，进行主题论坛的策划和执行。论坛邀请政府领导、行业嘉宾等，旨在促进各环节的企业之间的合作。同时，深挖政府对文娱行业的深度整合的指导意见，推进市场增长，促进以 IP 为源头的文娱产业链产生更多的精品网生内容，并进行全球发行和文化出海。

（3）紧跟政府导向，积极参加各种作品推优活动

身为网络文学领域的一员，凤娱也一直坚守社会责任，始终把社会效益放在首位，积极参加由政府主导的作品推优活动。如 2015 年凤娱配合公安

部“猎狐行动”进行网络文艺的宣传，邀请著名作家吕铮进行同名小说创作，《猎狐行动》已经由作家出版社出版，同名影视剧也由公安部金盾影视文化中心投拍，预期未来可产生的影响力非常深远，凤娱也因此获得了公安部颁发的“猎狐行动优秀网络媒体支持”奖牌。

2017 年 11 月，为深入学习贯彻党的十九大精神，落实北京市委市政府建设全国文化中心工作部署，切实引导网络文学单位加强现实题材创作，凤娱积极参加由北京市新闻出版广电局组织的以“大运河文化”为主题的网络文学作品征集活动，其中原创作品《京杭之恋》《郭守敬传奇》《运河逐梦》入选“大运河文化”主题网络文学作品选题重点孵化项目，获得政府及行业的高度认可。

二　建立内容质量长效机制，打造精品内容提升 IP 转化

凤娱针对自有网络文学创作，严格把握导向、提高格调、提升质量，针对作品建立了“日常收稿模式”“定制文模式”两类作品征集模式，建立了内容质量长效机制，制定了加强作品导向的针对性措施等，一系列举措大大提升了凤娱内容的质量，也为其孵化更多的优质 IP 发挥了重要作用。

1. 发展定制文，提升作品精品及 IP 转化

作为凤娱主打征集模式的“定制文”，主要是指根据自己的内容需求，提供固定大纲并找合适的作者进行创作。围绕“正向定制”“反向定制”“热点定制”三个方向，凤娱均已经进行了针对性的广泛布局和深入推进。

（1）正向定制筛选优质作品

主要是由网站根据政策、市场以及网站的需求，设置征文主题，并在征文中选择优秀作品继续创作和开发。如在 2017 年中国“网络文学＋”大会闭幕仪式上，凤娱联合掌阅科技、中文在线、点众科技、铁血网 4 家网络文学企业现场宣布启动大运河文化带网络文学作品征集活动，号召广大网络作家围绕大运河文化题材积极策划选题。此项目旨在

遵从习近平总书记对深入挖掘以大运河为核心的历史文化资源做出的重要指示精神，落实北京市推进全国文化中心建设领导小组部署的任务，以高度的历史使命感促进大运河文化带建设，进一步擦亮世界认可的国家文化符号。整个活动除了正向定制作品外，凤娱还提供了一系列的孵化服务，从召开选题论证会，到组织作者实地采风，比稿后确定重点孵化作品，最后围绕重点作品安排编辑与作者开展一对一辅导服务。最终凤娱的三部作品《京杭之恋》《郭守敬传奇》《运河逐梦》，入选了大运河文化征文的重点扶植项目。

当下爱国主义题材大热，《战狼》《红海行动》等电影作品均获得了高票房和好口碑的双丰收，观众对此类型作品的兴趣和期待正逐步提高，凤娱筹划了有关外交部题材的 IP 制作，依托现实素材，从新颖的角度切入，希望体现大国尊严、大国责任和大国气魄。

（2）反向定制实现品牌价值最大化

在原有影视作品剧本的基础上，邀请职业作家反向进行网文创作，之后由网站着手小说的后续开发及实体小说的出版发售。反向定制的模式，主要是通过多平台占位，快速积累粉丝，打造全 IP 孵化模式，从而实现品牌价值最大化。

如由凤娱全程参与 IP 运营的古装爱情网剧《倾世妖颜》，融入了当下最热的武侠、权谋、虐恋等元素，目前已经曝光最新片花和片头主题曲。其他项目如浪漫爱情电影《同城似锦》、公路喜剧电影《极道争锋》，均由知名公司制作、成熟团队打造、大平台播出，凤娱作为其数字文学版权平台，正在进行反向定制项目的孵化。

（3）热点定制推进 IP 系列化的创作

依托已有爆款 IP，进行 IP 的系列化创作，也是凤娱常用的定制产品模式。在打造新作品的同时，实现 IP 作品的系列化产出。

如蒋离子的《糖婚》作为凤娱重点运营的头部作品，在连载中就大受好评，引发读者对“80 后离婚潮”的热议，并入选了国家新闻出版广电总局和中国作家协会联合推介的“2017 年度优秀网络文学原创作品”，上榜

“2017 年度十大数字阅读作品”。为延续《糖婚》大热的势头，凤娱决定紧抓时机，打造系列 IP 作品《糖婚 2》，通过粉丝经济再次拉动关注，引发又一波讨论热潮。

2. 日常收稿模式，以大量现实主义题材为主

凤娱的日常收稿模式则是按照国家新闻出版署（原国家新闻出版广电总局）2018 年政策新规固定的作品类型，如爱国主义教育、都市、言情、乡土小说、探险、科幻、官场职场、历史军事等主题进行征稿，并要求作者在创作期根据网站给出的类型进行稿件的调整。同时，日常收稿会严格限制作品内容，要求不可涉及色情、暴力、分裂国家、反人类反社会以及其他三观不正情节，不违反国家相关法律法规。

3. 全面落实编辑责任制度，加强作品审核上架管理

2018 年 1 月开始，北京地区的网络文学企业已经全面落实编辑责任制度，建立助理编辑、责任编辑和总编辑三级审核和校对的内容审核制度。凤娱全面落实贯彻了三审三校的内容审核制度，要求所有作品的上架内容应符合审核标准，不涉及色情、暴力、分裂国家、反人类反社会等三观不正的情节，不违反国家相关法律法规等，同时可以做到言之有物，情节丰富饱满，人物形象端正等要求。此外，对于内容上架的要求，凤娱还严格规定提供 8 万字以上的内容进行审核，且审核通过后方可上架。

4. 建立人工推荐长效机制，提升优质作品数量

“智能推荐”是网络文学行业常用的推荐模式，但凤娱坚决执行人工推荐。智能推荐能提高运营效率，但人工推荐，更能满足人们对爱的期望，对善良的呼喊和对美的追求，是整个网络文学行业的情怀。因此，凤娱一直坚持执行人工推荐，所有新书在开书第二周就会有推荐的机会。首先，编辑寻找新书中的潜力作品进行观察，并根据不同作品的不同情况，对潜力作品进行 PK 上位的推荐机制，为筛选适合网站销售的作品，营造良好的推荐氛围。其次，也会对每一个达到字数标准的作品，在满足 10 万、20 万、50 万、100 万字等字数标准的时候，给予推荐，并评测作品的等级，进行调整

和推荐。长期坚持人工推荐机制，不仅没有降低效率，反而让凤娱的优质作品数量大大提升。

5. 深耕“现实主义文学”，打造多类型的现实主义作品

凤娱一直深耕“现实主义文学”创作，从成果上讲，其获奖作品均是现实主义题材作品，例如《糖婚》获得浙江省网络作家协会优秀原创作品扶持，并入选国家新闻出版广电总局2017年度优秀网络文学原创作品，如作品《单身时代》的作者十一圣荣膺第15届“华语文学传媒大奖年度网络作家”。

从数据上看，翻阅小说现有上架作品超10万册，其中都市小说占50%、职场小说占30.43%、言情小说占6%、乡土小说占6%、军事小说占5.62%，可见现实主义题材作品在平台上的占有率很高。而从平台用户喜爱的题材偏好调研中看，现实主义题材也占据89%，现实主义题材有着广阔的市场空间和发展潜力。

在IP的塑造和转化过程中，凤娱也主要深耕现实主义题材。比如，凤娱联合开发的游泳题材小说《热血情敌》、艺考题材小说《加菲的艺考时代》，均是现实题材的作品。在有声方面，凤娱打造了现实主义题材有声小说《人性禁岛》，受到听众好评。在漫画方面，凤娱推出的北漂合租题材轻喜剧《欧气人生》，上线仅10余话，全网点击量已经突破1000万。

6. 设置作品评价与审核机制，确保内容导向性

凤娱建立了一系列的作品评价机制，保证作品质量。如要求作品内容不涉及色情、暴力、分裂国家、反人类反社会等其他三观不正情节，不违反国家相关法律法规。签约前编辑必须阅读过样章和大纲，对故事走向有初步了解并进行评级，编辑评级为c+级别以上方可签约。通过版权审核、尺度审核、作品内容审核等层层审核的审核机制，确保内容导向的正确性，推出更多优质内容。

三　服务计划和激励机制双效推进，激发作者创作积极性

作者是网络文学平台发展的核心竞争力，培养、服务、孵化作者是每一

个网络文学平台持久发展的内核所在，凤娱推出了“恒星计划”“青年作家养成计划”等举措，为核心作者搭建良好的成长平台。同时设立了一系列作者激励机制，为作者创作提供最宽松、最自由的平台环境。

1. “恒星计划”服务现有作者

凤娱推出的“恒星计划”包括编辑一对一指导、作者答疑、作者全方位包装等一系列举措，旨在培养其现有作者，通过不同级别和分类进行一对一的培训计划。其中，编辑一对一指导是编辑针对作者进行全面的了解和跟进后，经过沟通，为作者提供修改意见，帮助作者进行作品的定位、内容的调整。

凤娱设置了作者答疑机制，网站会安排专业人员，固定在作者群里跟作者进行沟通和交流，定期安排编辑或者优秀作者在群里进行培训、答疑和交流。一般会从国家政策、市场风向、网站需求等方面，对作者撰写的内容进行调整和指导。在内容上针对每个大类，进行分类别的讨论和交流。并根据每个作者的答疑解问，调整作品的内容和运营。

同时，凤娱还提供作者全方位包装服务，为优秀作者量身打造作者定位，通过“作家访谈”“作品推荐”等推广方式全方位宣传作者。

2. “青年作家养成计划”挖掘青年作者

“青年作家养成计划”由凤凰网与凤娱共同发起，以兴趣为出发点，免费为拥有写作梦想的大学生提供专业培训和实践机会，以期打造一个自由、开放、创新的学习和实践平台。培养选拔出的优秀青年作家将作为凤娱正式签约作者，享受作者所有福利，优秀作品将有机会获得影视、漫画、舞台剧等艺术形式的改编，以及周边一系列产品全方位的开发、推广。

凤娱推出的首期“青年作家养成计划”与中国人民大学合作，通过甄选和面试，共筛选出20位拥有文学创作梦想的大学生。训练营通过为期四个月的培训，由凤凰文学资深编辑导师进行线下及线上的授课，并让学生们通过“翻阅”平台进行文学创作，利用“点阅”对话小说训练小说结构和人物剧情把控等能力。最终，每位学生将会在导师的指导下写出自己的小说作品，并在中国“网络文学+”大会上作为优秀青年作家作品得到推荐。

3. 丰富的作者激励机制，全方位激发创作积极性

在作者成长过程中，凤娱为作者设置了各种福利保障制度，维护作者权益，新人签约、作品完结续约都有相应保障奖励，福利保障体系较丰富，以新人签约奖、天道酬勤全勤奖、完本续签奖、保底买断计划、无线增值平台、IP 增值计划六大类型为主，根据作者等级不同，申请标准和保障资金也有所不同。除此之外还会辅以平台特色活动奖励，全方位保障作者收益，激发作者创作积极性。

（1）新人签约奖。所有凤娱签约作者，签约之后都会有精美封面一张，并奖励 5000 书币。在满五万字后作品有机会登上"新文佳作""免费推荐""男生推荐""女生推荐"等推荐位置，保证每一部签约作品都能拥有展示给凤凰文学读者的舞台。

（2）全勤奖。所有凤娱签约的独家分成作者都可以享受每个月的全勤奖金。

（3）完本续签奖。凤娱所有独家、非独家签约上架作者，在独家或非独家签约上架作品完结后，按照作品 VIP 完结字数进行分级奖励，字数越多，完本奖金越丰厚。

（4）保底买断计划。作者原创、未在第三方网站发表过的作品，可以签约保底买断。签约保底买断后的独家或非独家上架作品完结后，按照作品 VIP 完结字数进行分级奖励，字数越多，完本奖金越丰厚。

（5）无线增值平台。凤娱所有签约作者均可享受凤娱的全渠道推广和第三方渠道推广服务，渠道覆盖凤凰网、手机凤凰网、凤凰新闻客户端、凤凰视频、凤凰网书城频道、手机凤凰网小说频道、翻阅小说客户端（安卓、iOS）、微信，以及掌阅、腾讯、360、书旗、百度等几十家主流平台。

（6）IP 增值计划。凤娱长期致力于 IP 打造，挖掘 IP 最大价值，平台会对优秀作品进行影视改编、漫画改编、舞台剧改编，以及对周边等一系列产品进行全方位开发、推广，改编作品还将通过凤凰网独有资源进行宣传推广。

四　组织架构清晰，聘请专业战略顾问，推动企业发展迈上新台阶

1. 清晰的组织架构，各岗位人员分工协作

凤娱的组织架构主要分为阅读中心、客户端运营中心、产品技术中心、视频中心、移动产品中心、数据中心、市场部，各岗位人员分工清晰，协作有序地为读者、作者提供精品网文阅读服务。

其中，阅读中心主要负责凤凰文学作者与作品签约、动漫业务、IP 孵化和第三方分发。客户端运营中心主要负责“翻阅小说”客户端、凤凰网书城频道、凤凰新闻客户端小说频道等自有平台的运营及分发。产品技术中心主要负责“翻阅小说”客户端、凤凰网书城频道、凤凰新闻客户端小说频道等自有平台的技术研发。视频中心主要负责视频制作、聚合、宣发能力的综合性网台视频业务，以及负责运营凤凰网付费频道“凤凰视频 VIP”。移动产品中心主要负责有声项目及大数据项目。数据中心主要负责凤娱各项数据支撑。市场部主要负责公司及“翻阅”品牌推广，以及自有 IP 的挖掘推广等。

2. 聘请专业战略顾问，推动企业文娱领域全版权运营发展

凤娱邀请了国内跨界文创、泛娱乐产业、互联网整合的先驱践行者曹秋石先生出任战略发展顾问，为其在战略的制定和实施方面提供指导和咨询。曹秋石的加入将更好地推动凤娱在泛娱乐市场的商务拓展，促进行业协同发展。

曹秋石在文娱领域，有着丰富的管理经验和实战经验，参与共同创办的登云泛娱乐产业基金与上影、西影等多家电影集团建立战略合作并共同开发法门寺 IP，擅长跨界破局和战略顶层重构、文化产业商业结构设计。他的加入，将加速凤娱的发展，使其能够更快撬动全链条运作，成为中国文娱领域的全版权运营公司。

五　凤娱的运营以及管理

1. “付费阅读 + 版权增值变现”的运营模式

凤娱的运营模式主要以用户付费为主，多元变现模式也在逐渐成熟。目前的运营模式主要包括用户付费阅读、版权增值变现、IP 衍生娱乐产品开发等。

（1）用户付费阅读为主

凤娱利用“凤凰网书城”PC 端频道、“翻阅小说”客户端、“凤凰新闻客户端”H5 小说频道以及第三方小说分发平台，为用户提供付费阅读服务，用户按照章节、包月、包年等形式付费浏览优质内容已经成为凤娱的主要营利模式。

（2）版权增值变现呈上升趋势

目前，凤娱在 IP 变现过程中，通常选择“固定版权金”或“固定版权金 + 收益分成”的模式进行收益。部分作品还与内容改编伙伴开展共同投资或共同开发，从版权开发中获取更多利益，如凤娱作为联合出品方，参与自有版权小说《同程似锦》的院线电影改编。凤娱的版权增值收益正在呈逐年上升趋势。

（3）IP 衍生娱乐产品开发

目前，凤娱的产业触角已渗透至影视投资制作、游戏改编授权、动漫投资制作、戏剧投资制作、小说衍生品开发等多个产业环节，且很多有声读物、动漫产品也取得了不错的效果。这种 IP 衍生运营模式，利用 IP 原有的粉丝积累，节省了泛娱乐衍生品的推介成本，使其 IP 作品的“一源多用”和改编产品未播先火，形成“马太效应”，为整个凤娱的网络产业链带来巨大的商业红利。

2. 强化版权保护，为版权管理和运营服务

随着近些年数字技术和移动互联网的迅速发展，网络文学产业也迎来了井喷式发展，网络文学创作者、原创作品和网络文学用户规模庞大。各网络

文学网站的签约作者约有250万人，每日创作作品文字量超过1.5亿字，但网络文学作品侵权盗版问题仍很严重，因此，凤娱将版权管理作为企业管理的重中之重。

（1）三管齐下，全力做好版权保护工作

为了做好版权保护，凤娱通过强化编辑、作者法律意识，加强网站技术保护和人为检查，结合司法等方式三管齐下。

其一，加强编辑、作者的法律意识。我国先后出台了一系列相关的法律法规，其中与网络文学相关的法律都是凤娱安排编辑、作者培训学习的重点，在做好业务的同时，做好网站编辑、作者及相关从业人员的“普法”工作是必不可少的。

其二，加强网站技术保护措施。“人工+智能”是现在互联网的发展趋势，在版权保护中，技术也扮演着极其重要的角色。凤娱网站从技术层面入手，通过强化、普及技术保护措施，运用反复制技术、数字水印技术、数字信封技术、数字内容加密技术、数字著作权管理技术等，使得侵权的技术难度和成本投入大大增加，让侵权者无从下手，从而有效遏制侵权行为的发生。此外，凤娱还通过建立作者举报、编辑人工校验、版权保护系统自动存证、法务人员取证投诉等一系列的衔接动作来更好开展版权保护工作。

其三，结合司法监管，加大对侵权行为的打击力度。网络文学中盗版猖獗、抄袭屡禁不止的现象，与违法成本低、惩罚的力度不够有很大关联性。凤娱结合法律手段与行政手段，以双管齐下的方式进行版权保护。与此同时，国家各部门及行政管理单位对网络文学的监管日益严格，凤娱积极配合国家版权局的“剑网行动”“净网行动”“护苗行动”等历次专项行动，对侵权盗版的不良企业及个人进行举报。

（2）分级开展版权管理，筛选优质内容重点运营

做好版权保护，对于网络文学企业的发展来讲，仅仅是完善自身运营机制的基础工作。如何做好版权的管理与运营才是关乎网站是否能做大做强的大事。凤娱在版权的管理上实行分级制度，设置三大关卡，层层筛选，确保真正优质的IP能够脱颖而出。

① 凤娱筛选优质 IP 的第一道关卡：基础的内容筛选。

首先，解决“三观”问题。“三观”一定要正，体现积极健康的生活观，符合主流、健康向上的价值观尤为重要。

其次，解决“三俗”问题。凤娱内容专注于现实题材方向，对“三俗”问题的把控更加严格。

再次，特殊题材单独考量。如对容易产生 IP 的玄幻、青春、历史、军事等题材，进行特殊考量。这些题材都带有非常明显的题材印记，也极易走偏，要进行重点审核和评估。

② 筛选优质 IP 的第二道关卡：作者。

随着网络原创作家明星化运作模式在行业中的迅速发展，网络文学作者已不是单独通过作品影响读者，其本身也成长为意见领袖。明星化的作者，一定要在言论、行为上发挥更好的示范和带头作用。尤其是不断出现的针对某些大神作者的反面言论，让凤娱对作者的遴选更为谨慎。对曾在网络媒体或线下场合发布过不当言论的作者，坚决不予以推广包装。

③ 筛选优质 IP 的第三道关卡：作品的经济效益与社会效益

解决了基础内容筛选与作者筛选后，一部好的 IP 就要考虑其经济效益和社会效益。一部好 IP 作品的数据支撑包含了作品的销量、点击量、收藏量、评论数等大量的网络读者反馈回来的数据，还包括在各类论坛、贴吧、微信、微博中的发帖量、讨论量等。这些数据都与经济效益息息相关。而读者的评论反馈则在一定程度上代表了读者对作品的认可度，也是社会效益的直观体现。

3. 以优质 IP 为核心，多形态衍生横向联动

凤娱以“IP”为核心，以深耕网络文学 IP 发展为源头，实现了内容生产与娱乐业的跨界融合，形成集内容生产、影视改编以及周边衍生品牌树立于一体的良性全版权运营生态圈，并且以此刺激优质版权内容资源的生产。

（1）优质网络文学 IP 向影视剧衍生转化

凤娱将不少自有版权的小说的版权都授权给了影视剧，推出了一系列精

品的网络、院线电影等，实现了良好的转化。

如凤娱作为“IP 战略合作伙伴”全程参与自有版权小说《倾世妖颜》的影视剧改编，该剧是由新锐导演郭昊阳执导的古风权谋爱情网剧，由徐洋、贡米等领衔主演，以六大家族相互纷争为背景，以世家斗争、欲望角逐、爱恨纠葛为主线，讲述了乱世中的权谋与爱情故事。该剧将于 2018 年在腾讯视频独家播出。

在院线电影方面，凤娱作为联合出品方，参与自有版权小说《同程似锦》的院线电影改编，该影片是一部公路喜剧电影，讲述了当今娱乐圈名利场中的一个动人的人性故事，该片计划将于 2019 年在部分院线上映。

（2）大力推广现实主义题材 IP 衍生

2018 年，凤娱加强了现实主义题材作品的 IP 衍生计划。例如自有版权小说《糖婚》是蒋离子创作并于网站连载的婚姻生活类小说，该作品入选国家新闻出版广电总局和中国作家协会联合推介的“2017 年度优秀网络文学原创作品”以及“2017 年度十大数字阅读作品”。凤娱参与《糖婚》的 IP 打造推广，除了为前期作品做更多的宣传造势外，凤娱已经与业界知名影视公司达成合作意向，联合打造这部现实主义题材作品。

（3）网络文学 IP 向有声读物衍生

除了网络文学影视改编之外，凤娱也致力于将自有的网络文学 IP 向有声读物衍生孵化，与著名评书表演艺术家、演播泰斗艾宝良合作出品有声书《人性禁岛》，已经在喜马拉雅首发，取得了不错的市场效果。此外，凤娱已经将 30 余部自有版权精品小说衍生至有声小说，分发至喜马拉雅、蜻蜓 FM、懒人听书等多个分发平台，总点击量破千万，实现了宣传效果和经济效益的双丰收。

（4）IP 横向拓展，加强 IP 联动开发

在 IP 运作层面，凤娱一直提倡优质 IP 的横向拓展，创新 IP 内容，不断整合多方资源，深挖 IP 的无形资产价值，加强 IP 联动开发，从而形成集聚效应。例如 2018 年 3 月，凤凰网动漫签约了著名插画师菊长大

人，凤娱开始深度打造菊长大人品牌，推出了条漫《可爱情报局》并衍生了9个固定IP萌系形象。与此同时，凤娱横向联动，分别与“in相机”“黄油相机”“时光手账”等合作，以“萌系装饰性贴纸”的方式入驻。另外，在线下衍生IP毛绒公仔、IP形象胶带、贴纸、日用品周边，打造全方位的IP周边生态，取得了不错的运营效果，也积累了丰富的IP联动开发模式。

六　推出交互式阅读App“翻阅”，带来耳目一新的阅读体验

1. 试水交互式体验阅读，提升阅读愉悦性

凤娱2016年推出了阅读类App“翻阅小说”，可以说是国内首款主打交互式体验的阅读产品。“翻阅小说”App通过强大的排版引擎、专业的精编团队，对优质书籍进行深度加工，同时结合最先进的动画、媒体、传感器技术及第三方API实现用户互动。

凤娱推出的“翻阅小说”App所带来的交互式阅读主要是通过交互应用，将简单的文字变成可以互动交流的朋友，通过听、看、玩来进行阅读，实现人机互动。不但增加了读者的代入感，同时提升了阅读的愉悦性。目前，翻阅小说已经拥有超过10万册的海量书籍，超过3000部全版权作品，并与全国300多家影视公司达成了合作意向，驻站作家2000多位，致力于打造强势IP。

（1）文字和音视频结合的全新体验

读者使用“翻阅小说”App阅读，可以不仅只看到文字，还能通过音频、视频实现边读边听，很多电影镜头、电视剧片段与网络小说中的文字相呼应，带给读者耳目一新的阅读体验。

（2）所见即所得的场景带入

“翻阅”App即将推出的街景服务功能，为读者提供身临其境的感受，让读者在阅读的同时同步对地理位置进行深入感知，针对书籍中出现的所有

地点，进行二次加工，实现与地图的无缝连接，提供百度地图全方位街景服务。比如，在小说中描写到朝阳门桥下一个恍惚的剪影，在读者点击朝阳门桥的文字时，就可以“来到”大桥下，这让阅读不再是一种想象过程，更是一种感受体验。

（3）阅读无缝整合线上服务

“翻阅”App在国内首次实现了将小说阅读和电商购物融为一体的功能，在小说中加入了购物、购票等在线销售产品链接。尤其是针对旅游类产品，“翻阅”App能够实现让用户边读边在线订购旅游产品的功能，十分方便。

2.推出“点阅”对话小说，打造轻阅读体验

“点阅”主要是一种对话体阅读新方式，目前已经作为独立板块，在凤娱旗下的“翻阅小说”App中上线。在“点阅”板块中，创作者可自行设定角色，安排各种角色之间的对话，通过类似微信聊天的界面，点击进入下一句台词，让短信息逐条呈现，进而推动故事发展。“点阅”对话体小说以其轻体量、强趣味、新形式的特点，打造了“轻悦读”的阅读新体验，符合当下碎片化、快节奏的阅读需求。

（1）降低文本创作门槛

“点阅”所倡导的对话体小说，摒除了复杂的环境描写和心理刻画，几乎纯以对话推动情节发展，最大限度地减少了对作者文笔和感受力的要求。文本的创作和阅读门槛被对话小说大大降低了，有助于推动更多人加入网络文学作者队伍。

（2）提升阅读趣味性

对话体小说的阅读形式，勾起了读者的强烈兴趣，让很多作品因此焕发出了新的活力。这种阅读形式特别适合呈现悬疑惊悚小说，边点边读产生的化学反应，深化了惊悚恐怖氛围的营造，带给读者强烈的阅读体验，提升了阅读的趣味性。

随着“点阅”的上线及推广，凤娱已经拥有了上万篇原创对话小说，涉及悬疑、爆笑、改编、爱情等多个题材，且不少作品受到读者的欢迎。

七　深耕全版权运营，全力布局海外市场

1. 秉承凤凰中华情怀，网络文学“出海”布局海外

凤娱作为凤凰网的全资子公司，未来将继续秉承凤凰网“中华情怀，全球视野，包容开放，进步力量”的媒体理念，全力拓展海外市场，力争为全球华人提供互联网、移动互联网等新媒体优质内容与服务。

2014 年，国家新闻出版广电总局印发《关于推动网络文学健康发展的指导意见》，明确提出开展对外交流，推动文化“走出去”等一系列政策的实施，凤娱将依托凤凰网为全球华人服务的理念以及国家政策导向，积极布局海外市场。首要以东南亚为主要市场，认真研究东南亚市场特点，充分发挥精品价值，将自有优秀网络文学作品翻译成多国语言输出海外，不断满足各个国家和地区的市场需求。同时，促进海外数字出版、实体书出版，以及通过 IP 价值的深度挖掘，探索以影视剧、动画等形式将作品呈现给海外受众的路径。

2. 继续推进全 IP 开发孵化，创新全版权运营

2018 年是网络文学的“全 IP 之年”，以 IP 为核心的商业化运作将刺激全产业链条的加速成型和完善，给文娱产业和从业大军带来巨大的机会与挑战。面对这一重要机遇，凤娱也将顺应“全 IP 时代”，继续推进全 IP 开发及孵化，发挥网络文学自身的娱乐性、可延伸性及互动性，围绕优质 IP，以点带面对其进行多元化开发。

在内容方面，继续加强对作者的激励机制，并推动定制文的创新，不断整合多方资源，在作品创作阶段就深挖作品的衍生价值。在版权衍生方面，不断强化 IP 联动开发，对优质 IP 进行充分包装，衍生至影视、游戏、动漫、有声、周边衍生产品等领域，实现多元盈利，从而实现商业价值最大化。

3. 倡导建立 IP 版权交易联盟，强化行业 IP 交易规范

目前，随着网络文学全 IP 开发不断发展，越来越多的网络文学 IP 开始进行多元化的改编和授权，随之而来的是网络文学版权交易的不规范和野蛮

生长。

主要存在以下几个方面的问题：一是热门文学作品人气居高不下，其版权费也水涨船高，高人气网络小说影视版权高达数千万元，网络文学作品版权评级及定价并没有一个严格的行业标准。二是在高人气网络文学小说高收益的背景下，行业内越来越多的企业在进行内容创作或改编时，一味地参考热门IP故事内容，吸引公众眼光，导致很多作品“华而不实”，同质化现象严重。三是部分影视公司、动漫公司、游戏公司在不具备正版授权的情况下，擅自使用IP元素或内容，严重侵犯了正版作品权益。

对此，凤娱未来将持续致力于倡导建立“IP版权交易联盟”，协助及服务政府主管部门，强化行业IP版权定价、交易等规范，搭建产业链IP版权沟通及交易平台，促进全IP时代下的行业健康良性发展，同时聚合产业链条，加强各产业链条企业的共同协作。

爱奇艺文学：文学与影视的互动融合

网络文学是 IP 的核心与源头之一，影视、游戏等文娱领域对 IP 的需求量大大增强，促进了不同文化形态之间的融合。同时，一些影视平台为打造 IP 全产业链，打造 IP 优势，也开始了网络文学布局。爱奇艺就是其中的代表，也是先行者。爱奇艺于 2015 年成立文学事业部，并制定了开放合作战略；2015 年 10 月，爱奇艺文学插件上线；2016 年 5 月，爱奇艺文学正式启动原创内容生产，发布“爱奇艺文学奖励计划”；2017 年 10 月，爱奇艺文学发布了首批“爱奇艺文学明星作家团”成员名单，该明星作家团聚焦了各种类型的作家，有传统出版名家，也有唐家三少、南派三叔、fresh 果果、水千丞、酒徒、骠骑、流浪的军刀、却却等网络人气作家。短短一年时间，借助平台影响力与明星作家团的辐射，平台已有超过五万位注册作家，共计产出数千部签约文学作品，题材丰富多样。借助爱奇艺平台的 IP 产业链优势，2017 年 8 月，爱奇艺文学坚持开放的姿态，率先启动“云腾计划”，打造一种适合网络文学的崭新的、健康的商业模式：签约作品在爱奇艺上进行连载，签约作品通过“云腾计划”免费输出到影视，影视成品播放后分账。联合爱奇艺网络剧、爱奇艺网络大电影免费开放文学作品影视版权，以前期免费、后期分成的商业模式与分账市场同生共荣。

2018 年，爱奇艺阅读独立 App 正式上线，爱奇艺文学实施更加开放的内容合作战略，联合举办文学大赛，联合培育有特点、有创新的好故事，联合签约有潜力的作家。爱奇艺文学以开放的平台扶持原创作家，打造作家富豪新群体。目前平台注册原创作者近八万名，线上作品二十余万部，并依托爱奇艺视频平台优势拥有规模庞大的读者群体。

一　文学与影视融合联动，打造 IP 开放生态系统

当下，网络文学逐渐进入跨领域联合的发展轨道，以网络文学为基础的产业链正不断壮大。2017 年，在影视等互娱产业快速发展的背景下，文学市场悄然发生改变，产生了强大的驱动力以及新的需求。更多作家开始归来，现实类题材作品受到欢迎。网络文学也更加多元化，订阅仅是其中一环，不再是全部。爱奇艺文学从建站开始，坚持“网感网生订阅文 + 品质好故事”两条腿走路，作品更加有网感、更加接地气。爱奇艺将文学作为其 IP 开放生态系统的源头，以全网最开放的姿态、优质平台资源培育优质 IP，并不断加深与下游各端的关联，全方位打通 IP 产业链，深化内容生态全面布局。

1. 启动“云腾计划”，打造开放共赢商业模式

借助爱奇艺平台的 IP 产业链优势，2017 年 8 月 11 日，作为首届中国“网络文学 +”大会的首场平行论坛——“网络文学 + 生态：文学驱动影视”论坛的主办方，爱奇艺文学宣布启动“云腾计划”，即爱奇艺文学将向爱奇艺网络剧、爱奇艺网络大电影（简称“网大”）免费开放 600 部网络文学作品版权，并采取后期收入分成、与影视方共担风险的合作方式。通过“云腾计划”，以源头文学驱动下游影视，赋能爱奇艺 IP 全产业链，实现同一 IP 的价值最大化。“云腾计划”第一期竞标期内，爱奇艺文学共收到来自山影、海润、橙子映像、芒果娱乐等 120 余家影视制作公司的 300 余份竞标方案。经过爱奇艺网络剧、爱奇艺网络大电影、爱奇艺文学联合评审绿灯会的严格评选，第一批开放文学作品中共有 26 部网剧作品、38 部网络大电影作品成功定标。经过近 5 个月面向全网文学、影视产业的开放，爱奇艺“云腾计划”已逐渐步入正轨，第二期竞标共收到来自 150 余家公司的 340 余份标书，经过由爱奇艺文学、爱奇艺网络剧、爱奇艺网络大电影共同组成的爱奇艺联合评审绿灯会严格评选，第二期共有 28 部网络剧作品与 45 部网络大电影作品成功定标，网络剧作品定标率达到 100%，网大作品定标率达到 62.5%。“云腾计划”第三期继续通过文学作品深化 IP 产业价值，将在 3

年内设立20亿元的基金大力扶持云腾中标项目，并充分利用爱奇艺优质艺人资源，免费出演云腾顶级项目，参与票房分账，深入打通以文学作品为源头的IP内容全产业生态化发展。“云腾计划”的入选书单中不乏经过全产业链评选的优质作品，如入选北京市新闻出版广电总局“2017年向读者推荐优秀网络文学原创作品”名单的、获得首届爱奇艺文学奖第一赛季二等奖的《竹林颂：嵇康传奇》，获得首届爱奇艺文学奖第一季度一等奖的《何家天下》等。爱奇艺“云腾计划”的启动，通过与网剧、网大的联动效应进一步释放了网络文学IP的长尾价值，势必吸引更多优秀作者的加入以及用户的涌入，共同推进网络文学产业可持续发展。爱奇艺文学也将迎来新的发展机遇，与产业链各方共同开启“新网文时代”。IP运作从初始期简单的影视版权采买，转变为如今的签约、培育适合影视改编的网络文学作品、孵化IP内容，签约作品在爱奇艺上进行连载，签约作品通过“云腾计划”免费输出到影视，影视成品播放后分账。值得一提的是，除符合资质进入竞争的新生代的优质网剧公司之外，“云腾计划”也受到一众S级的传统影视制作公司，以及上市影视公司的广泛关注，吸引它们积极参与。

未来，“云腾计划”还将以文学为依托，继续开放动漫、游戏等IP业务线的云腾模式，催动下游影视等多样化艺术作品的开发，形成行业良性循环，深度挖掘超级IP全新商业模式。

2. 文学驱动影视，实现相互融合联动发展

“全版权运营”时代，读者会自然而然地为在线阅读、图书出版、影视改编等买单。同时，作家明星化趋势加强，消费者为喜爱的作者、作品的付费意愿日益提升，越来越多的读者开始付费阅读、打赏、付费观看改编影视剧、购买衍生品等。

当前，网络文学虽然发展迅速，但仍存在内容张力不足、精品缺乏等问题。纯网内容，尤其是网络剧、网络大电影的发展壮大，为网络文学的可持续发展带来新思路。网络文学正逐渐渗入影视、出版、游戏、动漫等领域，网络文学与开放性的IP生态产业链之间的融合是大势所趋。目前，依托爱奇艺平台的IP全产业链优势，爱奇艺文学通过对IP内容的严格把控，以

“文学驱动影视，生态赋能文学”为愿景，着力挖掘优质文学 IP，以开放姿态为优秀原创作家搭建平台，培养优秀作家及作品，并通过“云腾计划”等模式带动 IP 全产业链互动，形成良性循环。爱奇艺以文学驱动影视，免费开放网剧、网大 IP，采取后期收入分成、与合作方共担风险的合作方式。其中，在网剧方面，根据作品类型与题材、人设丰满度等维度，将作品分为甲乙两级，并把这些优秀的版权提供给主流视频平台 A、B 级合作方及有电视剧改编经验的合作方。在网大方面，爱奇艺文学为在各个平台有 A、B 级作品及院线电影作品的合作方，提供更多福利政策，帮助他们产出更好的优质作品。网剧、网大作品上线后，制片方将与爱奇艺按照约定比例分成；同时，关于该 IP 的其他权利，合作方也可获得优先使用权。

3. 作家阵营持续壮大，优秀作品不断输出

近两年，爱奇艺明星作家团成员规模不断扩大，吸引着新老作者加入，并促成了传统作家和网络作家在平台上找到会合点，一起尝试、实验更多写作风格，获得了广大作家支持，并取得了较好的成绩。同时，以大数据为基础，为作者提供创作参考与指导，促进弘扬主旋律、正能量，又符合市场需求的作品不断产生。2017 年 6 月 9 日，爱奇艺文学在“2017 爱奇艺世界·大会”上公布了首届“爱奇艺文学奖”获奖结果，现场颁发一、二、三等奖等 14 个奖项。其中，作家水千丞凭借新作《深渊游戏》获得一等奖，获得 100 万元奖励；作家李写意的《明夷于飞》、作家兰月熙的《天香美人》荣获二等奖，分别获得 50 万元奖励；作家蒙白创作的《督军公子大侦探》、作家携爱再漂流的作品《萌女特工变形记》、作家冬雪晚晴的作品《归墟三千界》获得三等奖，分别获得 20 万元奖励。此外，还有若干部作品获得特别奖以及季度赛一、二、三等奖，也获得了不菲的奖励。同时，大会还启动了“爱奇艺文学开放平台”，鼓励青春、阳光、正能量、富有爱心的创作基调，挖掘作品的网感，扶持适合影视 IP 孵化的作品，重点在三个方面发力：一是面向作家、合作文学网站、经纪人、工作室、出版社、杂志社等所有创作者、拥有者开展“爱奇艺文学 +”作品征集活动；二是组织“爱奇艺 +”产业链评选，积极推动实行内外联合评选，吸引全产业链的互动参与，充分

发挥爱奇艺文学作为IP开放生态系统的源头作用；三是启动第二届爱奇艺文学奖，设置超过200个获奖名额，在设置海选入围奖、季度奖、总决赛大奖的基础上，还设置了特色作品奖、网络人气奖、吸金指数奖，短篇单元、非虚构、儿童文学等主题奖项，且不设名额上限。原创作品《竹林颂·嵇康传奇》讲述了中国古代十大美男之一，竹林七贤精神领袖嵇康的传奇一生，该作品进入北京市新闻出版广电局“2017年向读者推荐优秀网络文学原创作品”名单，也是2017年北京市新闻出版文化精品工程重点项目唯一入选网络作品；作品《大运河传奇：河运图》入选北京市新闻出版广电局重点孵化项目。在IP运营方面，爱奇艺文学平台上的《太子殿下有喜了》《扇不语》《歌鹿鸣》等一系列优秀作品，均已完成影视改编、有声读物改编、图书出版，通过“云腾计划”有机会孵化影视的作品数百部，已有书号的图书出版作品近百部，得到广大消费者的好评和市场的认可。

二　着力打造正能量作品，全方位提升作品影响力

爱奇艺文学始终牢牢把握正确导向，把人民作为创作表现的主体；把输出优秀作品作为中心环节，把创新精神贯穿创作生产全过程，不断增强网络文学的吸引力和感染力；不以点击量至上，关注作品的品质、内涵，深度挖掘作品思想内核，为具有深刻内涵的网络文学作品提供孵化培育土壤。

1. 以青春阳光为主基调，打造正能量作品

虽然爱奇艺文学强调作品的网感，但在作品质量把关上并不松懈，严格执行作品三审流程，引导作者创作青春、阳光、正能量的网络文学作品。编辑人员除负责作品审核工作外，还要负责内容的编辑、加工整理和通读工作，使作品内容更完善、语言文字表达更通达、逻辑更严密，消除一般技术性差错，杜绝出现政治性、原则性错误；并负责对编辑、设计、排版、校对等出版环节的质量进行监督，保证内容质量。作品内容要符合国家相关政策法规，不得违背社会伦理、不得宣扬不良婚恋观、不得宣扬封建迷信、不得诋毁国家公仆的形象、不得恶搞名著和历史人物、不得亵渎宗教、不得涉黄涉暴，

尤其杜绝青少年涉性和涉暴的内容，凡是涉及色情、暴力、低俗等违法违规内容的作品一律做下架处理。爱奇艺文学与作者签订文学合作协议，并对稿件质量与收稿时间进行跟进，定期对作品进行抽查审核，以确保内容整体质量。同时，爱奇艺文学依照北京新闻出版广电局要求，落实编辑责任制度，由助理编辑负责内容初审工作，由总编辑负责爱奇艺文学全平台网络出版内容终审工作，并组建了五个以不同方向内容运营为主要工作的专业工作室。其中花间工作室主编负责幻想类小说及儿童文学方向互联网出版物复审工作，昴星工作室主编负责中短篇及非虚构题材互联网出版内容复审工作，方糖工作室主编负责言情类小说及互联网出版内容复审工作，Freego 工作室主编负责社会热点方向互联网出版内容复审工作，联合签约工作室主编负责联合其他网络文学平台合作工作。专业校对是出版流程中不可缺少的环节，直接影响上线内容的质量。爱奇艺文学配备有足够的具有专业技术职称的专职校对人员，负责专业校对工作。每一部上线的作品，都要指定一名具有专业技术职称的专职校对人员为责任校对，负责校样的文字技术整理工作，监督检查各校次的质量，并负责通读工作。爱奇艺对原创作品严格把关，引导作者创作方向，拒绝“挑战公众心理、伦理、情感底线”的作品，拒绝口水化、同质化、拼凑、抄袭现象；落实《网络出版服务管理规定》相关要求，并结合自身业务发展需要，确立了作品上架审核原则，主要包括以下几个方面：一是坚持正面宣传为主，正确把握舆论导向，与党和政府的宣传口径保持一致；二是以用户需要为出发点，不遗漏用户关心的重要内容，不断充实网页内容，提供更周到的服务；三是杜绝政治性差错，避免知识性、文字性差错；四是学习网络媒体经验，集众家之长；五是鼓励和提倡信息内容的再加工和再处理。

2. 完善作品推荐推广机制，为作品脱颖而出创造机会

爱奇艺文学建立了较为完备的作品推荐推广机制，包括“新书资源位”“成长型资源位”“重点资源位”，资源位每周更换两次，根据作品表现实时评估，提供完整晋级空间。作品晋级主要参考收入（历史收入和近一周收入）、字数（推荐前总字数和订阅字数）、更新情况（更新字数和更新频率）以及分类（题材、内容）四方面要素。除 App、插件资源位常规推广外，

对于影视原著类文学作品，爱奇艺文学还提供影视剧贴片、视频关联位等资源推荐；对入选“云腾计划”的优秀原创作品，将通过微博、微信公众账号等SNS渠道及线下路演进行推广宣传，通过各种渠道，最大限度地为作品提升曝光度和影响力。依托爱奇艺平台泛娱乐化的强大资源，爱奇艺文学在IP开发及运营方面全方位发展，集影视改编、漫画改编、有声读物和图书出版等一系列开发项目在内的IP开发机制，充分实现了网络文学价值最大化。此外，在平台内将IP与剧紧密捆绑，通过大数据运算，将原著粉丝无缝转移到剧；利用爱奇艺站内广告资源进行密集曝光；利用“爱奇艺泡泡”社交阵地将粉丝经济最大化；通过图书出版，走进校园，开展书店签售活动，进行线下矩阵传播。此外，在推动作品的类型化方面，爱奇艺文学设立了儿童文学、非虚构等栏目，鼓励、扶持适合的中短篇作品、非虚构作品、儿童文学作品、轻小说等改编成影视作品，以海纳百川的心态促进作品创作、版权输出题材类型的丰富多样，促成网络文学由内而外变革。

三　培育有影响力的作家队伍

1. 充分挖掘作者潜能，助力作者提升影响力

爱奇艺文学在作者培育方面，坚持“造神”而非“抢神”的原则，重视有潜力的原创新人作者培育，给予作者更多机会。爱奇艺文学为作者制订作品全套包装、推广、IP衍生等一系列与作品定位契合的运营规划，并全程督导相关资源落地；针对潜力作品、作家制订全面有效的造势计划，缩短IP出版、漫画、游戏、影视剧改编的周期，进一步放大作品价值；根据作品特性制订并全程参与发行渠道的相关版权推广合作计划，以扩大作家、作品影响力；全程参与作家、作品的商业包装、形象维护，且拥有专业的粉丝运营经验，可帮助作家打造属于自己的粉丝力量。与此同时，爱奇艺文学依托爱奇艺平台的IP全产业链优势，着力挖掘优质文学IP，以开放姿态为优秀原创作家搭建平台，培养优秀作家及作品，并通过“云腾计划”等模式带动IP全产业链互动，形成良性循环。以大数据为基础，为作者提供创作

参考与指导，促进弘扬主旋律、正能量，又符合市场需求的作品不断产生。此外，爱奇艺文学也促成了传统作家和网络作家在平台上找到会合点，一起尝试、实验更多写作风格，获得了广大作家支持，成效显著，作者孵化、激励、培养等作者成长机制进一步完善。

2. 打造明星作家团，不断壮大作者队伍

2016年，爱奇艺文学正式启动“爱奇艺文学奖”，大力扶持弘扬中华民族优秀传统文化、体现社会主义核心价值观的优秀网络文艺作品，秉持发现、扶持好故事的原则，公平公正地为大量优秀网络文学作品提供了充分展示的机会，也为大量优秀网络文学作者带来了脱颖而出的机会。2017年，爱奇艺文学向优秀的写作者发出“英雄帖”，组建爱奇艺文学明星作家团。爱奇艺文学明星作家团成员作为爱奇艺文学作家代表，参加爱奇艺主办的大型活动或影视行业活动，可获得线上、线下更多的曝光机会和推介机会；成绩突出的明星作家团成员，将有机会受邀出演影视剧角色，担任爱奇艺各类节目嘉宾。一年一度的爱奇艺作家年会，则成为广大网络文学明星作家的年度盛典。

随着平台号召力和影响力的不断提升，爱奇艺文学的明星作家团规模不断扩大。与此同时，爱奇艺文学建立了较为完备的作者福利计划，并对优质内容设立定期奖励计划，给作者提供丰厚的奖金，吸引新老作者加入。

四 “云腾计划”创造网络文学发展新模式

网络文学逐渐进入跨领域联合的发展轨道，以网络文学为基础的产业链正不断壮大。2017年，在影视等互娱产业快速发展的背景下，文学市场悄然发生改变，产生了强大的驱动力以及新的需求。更多作家开始归来，现实类题材作品受到欢迎。网络文学也更加多元化，订阅仅是其中一环，不再是全部。以优质IP内容为核心的网络文学开始跨领域、多平台地进行布局，将与游戏、动漫、影视等不同产业融合发展，创造出巨大的社会效益和商业价值。同时，网络文学也在不断升级，从原来相对单一的、以幻想为主的网络小说形态，变得更加丰富多样，进一步展现了网络文学的发展活力。尤其是现实题材的兴起，让人们看到了网络文学的更多可能。在现有的付费阅读商业模式基础上，移动平台分发的助力以及由文学作品衍生出来的网络大电影、网络电视剧、游戏、动漫、周边商品等，共同支撑起爱奇艺文学 IP 架构。

1. 文学与影视联动，打造 IP 共生共荣新生态

2017 年 8 月初，爱奇艺文学正式宣布启动“云腾计划”，以文学驱动网剧、网大等影视创作形态，在实现内容价值最大化的同时，让各关联方彼此联动，以开放的 IP 产业生态链开启网文行业新时代，促进 IP 产业链共生共荣、良性发展。

爱奇艺文学的作品征集计划和“云腾计划”面向全网征集优质 IP 作品，并进行内容延展与二次开发，同时秉持开放姿态，以文学驱动影视，实现整个 IP 产业链的联动。可以说，从内容生产到“一鱼多吃”的 IP 联动战略，爱奇艺文学用完善的 IP 链条为参与各方提供最大化的收益，共同打造娱乐世界，推动产业的合作共赢。

2. “艺人 + 基金”扶持引爆网文市场，为优秀 IP 孵化提供资金保障

在新网络文学时代，爱奇艺文学通过“云腾计划”，以优质原创 IP 内容探索更多商业变现模式，以文学驱动影视，让生态赋能文学，实现从内容生产到“一鱼多吃”的 IP 全产业联动，同时也推动了网络文学与下游产业的双向互通与良性发展，助力 IP 全产业链的共荣、共生。爱奇艺文学“云腾计划”将项目作为 IP 源头与网剧、网大等影视资源的结合，并以后期分账、开放合作方式持续推进优质娱乐内容的商业化创新。爱奇艺还开启云腾基金和云腾艺人两大板块的升级，为制作公司提供最优扶持，推动内容品质整体升级。其中，在资金方面，云腾基金将用 3 年 20 亿元的资金体量，至少投资每期 30% 的中标项目，以优质资源扶持云腾项目。“云腾计划”未来依托“IP 价值 + 资金支持 + 艺人价值”整合思维，必将打破创作瓶颈，引入最优资源，助力作品价值实现最大化发酵。这一切都为优秀 IP 的顺利孵化提供了强大的资金保障。

3. 爱奇艺网站技术优势为模式创新提供重要支撑

爱奇艺自2010年4月22日正式上线以来，秉承“悦享品质”的品牌口号，积极推动产品、技术、内容、营销等全方位创新，为用户提供丰富、高清、流畅的专业视频体验，致力于让人们平等、便捷地获得更多、更好的视频内容。2014年，爱奇艺在全球范围内建立起基于搜索和视频数据理解人类行为的视频大脑——爱奇艺大脑，用大数据指导内容的制作、生产、运营、消费，并通过强大的云计算能力、带宽储备以及全球性的视频分发网络，为用户提供更好的视频服务。在技术与内容双核驱动的新体验营销时代，爱奇艺创造性地提出了“iJOY悦享营销”客户服务价值观和方法论。通过多屏触点、创意内容、技术优化、互动参与、实现购买等路径全面提升ROI（投资回报率），让客户享受到创新营销带来的成功与快乐。无疑，爱奇艺网站优质的互联网技术、爱奇艺文学强大的运营能力、文学编辑精湛的专业技能，为网络文学作品的完美呈现提供了强大的技术保障。

依托爱奇艺庞大的用户群体与行业影响力，爱奇艺文学“云腾计划”作为针对网文开发与IP全局联动的先锋，开启了IP多领域孵化、全产业共荣的生态化发展思路。未来，爱奇艺文学将通过精品内容矩阵推进生态开发，通过平台社交生态催生新商业价值，必将打造出更多精品网络文学作品，推动原创文学IP价值升级，为网络文学“新时代”谱写精彩的篇章。

五　着力打造题材丰富、双效俱佳的优质IP

在互联网快速发展的时代，原有的付费阅读商业模式、移动平台分发的助力以及由文学作品衍生出网络大电影、网络电视剧、游戏、动漫、周边商品等，共同建立起一个取之不尽、用之不竭的IP宝库。随着用户量的增长，网络文学的价值不断提升。特别是网络大电影、网络电视剧的市场发展势头强劲，影片类型、题材更加多元化，上线影片数量持续增长。爱奇艺文学在IP运营上，借助“云腾计划”等模式开展积极探索，取得了不俗成绩。

1. 小题材、低成本，也可以获得“大丰收”

在整个 IP 开发的全过程中，爱奇艺始终在坚守政策底线的基础上，力争题材创新，一直全力发掘孵化多元素和多类型的优质原创内容，着力推动优质的源头内容影视化，推进纯网内容齐头并进发展。爱奇艺文学从故事情节的精彩程度、影视化改编的难易程度等方面对原创作品进行严格筛选，最终选择最优质的 IP 内容入选“云腾计划”书单。入选“云腾计划”的 IP 题材多样，从“吸金”表现优异的古装悬疑题材，到群众基础庞大的喜剧，从动作题材、爱情题材、惊悚题材到青春题材、科幻题材等都有涉猎，为打造最富有生命力的 IP 产业链夯实了基础。

单看 2017 年，没有明星大腕，不是头部 IP 改编的生活流的美食题材古装喜剧《花间提壶方大厨》凭着色香味俱全的一日三餐和男女主角的甜蜜恋爱生活成为市场黑马，以不到 3000 万元的总投资，在爱奇艺播出后，最终收获了 7.3 亿播放量，豆瓣 8.1 分的评价。遵循“小成本撬动大市场”这一商业逻辑，爱奇艺试图以文学作品来加码 IP 产业链孵化，通过题材升级、内容升级、品质升级三大维度的全面升级，打通 IP 上下游产业链，进一步推动影视优质内容良性发展。

2018 年，爱奇艺文学也开启了更加开放的内容合作战略，通过推行联合举办文学大赛、联合培育有特点有创新的好故事、联合签约有潜力的作家等举措，进一步挖掘优质内容，让更多有 IP 开发潜力的作品展现在受众眼前。

2. 相应国家号召，打造双效统一的优质 IP

随着网络视频行业的高速发展，用户对于网络视听内容的需求不断提升，推动了 IP 全产业孵化时代的到来。如今，网络文学作品浩如烟海，网络文学网站众多，优质作品层出不穷，面对“新网文时代”赋予的机遇与挑战，爱奇艺文学积极响应国家号召，基于爱奇艺文学丰富的 IP 资源，将影视化作为这一全产业链条中的放大器，进而形成由文学延伸出网剧、网大、游戏、周边衍生品的全产业链，共同推动并实现优质原创文学 IP 价值的最大化，打造体现中华民族优秀传统文化的项目；创造体现社会主义核心价值观、实现社会效益与经济效益双赢的项目。在这一战略思想的指导下，爱奇艺文学旗下作品《竹林颂·嵇康传奇》便应运而生了。

《竹林颂·嵇康传奇》一书由青年作家筠心历时三年潜心撰写，讲述了魏晋时期哲学、文学、音乐领域奇才，中国古代十大美男之一、竹林七贤之一嵇康的传奇故事。全书集历史、言情等元素于一体，采用中国传统章回体的创作手法，以三国归晋为历史脉络，以嵇康的一生为切入点，在确保历史大事真实的基础上，展开充分的想象与创作，塑造了以嵇康为首的“竹林七贤”以及曹髦、钟会、曹爽、夏侯玄、王弼、司马师、司马昭、毌丘俭等一大批叱咤风云、性格迥异的人物，讲述了一段魏晋政治风云中跌宕起伏、动人心魄的历史传奇。

该作品具有以下突出亮点：以三国时期为时代背景，主角是竹林七贤之一嵇康，不只是其简单的传记，而是以他为主线，讲述当时政治现状，以及他个人的政治生涯与浪漫爱情。作者既严格按照史实撰写故事，又有自己对历史和人物的理解，既有对宏大的政治斗争的观照，也有对浪漫爱情和忠贞友情的描摹，着重表现了人物的高洁情操。作品中既有波谲云诡的政治权谋斗争，也有轻松欢快的少年爱情，还有相爱相杀的友情纠葛，情节跌宕起伏。该作品语言庄重典雅，故事扎实耐看。通过爱奇艺文学对该部作品的评价可以看出，作者在创作过程中一直秉持着认真钻研的态度，不仅研读了大量嵇康的文章诗词，查阅了《三国志》《晋书》等丰富的历史资料，更钻研了庄子的许多论著，涉猎了《神仙传》《世说新语》等传奇小说集，并将嵇康的部分诗作巧妙融入故事之中，塑造出嵇康这一既具有文人风骨、音乐家气质，又充满道家哲学色彩的历史人物。小说仿照中国传统章回体写法，演绎历史时做到“大事不虚、小事不拘”，文风既华丽典雅，又通俗易懂，充分展现了汉语书写的美感，不失为一部网络文学精品之作。作品于2016年在爱奇艺文学连载后，便获得了爱奇艺文学主办的“中国好故事大赛”第一赛季二等奖，并于2017年1月由文化艺术出版社出版面市，获得读者的好评。

《竹林颂·嵇康传奇》能够在众多网络文学作品中脱颖而出，反映了其优秀的内容品质，更反映了爱奇艺文学在内容创作上的精品化坚持。目前，该部作品已正式入选北京市新闻出版广电局“2017 年向读者推荐优秀网络文学原创作品”名单；成为唯一入选“2017 年北京市文化精品工程重点项目”的网络文学作品；在 2017 年 8 月爱奇艺文学启动的“云腾计划”中，该小说 IP 已被山东影视制作股份有限公司成功定标，有望成为网络文学向影视成功转化的网络影视精品。

2018 年 9 月 16 日，第二届中国“网络文学 +”大会在京圆满落幕。在闭幕式上，由著名作家猗兰霓裳创作、爱奇艺文学独家连载的原创作品《二胎驾到》入选了北京市新闻出版广电局“2018 年向读者推荐优秀网络文学原创作品活动”名单，这是继 2017 年原创作品《竹林颂 · 嵇康传奇》后，爱奇艺文学又一力作获得了北京市新闻出版广电局与广大书迷的认可，充分凸显了爱奇艺依托自身平台与全网优质资源，不断丰富作品类型，为作者创作原创作品提供了优渥的土壤的努力。

猗兰霓裳为爱奇艺文学明星作家团成员，自 2007 年创作开始，曾先后出版了《凤求凰》《此情可待成追忆》《移爱繁华一梦》《离凰》等优秀原创作品，拥有百万读者。其中，《凤求凰》曾获第三届作家杯网络原创文学最具人气作品奖，作品网络点击量近亿，出版成绩亮眼，作品畅销海外。其作品《二胎驾到》是以家庭题材为主，讲述当下二胎群体家庭遇到的困惑，针对在养育孩子的同时保全生活品质这一难题，作品中主人公的处理方式给现实生活中身处迷茫中的二胎准爸妈们带来激励与启示。这部作品还曾在第一届爱奇艺文学奖第三赛季获得一等奖及总决赛“最具合家欢奖”。《二胎驾到》在众多优秀文学作品中脱颖而出，除了其优秀的内容品质获得行业肯定，更反映了爱奇艺文学在网络文学精品化进程上的不懈坚持。同时，猗兰霓裳的另一力作《无憾纪》也正在爱奇艺阅读 App 独家连载中。

六　未来可期，以持续创新实现全面突破

面对极具潜力、蓬勃发展，机遇与挑战并存的网络文学，爱奇艺将以更

加开放的姿态，不忘初心，不断创新。具体来说，将从以下几个方面着力探索。

一是进一步提升作品品质。网络文学不应一味追求产量和点击量，而需回溯艺术创作的本源，深入人民群众、贴近社会变迁。保护好作家的原创力。网络文学应告别规模扩张期，进入“品质写作”时代。网络文学作品的优劣不取决于题材，拥有正确的价值观、能引起共鸣的才是好作品。爱奇艺文学将坚持“网感网生订阅文＋品质好故事”两条腿走路，打造更多贴近现实，广大网络用户喜闻乐见的优秀作品。

二是创新商业模式。“云腾计划”是爱奇艺文学在网络文学商业模式创新方面的一次有益尝试。IP运作从初始期简单的影视版权采买，转变为如今签约、培育适合影视改编的网络文学作品、孵化IP内容，签约作品在爱奇艺上进行连载，签约作品通过“云腾计划”免费输出到影视，影视成品播放后分账。未来，爱奇艺文学将继续深入探索，不断推出更健康的新商业模式。

三是留住优秀作家，保障平台IP造血能力。长期以来，爱奇艺文学都在致力于留住优秀作家，从而拥有生产顶级IP的造血能力。通过打造“爱奇艺明星作家团”汇聚了各种类型的作家，促进作家之间的交流，开展创新写作风格的尝试。未来，爱奇艺文学将继续秉承“文学驱动影视，生态赋能文学”，实现文学与影视的联动发展，努力摸索新的商业模式，推出更有价值、更有特色的文学作品，也希望能够培养一批特色鲜明的新作家群体。

四是积极筹建“爱奇艺文学院”，让网络文学作家、网站、批评家、学者拥有自己的组织。2018年1月，爱奇艺文学旗下爱奇艺阅读App全端上线，为文学内容的汇聚分发提供了承载平台，同时通过对作家、原创作品、文学IP孵化等文学领域的多端发力，爱奇艺文学已成功打造成为全网电子书分发平台、原创网络文学创作社区、影视IP孵化基地，具备了搭建产学研一体化发展平台的基础。因此，“爱奇艺文学院”应运而生。据了解，爱奇艺文学院由爱奇艺文学主办，《出版广角》杂志、北京市海淀区作家协会等单位提供合作支持，首批入驻学术专家20人，另有行业专家十余人。爱奇艺文学院成立后，主要围绕讲座、评奖、科技创新三个维度发力。在讲座方面，将通过建立爱奇艺文学院专家库，以线下授课、主题活动、IP沙龙及网络传播等多种形式共行，开展行业交流互动，同时还计划与各大高校、中国现代文学馆及海淀区作家协会等机构合作开展“网络文学大讲堂”等活动；在评奖方面，将征集中国网络文学理论研究、作品赏析、创作心得、产业发展等主题文章，进行课题研究，并设立“爱奇艺文学奖之网络文学理论研究奖”，与中文核心期刊、中国网络文学研究前沿学术杂志《出版广角》共同评选、择优发表；在研发方面，将继续结合爱奇艺文学“网感订阅文+品质好故事”的作品方向，联合爱奇艺商业智能部数据智能组，通过“专家评审+AI技术”，研发网络文学IP评估分析系统。因为科学家的加入，爱奇艺文学将具有“AI文学院”特色，建立中国网络文学IP分析体系，以科技创新驱动行业发展。未来，爱奇艺文学院将联合产业链各方力量，对网络文学和行业开展深入研究、推动行业良性发展进步，寻求创新突破，致力于成为中国网络文学产学研一体化发展平台。

附　　录

网络文学关键词及相关释义

1. 网络文学：是依托互联网创作和传播文学作品的新形态，具有内容丰富、形式多样、题材多元、传播广泛、消费便捷等特点。[①]

2. 网络文学网站：指通过信息网络向公众提供网络文学作品的单位，主要包括开办原创网络文学网站、网络文学阅读平台的单位。[②]

3. 网络文学作品：本报告所指网络文学作品，是以网络为载体发表的文学作品。

4. 驻站作品：本报告所指驻站作品，是未经本人或者该网站同意，其他媒体一律不得转载的作品。

5. 签约作品：本报告所指签约作品，是网络文学作家和网络文学网站签约的作品。签约后，网站可行使文化作品网络发表权，并按照一定级别，以单一选择的方式做出对相应作品发表后的版权声明。

---

① 《关于印发〈关于推动网络文学健康发展的指导意见〉的通知》，国家新闻出版广电总局官网，http：//www. gapp. gov. cn/news/1663/236795. shtml。

② 《关于印发〈网络文学出版服务单位社会效益评估试行办法〉的通知》，国家新闻出版广电总局官网，http：//www. gapp. gov. cn/sapprft/contents/6588/338296. shtml。

6. 网络文学作者：本报告所指网络文学作者，是以网络为平台进行文学创作的作者。

7. 驻站作者：即在网络文学平台上注册过作者账号的用户。

8. 签约作者：本报告所指签约作者，是与网络文学网站呈签约状态，能够获得基础保障的作者。

9. 网络文学读者：本报告所指网络文学读者，是阅读网络文学的人群。

10. AI：即人工智能（Artificial Intelligence），“人工智能是计算机科学的一个分支，它试图利用机器模拟人类行为，替代人类完成任务，人工智能包括机器人、语言识别、图像识别、自然语言处理和专家系统等领域。”本报告所指“人工智能”技术，主要是通过将人工智能与图书内容、听书功能相结合，通过对文字的识别与理解，对听书功能进行智能语音的升级，进一步提升阅读体验的一种方式。

11. IP：是 Intellectual Property 的缩写，意为知识产权。就本报告而言，网络文学 IP 指拥有一定价值基础并且有能力超越媒体平台进行多种形式开发的优质内容版权，其中开发形式包含影视、游戏、动漫、周边衍生品等。①

12. AR：增强现实（Augmented Reality），简称 AR，即“一种实时地计算摄影机影像的位置及角度并加上相应图像的技术。可以通过全息投影，在镜片的显示屏幕中把虚拟世界叠加在现实世界，操作者可以通过设备进行互动”②。本报告所指增强现实技术，是将增强现实技术与图书内容相结合，目前主要通过二维码扫描、图像识别并在移动终端呈现相应三维立体图形的方式实现。

13. VR：虚拟现实（Virtual Reality），简称 VR，是一种可以创建并让使用者体验虚拟世界的计算机仿真系统，它利用计算机生成一种模拟环境，是

① 《中国网络文学 IP 影响力研究报告》，艾瑞网，http：//report. iresearch. cn/report_ pdf. aspx? id =3126。

② 《2016 年中国虚拟现实（VR）行业研究报告》，艾瑞网，http：//report. iresearch. cn/report_ pdf. aspx？ id =2542。

一种多源信息融合的、交互式的三维动态视景和实体行为的系统仿真，使用户沉浸在其生成的虚拟环境中。

14. MR：混合现实（Mixed Reality），简称 MR，即“通过在虚拟环境中引入现实场景信息，在虚拟世界、现实世界和用户之间搭起一个交互反馈的信息回路，以增强用户体验的真实感”。本报告所指“混合现实”，是指用户与数字内容交互，并与周围真实环境中的全息影像互动。

15. 二次元：来自日语的“二次元（にじげん）”，意思是“二维”，日本早期的动画、漫画、游戏、小说等作品都是以二维图像构成，其画面是一个平面，所以通过这些载体创造的虚拟世界被动漫爱好者称为“二次元世界”，简称“二次元”。同时，“二次元”也具有“架空”“假想”“幻想”“虚构”之意。

16. 泛娱乐：指基于互联网和移动互联网的多领域共生，打造明星 IP 的粉丝经济。[①] 其产业核心在于围绕同一“明星 IP”，在动漫、网络文学、电影、电视剧、音乐、游戏、话剧、衍生品等各文娱形态中由点到点的拓展延伸。

17. ACGN：为英文 Animation（动画）、Comic（漫画）、Game（游戏）、Novel（小说）的合并缩写，是从 ACG 扩展而来的新词汇，主要流行于华语文化圈。由于传统的 ACG 划定的范围早已不足以覆盖现代青少年文化娱乐相关领域，因此衍生出了含有轻小说等文学作品的 ACGN。

18. 打赏：即读者通过奖赏虚拟货币表达对作品的喜欢和对作者的赞赏，是一种非强制性的付费模式，属于读者自发行为。

---

① 《2016 年中国短视频行业发展研究报告》，艾瑞网，http://report.iresearch.cn/report_pdf.aspx?id=2643。

网络文学相关政策文件汇编*

一　习近平总书记系列重要讲话

1. 2014年10月，习近平总书记在文艺工作座谈会上的讲话（节选）

繁荣文艺创作、推动文艺创新，必须有大批德艺双馨的文艺名家。要把文艺队伍建设摆在更加突出的重要位置，努力造就一批有影响的各领域文艺领军人物，建设一支宏大的文艺人才队伍。文艺是给人以价值引导、精神引领、审美启迪的，艺术家自身的思想水平、业务水平、道德水平是根本。文艺工作者要自觉坚守艺术理想，不断提高学养、涵养、修养，加强思想积累、知识储备、文化修养、艺术训练，努力做到"笼天地于形内，挫万物于笔端"。除了要有好的专业素养之外，还要有高尚的人格修为，有"铁肩担道义"的社会责任感。在发展社会主义市场经济条件下，还要处理好义利关系，认真严肃地考虑作品的社会效果，讲品位，重艺德，为历史存正气，为世人弘美德，为自身留清名，努力以高尚的职业操守、良好的社会形象、文质兼美的优秀作品赢得人民喜爱和欢迎。

互联网技术和新媒体改变了文艺形态，催生了一大批新的文艺类型，也带来文艺观念和文艺实践的深刻变化。由于文字数码化、书籍图像化、阅读网络化等发展，文艺乃至社会文化面临着重大变革。要适应形势发展，抓好网络文艺创作生产，加强正面引导力度。近些年来，民营文化工作室、民营文化经纪机构、网络文艺社群等新的文艺组织大量涌现，网络作家、签约作家、自由撰稿人、独立制片人、独立演员歌手、自由美术工作者等新的文艺

* 本部分相关政策文件来源为人民网、国家新闻出版署（原国家新闻出版广电总局）官方网站、各地方人民政府官方网站、地方新闻出版局官方网站等渠道。

群体十分活跃。这些人中很有可能产生文艺名家，古今中外很多文艺名家都是从社会和人民中产生的。我们要扩大工作覆盖面，延伸联系手臂，用全新的眼光看待他们，用全新的政策和方法团结、吸引他们，引导他们成为繁荣社会主义文艺的有生力量。

2. 2016年4月，习近平总书记在网络安全和信息化工作座谈会上的讲话（节选）

网络空间是亿万民众共同的精神家园。网络空间天朗气清、生态良好，符合人民利益。网络空间乌烟瘴气、生态恶化，不符合人民利益。谁都不愿生活在一个充斥着虚假、诈骗、攻击、谩骂、恐怖、色情、暴力的空间。互联网不是法外之地。利用网络鼓吹推翻国家政权，煽动宗教极端主义，宣扬民族分裂思想，教唆暴力恐怖活动，等等，这样的行为要坚决制止和打击，决不能任其大行其道。利用网络进行欺诈活动，散布色情材料，进行人身攻击，兜售非法物品，等等，这样的言行也要坚决管控，决不能任其大行其道。没有哪个国家会允许这样的行为泛滥开来。我们要本着对社会负责、对人民负责的态度，依法加强网络空间治理，加强网络内容建设，做强网上正面宣传，培育积极健康、向上向善的网络文化，用社会主义核心价值观和人类优秀文明成果滋养人心、滋养社会，做到正能量充沛、主旋律高昂，为广大网民特别是青少年营造一个风清气正的网络空间。

形成良好网上舆论氛围，不是说只能有一个声音、一个调子，而是说不能搬弄是非、颠倒黑白、造谣生事、违法犯罪，不能超越了宪法法律界限。我多次强调，要把权力关进制度的笼子里，一个重要手段就是发挥舆论监督包括互联网监督作用。这一条，各级党政机关和领导干部特别要注意，首先要做好。对网上那些出于善意的批评，对互联网监督，不论是对党和政府工作提的还是对领导干部个人提的，不论是和风细雨的还是忠言逆耳的，我们不仅要欢迎，而且要认真研究和吸取。

3. 2016年11月30日，习近平总书记在中国文联十大、中国作协九大开幕式上的讲话（节选）

广大文艺工作者要坚持以人民为中心的创作导向，坚持为人民服务、为社会主义服务，坚持百花齐放、百家争鸣，坚持创造性转化、创新性发展，高擎民族精神火炬，吹响时代前进号角，把艺术理想融入党和人民事业之中，做到胸中有大义、心里有人民、肩头有责任、笔下有乾坤，推出更多反映时代呼声、展现人民奋斗、振奋民族精神、陶冶高尚情操的优秀作品，为我们的人民昭示更加美好的前景，为我们的民族描绘更加光明的未来。

坚定文化自信，用文艺振奋民族精神。实现中华民族伟大复兴，必须坚定中国特色社会主义道路自信、理论自信、制度自信、文化自信。创作出具有鲜明民族特点和个性的优秀作品，要对博大精深的中华文化有深刻的理解，更要有高度的文化自信。广大文艺工作者要善于从中华文化宝库中萃取精华、汲取能量，保持对自身文化理想、文化价值的高度信心，保持对自身文化生命力、创造力的高度信心，使自己的作品成为激励中国人民和中华民族不断前行的精神力量。

广大文艺工作者要把握时代脉搏，承担时代使命，聆听时代声音，勇于回答时代课题。要把培育和弘扬社会主义核心价值观作为根本任务，坚定不移用中国人独特的思想、情感、审美去创作属于这个时代又有鲜明中国风格的优秀作品。我们要高扬爱国主义主旋律，用生动的文学语言和光彩夺目的艺术形象，装点祖国的秀美河山，描绘中华民族的卓越风华，激发每一个中国人的民族自豪感和国家荣誉感。对中华民族的英雄，要心怀崇敬，浓墨重彩记录英雄、塑造英雄，让英雄在文艺作品中得到传扬，引导人民树立正确的历史观、民族观、国家观、文化观，绝不做亵渎祖先、亵渎经典、亵渎英雄的事情。要抒写改革开放和社会主义现代化建设的蓬勃实践，抒写多彩的中国、进步的中国、团结的中国，激励全国各族人民朝气蓬勃迈向未来。

我们要坚持不忘本来、吸收外来、面向未来，在继承中转化，在学习中超越，创作更多体现中华文化精髓、反映中国人审美追求、传播当代中国价值观念、又符合世界进步潮流的优秀作品，让我国文艺以鲜明的中国特色、中国风格、中国气派屹立于世。

4.2017年10月18日，习近平总书记中国共产党第十九次全国代表大会报告（节选）

倡导创新文化，强化知识产权创造、保护、运用。培养造就一大批具有国际水平的战略科技人才、科技领军人才、青年科技人才和高水平创新团队。

七、坚定文化自信，推动社会主义文化繁荣兴盛

文化是一个国家、一个民族的灵魂。文化兴国运兴，文化强民族强。没有高度的文化自信，没有文化的繁荣兴盛，就没有中华民族伟大复兴。要坚持中国特色社会主义文化发展道路，激发全民族文化创新创造活力，建设社会主义文化强国。

中国特色社会主义文化，源自于中华民族五千多年文明历史所孕育的中华优秀传统文化，熔铸于党领导人民在革命、建设、改革中创造的革命文化和社会主义先进文化，植根于中国特色社会主义伟大实践。发展中国特色社会主义文化，就是以马克思主义为指导，坚守中华文化立场，立足当代中国现实，结合当今时代条件，发展面向现代化、面向世界、面向未来的，民族的科学的大众的社会主义文化，推动社会主义精神文明和物质文明协调发展。要坚持为人民服务、为社会主义服务，坚持百花齐放、百家争鸣，坚持创造性转化、创新性发展，不断铸就中华文化新辉煌。

（一）牢牢掌握意识形态工作领导权。意识形态决定文化前进方向和发展道路。必须推进马克思主义中国化时代化大众化，建设具有强大凝聚力和引领力的社会主义意识形态，使全体人民在理想信念、价值理念、道德观念上紧紧团结在一起。要加强理论武装，推动新时代中国特色社会主义思想深入人心。深化马克思主义理论研究和建设，加快构建中国特色哲学社会科学，加强中国特色新型智库建设。坚持正确舆论导向，高度重视传播手段建设和创新，提高新闻舆论传播力、引导力、影响力、公信力。加强互联网内容建设，建立网络综合治理体系，营造清朗的网络空间。落实意识形态工作责任制，加强阵地建设和管理，注意区分政治原则问题、思想认识问题、学术观点问题，旗帜鲜明反对和抵制各种错误观点。

（二）培育和践行社会主义核心价值观。社会主义核心价值观是当代中

国精神的集中体现，凝结着全体人民共同的价值追求。要以培养担当民族复兴大任的时代新人为着眼点，强化教育引导、实践养成、制度保障，发挥社会主义核心价值观对国民教育、精神文明创建、精神文化产品创作生产传播的引领作用，把社会主义核心价值观融入社会发展各方面，转化为人们的情感认同和行为习惯。坚持全民行动、干部带头，从家庭做起，从娃娃抓起。深入挖掘中华优秀传统文化蕴含的思想观念、人文精神、道德规范，结合时代要求继承创新，让中华文化展现出永久魅力和时代风采。

（三）加强思想道德建设。人民有信仰，国家有力量，民族有希望。要提高人民思想觉悟、道德水准、文明素养，提高全社会文明程度。广泛开展理想信念教育，深化中国特色社会主义和中国梦宣传教育，弘扬民族精神和时代精神，加强爱国主义、集体主义、社会主义教育，引导人们树立正确的历史观、民族观、国家观、文化观。深入实施公民道德建设工程，推进社会公德、职业道德、家庭美德、个人品德建设，激励人们向上向善、孝老爱亲，忠于祖国、忠于人民。加强和改进思想政治工作，深化群众性精神文明创建活动。弘扬科学精神，普及科学知识，开展移风易俗、弘扬时代新风行动，抵制腐朽落后文化侵蚀。推进诚信建设和志愿服务制度化，强化社会责任意识、规则意识、奉献意识。

（四）繁荣发展社会主义文艺。社会主义文艺是人民的文艺，必须坚持以人民为中心的创作导向，在深入生活、扎根人民中进行无愧于时代的文艺创造。要繁荣文艺创作，坚持思想精深、艺术精湛、制作精良相统一，加强现实题材创作，不断推出讴歌党、讴歌祖国、讴歌人民、讴歌英雄的精品力作。发扬学术民主、艺术民主，提升文艺原创力，推动文艺创新。倡导讲品位、讲格调、讲责任，抵制低俗、庸俗、媚俗。加强文艺队伍建设，造就一大批德艺双馨名家大师，培育一大批高水平创作人才。

（五）推动文化事业和文化产业发展。满足人民过上美好生活的新期待，必须提供丰富的精神食粮。要深化文化体制改革，完善文化管理体制，加快构建把社会效益放在首位、社会效益和经济效益相统一的体制机制。完善公共文化服务体系，深入实施文化惠民工程，丰富群众性文化活动。加强文物保护利用和文化遗产保护传承。健全现代文化产业体系和市场体系，创新生产经营机制，完善文化经济政策，培育新型文化业态。广泛开展全民健身活动，加快推进体育强国建设，筹办好北京冬奥会、冬残奥会。加强中外人文交流，以我为主、兼收并蓄。推进国际传播能力建设，讲好中国故事，展现真实、立体、全面的中国，提高国家文化软实力。

5. 2018年4月，习近平总书记在网络安全和信息化工作座谈会上的讲话（节选）

要提高网络综合治理能力，形成党委领导、政府管理、企业履责、社会监督、网民自律等多主体参与，经济、法律、技术等多种手段相结合的综合治网格局。要加强网上正面宣传，旗帜鲜明坚持正确政治方向、舆论导向、价值取向，用新时代中国特色社会主义思想和党的十九大精神团结、凝聚亿万网民，深入开展理想信念教育，深化新时代中国特色社会主义和中国梦宣传教育，积极培育和践行社会主义核心价值观，推进网上宣传理念、内容、形式、方法、手段等创新，把握好时度效，构建网上网下同心圆，更好凝聚社会共识，巩固全党全国人民团结奋斗的共同思想基础。要压实互联网企业的主体责任，决不能让互联网成为传播有害信息、造谣生事的平台。要加强互联网行业自律，调动网民积极性，动员各方面力量参与治理。

要发展数字经济，加快推动数字产业化，依靠信息技术创新驱动，不断催生新产业新业态新模式，用新动能推动新发展。要推动产业数字化，利用互联网新技术新应用对传统产业进行全方位、全角度、全链条的改造，提高全要素生产率，释放数字对经济发展的放大、叠加、倍增作用。要推动互联网、大数据、人工智能和实体经济深度融合，加快制造业、农业、服务业数字化、网络化、智能化。要坚定不移支持网信企业做大做强，加强规范引导，促进其健康有序发展。企业发展要坚持经济效益和社会效益相统一，更好承担起社会责任和道德责任。网信事业发展必须贯彻以人民为中心的发展思想，把增进人民福祉作为信息化发展的出发点和落脚点，让人民群众在信息化发展中有更多获得感、幸福感、安全感。

二　党中央、国务院关于网络文学发展顶层规划的相关文件

1. 2013年8月，国务院《关于促进信息消费扩大内需的若干意见》（节选）

丰富信息消费内容。大力发展数字出版、互动新媒体、移动多媒体等新兴文化产业，促进动漫游戏、数字音乐、网络艺术品等数字文化内容的消费。加快建立技术先进、传输便捷、覆盖广泛的文化传播体系，提升文化产品多媒体、多终端制作传播能力。加强数字文化内容产品和服务开发，建立数字内容生产、转换、加工、投送平台，丰富信息消费内容产品供给。加强基于互联网的新兴媒体建设，实施网络文化信息内容建设工程，推动优秀文化产品网络传播，鼓励各类网络文化企业生产提供健康向上的信息内容。

2. 2014年2月，国务院《关于推进文化创意和设计服务与相关产业融合发展的若干意见》（节选）

加快数字内容产业发展。推动文化产品和服务的生产、传播、消费的数字化、网络化进程，强化文化对信息产业的内容支撑、创意和设计提升，加快培育双向深度融合的新型业态。深入实施国家文化科技创新工程，支持利用数字技术、互联网、软件等高新技术支撑文化内容、装备、材料、工艺、系统的开发和利用，加快文化企业技术改造步伐。大力推动传统文化单位发展互联网新媒体，推动传统媒体和新兴媒体融合发展，提升先进文化互联网传播吸引力。深入挖掘优秀文化资源，推动动漫游戏等产业优化升级，打造民族品牌。推动动漫游戏与虚拟仿真技术在设计、制造等产业领域中的集成应用。全面推进三网融合，推动下一代广播电视网和交互式网络电视等服务平台建设，推动智慧社区、智慧家庭建设。加强通讯设备制造、网络运营、集成播控、内容服务单位间的互动合作。提高数字版权集约水平，健全智能终端产业服务体系，推动产品设计制造与内容服务、应用商店模式整合发展。推进数字电视终端制造业和数字家庭产业与内容服务业融合发展，提升

全产业链竞争力。推进数字绿色印刷发展，引导印刷复制加工向综合创意和设计服务转变，推动新闻出版数字化转型和经营模式创新。

提升文化产业整体实力。坚持正确的文化产品创作生产方向，着力提升文化产业各门类创意和设计水平及文化内涵，加快构建结构合理、门类齐全、科技含量高、富有创意、竞争力强的现代文化产业体系，推动文化产业快速发展。鼓励各地结合当地文化特色不断推出原创文化产品和服务，积极发展新的艺术样式，推动特色文化产业发展。强化与规范新兴网络文化业态，创新新兴网络文化服务模式，繁荣文学、艺术、影视、音乐创作与传播。加强舞美设计、舞台布景创意和舞台技术装备创新。坚持保护传承和创新发展相结合，促进艺术衍生产品、艺术授权产品的开发生产，加快工艺美术产品、传统手工艺品与现代科技和时代元素融合。完善博物馆、美术馆等公共文化设施功能，提高展陈水平。

3. 2015年1月，中共中央办公厅、国务院办公厅《关于加快构建现代公共文化服务体系的意见》（节选）

培育和促进文化消费。在公共文化服务体系建设中统筹考虑群众的基本文化需求和多样化文化需求，推动公共文化服务向优质服务转变，实现标准化和个性化服务的有机统一。广泛开展公益性文化艺术活动，培养健康向上的文艺爱好，扩大和提升文化消费需求。鼓励有条件的公共文化机构挖掘特色资源，加强文化创意产品研发，创新文化产品和服务内容。

丰富优秀公共文化产品供给。进一步发挥国家级评奖和艺术、出版等基金的引导带动作用，创作生产更多传播当代中国价值观念、体现中华文化精神、反映中国人审美追求，思想性、艺术性、观赏性有机统一的优秀文化产品。建立优秀传统文化传承和发展体系。加强戏曲等优秀文化艺术的普及推广工作。开展优秀文化遗产、高雅艺术进校园、进社区，推进送戏、送书、送电影下乡等项目和优秀出版物推荐活动。提高网络文化产品和服务供给能力，促进优秀传统文化瑰宝和当代文化精品网络传播。

4. 2015年10月，中共中央办公厅《关于繁荣发展社会主义文艺的意见》（节选）

激发人民创造活力、繁荣群众文艺。充分尊重人民群众的主体地位和首创精神，使蕴藏于群众中的创造活力充分迸发。制定繁荣群众文艺发展规划，健全群众文艺工作网络，发挥好基层文联、作协、文化馆（站）、群艺馆在群众文艺创作中的引领作用，壮大民间文艺力量。完善群众文艺扶持机制，扶持引导业余文艺社团、民营剧团、演出队、老年大学以及青少年文艺群体、网络文艺社群、社区和企业文艺骨干、乡土文化能人等广泛开展创作活动，创新载体形式，展示群众文艺创作优秀成果。提高社区文化、村镇文化、企业文化、校园文化、军营文化、网络文化建设水平，培育积极健康、多姿多彩的文化形态，引导群众在参与中自我表现、自我教育、自我服务。普及文艺知识，培养文艺爱好，提高全民文化素养。鼓励群众文艺与旅游、体育等相关产业相结合。

大力发展网络文艺。网络文艺充满活力，发展潜力巨大。坚持“重在建设和发展、管理、引导并重”的方针，实施网络文艺精品创作和传播计划，鼓励推出优秀网络原创作品，推动网络文学、网络音乐、网络剧、微电影、网络演出、网络动漫等新兴文艺类型繁荣有序发展，促进传统文艺与网络文艺创新性融合，鼓励作家艺术家积极运用网络创作传播优秀作品。充分发挥新媒体的独特优势，把握传播规律，加强重点文艺网站建设，善于运用微博、微信、移动客户端等载体，促进优秀作品多渠道传输、多平台展示、多终端推送。加强内容管理，创新管理方式，规范传播秩序，让正能量引领网络文艺发展。

5. 2016年3月，十二届全国人大四次会议审议通过《中华人民共和国国民经济和社会发展第十三个五年规划纲要》（节选）

第十六篇　加强社会主义精神文明建设

坚持社会主义先进文化前进方向，坚持以人民为中心的工作导向，坚持把社会效益放在首位、社会效益和经济效益相统一，加快文化改革发展，推动物质文明和精神文明协调发展，建设社会主义文化强国。

第六十七章　提升国民文明素质

以社会主义核心价值观为引领，加强思想道德建设和社会诚信建设，弘扬中华传统美德和时代新风，倡导科学精神和人文精神，全面提高国民素质和社会文明程度。

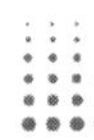

第一节　培育和践行社会主义核心价值观

用中国梦和社会主义核心价值观凝聚共识、汇聚力量，增强国家意识、法治意识、道德意识、社会责任意识、生态文明意识。加强理想信念教育，深化中国特色社会主义理论体系的学习研究宣传，把社会主义核心价值观贯穿融入经济社会发展各领域和社会生活各方面。通过教育引导、舆论宣传、文化熏陶、行为实践、制度保障，使社会主义核心价值观内化为人们的坚定信念，外化为人们的自觉行动，增强全社会的道路自信、理论自信、制度自信。加强和改进基层宣传思想文化工作。推进公民道德建设，培育正确的道德判断和道德责任。

第二节　推进哲学社会科学创新

实施哲学社会科学创新工程，构建哲学社会科学创新体系。加强思想理论工作平台和学科建设，深入实施马克思主义理论研究和建设工程。深化治国理政新理念新思想新战略的研究阐释。发展中国特色社会主义政治经济学。重点建设50~100家国家高端智库。

第三节　传承发展优秀传统文化

构建中华优秀传统文化传承体系，实现传统文化创造性转化和创新性发展。广泛开展优秀传统文化普及活动并纳入国民教育，继承五四运动以来的革命文化传统。大力推行和规范使用国家语言文字。加强文物保护利用，杜绝破坏性开发和不当经营。加强非物质文化遗产保护与传承，振兴传统工艺，传承发展传统戏曲。发展民族民间文化，扶持民间文化社团组织发展。

第四节　深化群众性精神文明创建活动

广泛开展文明城市、文明村镇、文明单位、文明家庭、文明校园等群众性精神文明创建活动，深化学雷锋志愿服务活动。发挥重要传统节日、重大礼仪活动、公益广告的思想熏陶和文化教育功能。普及科学知识，推动全民阅读，公民具备科学素质的比例超过10%。深入开展惠民演出、艺术普及等活动。培育良好家风、乡风、校风、行风，营造现代文明风尚。

第六十八章　丰富文化产品和服务

推进文化事业和文化产业双轮驱动，实施重大文化工程和文化名家工程，为全体人民提供昂扬向上、多姿多彩、怡养情怀的精神食粮。

第一节　繁荣发展社会主义文艺

扶持优秀文化作品创作生产，推出更多传播当代中国价值观念、体现中华文化精神、反映中国人审美追求的精品力作。更好发挥政府投入和各类基金作用，鼓励内容和形式创新，支持文艺院团发展，加强排演场所建设。加强文艺理论和评论工作。建设德艺双馨的文艺队伍。

第二节　构建现代公共文化服务体系

推进基本公共文化服务标准化、均等化。完善公共文化设施网络，加强基层文化服务能力建设。加大对老少边穷地区文化建设帮扶力度。加快公共数字文化建设。加强文化产品、惠民服务与群众文化需求对接。鼓励社会力量参与公共文化服务。继续推进公共文化设施免费开放。繁荣发展文学艺术、新闻出版、广播影视和体育事业。加强老年人、未成年人、农民工、残疾人等群体的文化权益保障。

第三节　加快发展现代文化产业

加快发展网络视听、移动多媒体、数字出版、动漫游戏等新兴产业，推动出版发行、影视制作、工艺美术等传统产业转型升级。推进文化业态创新，大力发展创意文化产业，促进文化与科技、信息、旅游、体育、金融等产业融合发展。推动文化企业兼并重组，扶持中小微文化企业发展。加快全国有线电视网络整合和智能化建设。扩大和引导文化消费。

第四节　建设现代传媒体系

加强主流媒体建设，提高舆论引导水平，增强传播力公信力影响力。以先进技术为支撑、内容建设为根本，推动传统媒体和新兴媒体在内容、渠道、平台、经营、管理等方面深度融合，建设“内容+平台+终端”的新型传播体系，打造一批新型主流媒体和传播载体。优化媒体结构，规范传播秩序。

第五节　加强网络文化建设

实施网络内容建设工程，丰富网络文化内涵，鼓励推出优秀网络原创作品，大力发展网络文艺，发展积极向上的网络文化。创新符合网络传播规律的网上宣传方式，提升网络舆情分析和引导能力。加强互联网分类管理，强化运营主体的社会责任。推进文明办网、文明上网，引导广大青年争当“中国好网民”，倡导网络公益活动，净化网络环境。

第六节　深化文化体制改革

健全党委领导、政府管理、行业自律、社会监督、企事业单位依法运营的文化管理体制。深化公益性文化单位改革。推动文化企业建立有文化特色的现代企业制度。健全国有文化资产管理体制。降低社会资本进入门槛，鼓励非公有制文化企业发展。开展新闻出版传媒企业特殊管理股试点。健全现代文化市场体系，落实完善文化经济政策。深入开展“扫黄打非”，加强市场监管，提升综合执法能力。

第六十九章　提高文化开放水平

加大中外人文交流力度，创新对外传播、文化交流、文化贸易方式，在交流互鉴中展示中华文化独特魅力，推动中华文化走向世界。

第一节　拓展文化交流与合作空间

推动政府合作和民间交流互促共进，增进文化互信和人文交流。推进国际汉学交流。完善海外中国文化中心建设运营机制。支持海外侨胞开展中外人文交流。鼓励文化企业对外投资合作，推进文化产品和服务出口，努力开拓国际文化市场。积极吸收借鉴国外优秀文化成果、先进文化经营管理理念，鼓励外资企业在华进行文化科技研发和服务外包。维护国家文化安全。

第二节　加强国际传播能力建设

拓展海外传播网络，丰富传播渠道和手段。打造旗舰媒体，推进合作传播，加强与国际大型传媒集团的合资合作，发挥各类信息网络设施的文化传播作用。打造符合国际惯例和国别特征、具有我国文化特色的话语体系，运用生动多样的表达方式，增强文化传播亲和力。

6. 2016年7月，中共中央办公厅、国务院办公厅《国家信息化发展战略纲要》（节选）

四、着力提升经济社会信息化水平

（三）繁荣网络文化，增强国家软实力

互联网是传播人类优秀文化、弘扬正能量的重要载体。要始终坚持社会主义先进文化前进方向，坚持正确舆论导向，遵循网络传播规律，弘扬主旋律，激发正能量，大力培育和践行社会主义核心价值观，发展积极向上的网络文化，把中国故事讲得愈来愈精彩，让中国声音愈来愈洪亮。

34. 提升网络文化供给能力。实施网络内容建设工程。加快文化资源数字化建设，提高网络文化生产的规模化、专业化水平。整合公共文化资源，构建公共文化服务体系，提升信息服务水平。引导社会力量积极开发适合网络传播特点、满足人们多样化需求的网络文化产品。

35. 提高网络文化传播能力。完善网络文化传播机制，构建现代文化传播体系。推动传统媒体和新兴媒体融合发展，有效整合各种媒介资源和生产要素。实施中华优秀文化网上传播工程，加强港澳地区网络传播能力建设，完善全球信息采集传播网络，逐步形成与我国国际地位相适应的网络国际传播能力。

36. 加强网络文化阵地建设。做大做强中央主要新闻网站和地方重点新闻网站，规范引导商业网站健康有序发展。推进重点新闻网站体制机制创新。加快党报党刊、通讯社、电台电视台数字化改造和技术升级。推动文化金融服务模式创新，建立多元网络文化产业投融资体系。鼓励优秀互联网企业和文化企业强强联合，培育一批具有国际影响力的新型文化集团、媒体集团。

37. 规范网络文化传播秩序。综合利用法律、行政、经济和行业自律等手段，规范网络信息传播秩序。坚决遏制违法有害信息网上传播，巩固壮大健康向上的主流舆论。完善网络文化服务市场准入和退出机制，加大网络文化管理执法力度，打击网络侵权盗版行为。

7. 2016年11月，国务院《“十三五”国家战略性新兴产业发展规划》（节选）

六、促进数字创意产业蓬勃发展，创造引领新消费

以数字技术和先进理念推动文化创意与创新设计等产业加快发展，促进文化科技深度融合、相关产业相互渗透。到2020年，形成文化引领、技术先进、链条完整的数字创意产业发展格局，相关行业产值规模达到8万亿元。

（一）创新数字文化创意技术和装备。适应沉浸式体验、智能互动等趋势，加强内容和技术装备协同创新，在内容生产技术领域紧跟世界潮流，在消

费服务装备领域建立国际领先优势，鼓励深度应用相关领域最新创新成果。

提升创作生产技术装备水平。加大空间和情感感知等基础性技术研发力度，加快虚拟现实、增强现实、全息成像、裸眼三维图形显示（裸眼3D）、交互娱乐引擎开发、文化资源数字化处理、互动影视等核心技术创新发展，加强大数据、物联网、人工智能等技术在数字文化创意创作生产领域的应用，促进创新链和产业链紧密衔接。鼓励企业运用数字创作、网络协同等手段提升生产效率。

增强传播服务技术装备水平。研发具有自主知识产权的超感影院、混合现实娱乐、广播影视融合媒体制播等配套装备和平台，开拓消费新领域。大力研发数字艺术呈现技术，提升艺术展演展陈数字化、智能化、网络化应用水平，支持文物保护装备产业化及应用。研究制定数字文化创意技术装备关键标准，推动自主标准国际化，完善数字文化创意技术装备和相关服务的质量管理体系。

丰富数字文化创意内容和形式。通过全民创意、创作联动等新方式，挖掘优秀文化资源，激发文化创意，适应互联网传播特点，创作优质、多样、个性化的数字创意内容产品。

促进优秀文化资源创造性转化。鼓励对艺术品、文物、非物质文化遗产等文化资源进行数字化转化和开发。依托地方特色文化，创造具有鲜明区域特点和民族特色的数字创意内容产品。加强现代设计与传统工艺对接，促进融合创新。提高图书馆、美术馆、文化馆、体验馆数字化、智能化水平，加强智慧博物馆和智慧文化遗产地建设，创新交互体验应用。

鼓励创作当代数字创意内容精品。强化高新技术支撑文化产品创作的力度，提高数字创意内容产品原创水平，加快出版发行、影视制作、演艺娱乐、艺术品、文化会展等行业数字化进程，提高动漫游戏、数字音乐、网络文学、网络视频、在线演出等文化品位和市场价值。鼓励多业态联动的创意开发模式，提高不同内容形式之间的融合程度和转换效率，努力形成具有世界影响力的数字创意品牌，支持中华文化“走出去”。

推进相关产业融合发展。推动数字文化创意和创新设计在各领域应用，培育更多新产品、新服务以及多向交互融合的新业态，形成创意经济无边界渗透格局。

加快重点领域融合发展。推动数字创意在电子商务、社交网络中的应用，发展虚拟现实购物、社交电商、“粉丝经济”等营销新模式。推动数字创意在教育领域的应用，提升学习内容创意水平，加强数字文化教育产品开发和公共信息资源深度利用，推动教育服务创意化。提升旅游产品开发和旅游服务设计的文化内涵和数字化水平，促进虚拟旅游展示等新模式创新发展。挖掘创意“三农”发展潜力，提高休闲农业创意水平，促进地理标志农产品、乡村文化开发，以创意民宿推动乡村旅游发展和新农村建设。推动数字创意在医疗、展览展示、地理信息、公共管理等领域应用。构建数字创意相关项目资源库和对接服务平台，创新使用多种形式的线上线下推广手段，广泛开展会展活动，鼓励行业协会、研究机构积极开展跨领域交流合作。

推进数字创意生态体系建设。建立涵盖法律法规、行政手段、技术标准的数字创意知识产权保护体系，加大打击数字创意领域盗版侵权行为力度，保障权利人合法权益。积极研究解决虚拟现实、网络游戏等推广应用中存在的风险问题，切实保护用户生理和心理健康。改善数字创意相关行业管理规制，进一步放宽准入条件，简化审批程序，加强事中事后监管，促进融合发展。

8. 2017年1月，中共中央办公厅、国务院办公厅《关于实施中华优秀传统文化传承发展工程的意见》（节选）

滋养文艺创作。善于从中华文化资源宝库中提炼题材、获取灵感、汲取养分，把中华优秀传统文化的有益思想、艺术价值与时代特点和要求相结合，运用丰富多样的艺术形式进行当代表达，推出一大批底蕴深厚、涵育人心的优秀文艺作品。科学编制重大革命和历史题材、现实题材、爱国主义题材、青少年题材等专项创作规划，提高创作生产组织化程度，彰显中华文化的精神内涵和审美风范。加强对中华诗词、音乐舞蹈、书法绘画、曲艺杂技和历史文化纪录片、动画片、出版物等的扶持。实施戏曲振兴工程，做好戏曲“像音像”工作，挖掘整理优秀传统剧目，推进数字化保存和传播。实施网络文艺创作传播计划，推动网络文学、网络音乐、网络剧、微电影等传承发展中华优秀传统文化。实施中国经典民间故事动漫创作工程、中华文化电视传播工程，组织创作生产一批传承中华文化基因、具有大众亲和力的动画片、纪录片和节目栏目。大力加强文艺评论，改革完善文艺评奖，建立有中国特色的文艺研究评论体系，倡导中华美学精神，推动美学、美德、美文相结合。

9. 2017年1月，中共中央办公厅、国务院办公厅《关于促进移动互联网健康有序发展的意见》（节选）

繁荣发展网络文化。把握移动互联网传播规律，实施社会主义核心价值观、中华优秀文化网上传播等内容建设工程，培育积极健康、向上向善的网络文化。加大中央和地方主要新闻单位、重点新闻网站等主流媒体移动端建设推广力度，积极扶持各类正能量账号和应用。加强新闻媒体移动端建设，构建导向正确、协同高效的全媒体传播体系。在互联网新闻信息服务、网络出版服务、信息网络传播视听节目服务等领域开展特殊管理股试点。大力推动传统媒体与移动新媒体深度融合发展，加快布局移动互联网阵地建设，建成一批具有强大实力和传播力、公信力、影响力的新型媒体集团。

10. 2017年5月，中共中央办公厅、国务院办公厅《国家“十三五”时期文化发展改革规划纲要》（节选）

五、繁荣文化产品创作生产

深入贯彻《中共中央关于繁荣发展社会主义文艺的意见》，着力扶持优秀文化产品创作生产，推出更多传播当代中国价值观念、体现中华文化精神、反映中国人审美追求的精品力作。

（一）把握正确创作导向。牢固树立以人民为中心的创作导向，坚持“二为”方向和“双百”方针，努力为人民抒写、抒情、抒怀。抓好中国梦和爱国主义主题文艺创作，讲好国家民族宏大故事，讲好百姓身边日常故事。建立支持文艺工作者长期深入生活扎根基层的长效保障机制。

（二）推动文化内容形式创新。加强规划指导，加大对具有示范性、引领性作用原创精品的扶持力度。抓好文学、剧本、作曲等基础性环节，支持戏剧、电影、电视、音乐、舞蹈、美术、摄影、书法、曲艺、杂技等艺术门类创新发展，鼓励戏曲流派创新，推动交响乐、歌剧、芭蕾舞等艺术品种的中国化、民族化。推进高雅艺术进校园活动。发挥国家艺术基金、国家出版基金的积极作用。

（三）发展网络文艺。加强网络文化产品创作生产，推动网络文学、网络剧、微电影等新兴文艺类型繁荣有序发展。推动传统文艺与网络文艺创新性融合，促进优秀作品多渠道传输、多平台展示、多终端推送。培养优秀的网络文艺创作、生产、传播和评论人才。健全网络文艺思潮研究分析机制，加大对网络文艺引导力度。

（四）完善评价激励机制。建立健全科学合理的文化产品评价体系，把价值取向、艺术水准、受众反应、社会影响等作为主要指标，合理设置反映市场接受程度的量化指标。建立健全中国特色的收视率调查系统。深化全国性文艺评奖制度改革。引导和规范出版物推荐活动。加强马克思主义文艺理论与评论建设，培养高素质评论队伍。

（五）加强版权保护。全面实施国家知识产权战略，以版权保护促进文化创新。完善版权相关法律法规、行政执法体制和社会服务体系，推进国家版权监管平台建设，依法打击侵权盗版行为，保护版权权利人利益。建立健全信息网络传播权长效保护机制，推进软件正版化工作。推进原创文化作品的版权保护，规范网络使用。完善版权运用的市场机制，推动版权贸易规范化。发展版权产业，形成全产业链的版权开发经营模式。

11. 2017年5月中共中央办公厅、国务院办公厅《关于加强文化领域行业组织建设的指导意见》（节选）

推进行业自律与诚信建设，规范行业发展秩序。制定有文化特色的行规行约，把牢方向导向，规范会员单位和从业人员行为。把诚信自律建设内容纳入行业组织章程，制定诚信守则，建立失信惩戒机制。建立健全行业道德规范和职业道德准则，强化道德调节，激励向上向善。推动文化产品和服务合理定价，抵制侵权盗版、假冒欺诈、价格虚高，维护公平竞争秩序。新闻出版传媒领域的行业组织，可探索建立道德委员会。网络文化领域的行业组织，应积极参与网络空间治理，推动净化网络环境。

加大培育力度，优化布局结构。全面加强文化艺术、新闻出版、广播影视、网络文化等领域行业组织建设，进一步深化改革、加快发展，扶持和打造一批具有代表性、排头兵地位的文化领域行业组织。积极发展公共文化、创意设计、文化科技、文化贸易、网络文艺、动漫游戏、休闲娱乐、传统工艺、广告会展、艺术品经营等方面的行业组织。推动有条件的省（自治区、直辖市）组建文化产业协会（促进会）。鼓励民办图书馆、博物馆、美术馆等社会服务机构成立行业组织。条件成熟的地方性行业组织可申请成立区域性行业组织，同一领域行业组织可申请成立联合性组织。

推动文化领域行业组织扩大覆盖面，提升服务能力。图书馆、文化馆、博物馆、美术馆等方面的行业组织，要积极发展社会服务机构会员。新闻出版、广播影视等领域行业组织，要适应传统媒体和新兴媒体融合发展新形势，向新媒体领域拓展。网络文化领域行业组织要注重吸纳有代表性的会员单位和人士，提高社会影响力。文化产业协会（促进会）要广泛发展多领域、多业态、多种所有制的会员，发挥上市文化公司的行业带头作用，吸纳支柱型、领军型、特色型文化单位广泛参与。加强行业组织服务创新能力建设。鼓励政治性强、有实力的行业组织丰富服务模式，充分利用移动互联网平台和渠道，扩大影响力。

12. 2017年8月，国务院《关于进一步扩大和升级信息消费持续释放内需潜力的指导意见》（节选）

二、提高信息消费供给水平

（八）丰富数字创意内容和服务。实施数字内容创新发展工程，加快文化资源的数字化转换及开发利用。构建新型、优质的数字文化服务体系，推动传统媒体与新兴媒体深度融合、创新发展。支持原创网络作品创作，加强知识产权保护，推动优秀作品网络传播。扶持一批重点文艺网站，拓展数字影音、动漫游戏、网络文学等数字文化内容，丰富高清、互动等视频节目，培育形成一批拥有较强实力的数字创新企业。发展交互式网络电视（IPTV）、手机电视、有线电视网宽带服务等融合性业务。支持用市场化方式发展知识分享平台，打造集智创新、灵活就业的服务新业态。

四、优化信息消费发展环境

（十九）加强个人信息和知识产权保护。加强个人信息和知识产权保护。贯彻落实网络安全法相关规定，加快建立健全个人信息保护法律法规体系和管理制度。严格落实企业加强个人信息保护的责任，全面规范个人信息采集、存储、使用等行为，防范个人信息泄露和滥用，加大对窃取、贩卖个人信息等行为的处罚力度。健全知识产权侵权查处机制，提升网络领域知识产权执法维权水平，加强网络文化知识产权保护。

三　相关行业规划中涉及网络文学部分的内容

1. 原国家新闻出版广电总局《新闻出版广播影视“十三五”发展规划》（节选）

“十三五”时期是全面建成小康社会决胜阶段，也是推动我国由新闻出版广播影视大国向新闻出版广播影视强国迈进的关键时期。为加快促进新闻出版广播影视繁荣发展，根据《中共中央关于制定国民经济和社会发展第十三个五年规划的建议》《中华人民共和国国民经济和社会发展第十三个五年规划纲要》和《国家“十三五”时期文化发展改革规划纲要》，编制本规划。

三、发展目标和主要任务

（二）主要任务

(2) 弘扬社会主义核心价值观，提高内容生产和创新能力

坚持以人民为中心的创作导向，紧紧抓住创作生产优秀作品这一中心环节，努力推出更多弘扬中国梦主题、传播当代中国价值观念、体现中华文化精神，思想性、艺术性、观赏性有机统一的优秀作品。发扬精益求精的工匠精神，在提高原创力上下功夫，在拓展题材、内容、形式、手法上下功夫，推动观念和手段相结合、内容和形式相融合、各种艺术要素和技术要素相辉映，努力保高原、攀高峰。加大扶持力度，集中优势力量抓精品，着力推进实施一批对文化传承具有深远意义、反映时代精神、体现国家水平的重大精品工程，鼓励生产更多反映人民主体地位和现实生活、群众喜闻乐见的，思

想精深、艺术精湛、制作精良的优秀作品，延展提升内容产业价值链。建设若干家中华优秀传统文化出版基地和国家学术出版中心。加大公益类节目和公益广告的扶持力度，扩大制播比例。健全电台电视台、报刊社、出版社、网络视听和网络出版网站社会效益综合评价体系和机制，加大政治导向、内容质量、品位格调、社会影响等指标权重，着力解决片面强调收视率、收听率、上座率、点击率、排行榜、发行量等问题。

专栏2　国家新闻出版影视精品创作生产工程

01 主题出版工程

紧密结合党和国家工作大局，统筹做好重大选题出版工作，凸显党中央治国理政新理念新思想新战略、中国特色社会主义和中国梦、社会主义核心价值观，围绕重大活动、重大会议、重大事件、重大节庆等主题，特别组织实施好聚焦党的十九大、中国共产党成立95周年、改革开放40周年、中华人民共和国成立70周年、中国人民解放军成立90周年等国家重大主题出版工程。

02 中华精品出版工程

重大精品出版工程：实施中国大百科全书（第三版）、中国历代绘画大系、辞海（第七版）等一批重大出版工程。

中国文艺原创精品出版工程：重点扶持一批弘扬社会主义核心价值观、传承中华优秀传统文化、体现时代文化成就、代表国家文化形象的优秀原创文艺作品出版传播。

网络文学精品出版工程：开展优秀网络文学原创作品推介活动，重点在选题立项、创作研发、出版传播、宣传推广、版权开发等环节予以扶持，不断推出网络文学精品。

中华民族音乐传承出版工程：挖掘整理中华民族传统音乐资源，建立分类名录。选取代表性的音乐精品出版。加强传统音乐数字化典藏工作，推动对珍贵录音、录像资料的数字化保护，建设中华民族音乐资源库，支持民族音乐创新出版传播方式。

有声读物精品出版工程：加强有声读物精品的创作生产，组织出版一批具有较高艺术水准和精良制作水平、受到广大人民群众喜爱的有声读物，加快有声读物资源库与服务平台建设，加强对有声读物的质量管理。

（6）做优做大做强新闻出版广播影视产业，进一步提高规模化、集约化、专业化水平

一是积极培育产业发展主体。打破层级和区域限制，加快图书、报刊、广播、电影、电视资源聚合、产业融合。鼓励支持传媒企业跨地区跨行业跨所有制兼并重组，培育一批主业突出、具有创新能力和竞争力的新型骨干传媒公司。继续大力培育走内涵式发展道路的“专、精、特、新”现代传媒企业。探索以国有资本金注入方式推动新闻出版企业兼并重组，培育国家级骨干出版传媒企业。认真落实中宣部、财政部、新闻出版广电总局《关于加快推进全国有线电视网络整合发展的意见》，加大全国有线电视网络整合工作力度，协同推进互联互通平台建设和全国性业务开展，到“十三五”末期基本完成全国有线网络整合，成立全国性股份公司，实现全国一张网。支持符合条件的新闻出版广播影视企业通过资本市场上市融资、再融资和并购重组做大做强。推动金融与新闻出版广播影视产业融合发展，鼓励电子商务平台发挥技术、信息、资金优势为新闻出版广播影视企业提供特色服务。

二是加快推动重点产业发展。加快发展内容产业。充分发挥新闻出版广播影视业在内容方面的核心优势，巩固提升图书、报纸、期刊产业，大力繁荣电影、电视剧、影视动画、纪录片、网络剧、微电影产业。加快发展新媒体新服务产业。加快文化与科技的融合，大力发展数字音乐、数字教育、网络文学、动漫游戏、高清电视、移动多媒体广播电视、手机电视、数字广播、回看点播、电视院线、电视图书馆、宽带服务、智能家居、智慧社区、智慧城市等新兴新闻出版广播影视业务。加快发展网络产业。积极推进三网融合，加速技术升级、业务创新和战略转型，着力将广电网络建设成以音视频服务为主、提供多种信息服务、可管可控、安全可靠的广播电视全功能全业务综合信息网络，全面提升网络综合效益。加快发展印刷产业。推动印刷产业向绿色化、数字化、智能化、融合化方向发展，加强绿色印刷质量监督

检测，推动传统印刷数字网络化发展，加强与互联网、云计算大数据的融合，支持智能印厂建设，支持纳米印刷等各类新材料和新技术的研发和应用，鼓励印刷业加快融合发展，继续建设国家印刷复制示范企业。

三是优化产业布局，调整产业结构。围绕“一带一路”建设、京津冀协同发展，长江经济带建设等国家战略，加强新闻出版广播影视产业基地（园区）和特色小镇建设，充分发挥其带动产业发展中的示范引领作用，着力打造产业集群。加快调整光盘复制业产能结构，推进大容量光存储技术研发与应用，推动产业资源整合升级。组织一批对新闻出版广播影视产业发展和结构调整全局带动性强的重大工程，推出一批对推进产业发展效果显著的重大项目，出台一批促进产业更快更好发展的重大政策，进一步提高新闻出版广播影视产业在国民经济增长中的贡献率。

专栏7　新闻出版广播影视产业发展项目

04 产业基地建设工程

加快建设广播影视产业基地、出版创意基地、数字出版基地、印刷产业基地、音乐产业基地、版权创新基地，形成较为完整的内容创意、加工、存储、复制、传播、消费、物流产业链，集聚行业资源，培育新型业态，形成规模效应，转变基地（园区）发展方式，规范基地（园区）管理，建立和完善退出机制。建设国家新闻出版广播影视传媒融合发展基地工程。鼓励和推动书香小镇、影视小镇、音乐小镇、动漫小镇、游戏小镇、IP 小镇等具有新闻出版影视特色的文化小镇建设。

（8）深化新闻出版广播影视改革，健全确保把社会效益放在首位、实现社会效益和经济效益相统一的体制机制

进一步深化行政审批制度改革。推进“互联网+政务服务”，着力转变政府职能，提高政府效能，简政放权、放管结合、优化服务。在坚持新闻出版主管主办制度前提下，稳步推动党政部门与其所办新闻出版企业脱钩。进一步加快推进新闻出版广播影视供给侧结构性改革。从提高供给质量出发，大力优化新闻出版广播影视产业结构、产品结构、消费结构等，着力解决频道频率、报刊发展中的同质化、低效率等问题，扩大有效供给，提高全要素

生产率，更好满足广大人民群众的需求。进一步深化国有新闻出版广播影视企业改革。以提高国有资本效率、增强国有新闻出版广播影视企业市场竞争力为中心，继续大力推动已转制的新华书店、图书出版社、电子音像出版社、有线网络企业、电影发行放映企业、影视剧制作企业、非时政类报刊社等新闻出版广播影视企业进行公司制、股份制改造，建立健全现代企业制度和法人治理结构。完善新闻出版广播影视企业内部运行管理机制，建立健全双效统一的评价考核机制，完善新闻出版企业总编（主编）职责管理办法。开展国有控股上市传媒企业股权激励试点，探索建立国有传媒企业股权激励机制。抓紧在网络出版、网络视听节目领域开展特殊管理股制度试点。进一步引导民营企业健康有序发展。允许非公有制广播影视企业以控股形式参与广播影视制作机构改制经营。继续推进非公有制文化企业参与对外专项出版试点工作。在坚持出版权特许经营的前提下，开展出版与制作分开试点。进一步深化公益性新闻出版广播影视机构改革。与国家事业单位分类改革相衔接，深化新闻出版广播影视事业单位劳动人事、收入分配、社会保障、经费保障等制度改革。以党报党刊所属非时政类报刊、实力雄厚的行业报刊为龙头整合报刊资源，对长期经营困难的新闻出版单位实行关停并转。稳步推进不具有独立法人资格的报刊编辑部改革。完善新闻出版单位事业与企业分开、采编与经营分开工作机制，允许公益性新闻出版单位中经营性部分转制为企业进行公司制、股份制运作，增强自身活力。

专栏 9　新闻出版广播影视体制改革

01 深化行政审批制度改革

持续推进简政放权、放管结合、优化服务，进一步深化审批制度改革，全面推进政务公开和依法决策，推行政府权力清单，推动实现网络审批，完善新闻出版许可准入制度，改革年审年检制度，进一步放宽发行、印刷等企业的准入条件。

03 引导社会资本有序参与出版影视经营

在从事网络出版、信息网络传播视听节目服务等须取得行政许可业务的互联网企业，以及按规定转制的重要国有传媒企业开展特殊管理股制度试点。继续实施非公有制文化企业参与对外专项出版试点，制定实施规范图书制作与出版分开的管理办法。推出一批试点企业，总结试点经验，适时推广试点成果。扶持“专、精、特、新”小微出版影视服务企业发展。

04“双效俱佳”新闻出版单位奖励计划

建立新闻出版单位“双效”建设评价考核指标体系，制定实施图书、音像电子、报纸、期刊及网络文学出版和新华书店等出版发行企业加强社会效益评价考核办法。表彰鼓励一批“双效”俱佳新闻出版单位，加大对社会效益突出的产业项目扶持力度，推动新闻出版单位自觉把社会效益放在首位，实现“双效统一”。

05 国家新闻出版广播影视领军人才工程

开展新闻出版广播影视领军人才工程和青年创新人才培养工程，逐步实施重大项目首席专家制度。实施媒体融合千人培养计划，建立新闻出版广播影视高端人才和专业人才库。创新人才评选表彰评价和激励机制。探索实行职业经理人制度，推进建立首席播音员主持人、首席记者、首席编辑制度。

（10）加强文化信息安全建设，提升新闻出版广播影视安全保障能力

一是建立健全网络与信息安全保障体系。针对云计算、大数据等技术在融合媒体网络与业务的广泛应用，基于内容管控、日常运营、系统建设、业务管理等方面的新闻出版广播影视网络与信息安全需求，建立健全安全保障体制机制，构建适应新技术发展的立体化信息安全防护体系。研究建立覆盖行业内生产业务相关信息系统、新媒体相关信息系统以及各类互联网业务系统的网络安全态势感知平台、技术标准和制度机制，提升新闻出版广播影视融合媒体信息安全纵深防御和服务能力，全面提高行业网络与信息安全保障水平。培养支持行业内科研院所建立网络安全技术平台、人员队伍和专家团队，为行业网络安全工作提供有力支撑。

二是进一步加强广播电视安全播出保障体系建设。按照国家和行业信息安全要求，适应媒体融合发展方向和信息技术演进趋势，积极开展融合媒体安全播出技术体系研究，完善符合融合媒体运管特征的监防体系，重点加强技术装备、基础设施建设和网络化、智能化建设，完善制播传输、安全管

理、指挥调度、预警监测、应急处置等方面技术保障系统，健全体制机制，加强队伍建设和经费保障，强化统一联动、上下贯通、分级负责，建立健全新技术条件下的安全播出管理体制和运行机制，打造一体化的可信、可控、可管的广播电视安全播出保障体系，为确保广播电视安全播出提供有力支撑。

三是加强意识形态及文化信息安全保障能力建设。充分用好“扫黄打非”平台，有效整合相关部门资源，深入开展专项行动，坚决打击新闻出版广播影视领域的违法犯罪活动。持续开展网上“扫黄打非”，建立高效、完备、有力的网上“扫黄打非”工作体制机制。坚持传统媒体和新兴媒体管理一个标准、一把尺子，督导网站落实主体责任和项治理相结合，先审后播后发制度。坚持日常监管与专坚决遏制过度娱乐化和低俗倾向。加强综艺娱乐类节目管理和宏观调控。加强对重点报刊使用网络低俗语言的监测、监督和检查。加强网络视听节目直播服务管理。保持打击新闻敲诈、假新闻以及假媒体、假记者站、假记者的高压态势。加大报刊和广播电视虚假违法广告整治力度。加强印刷复制发行市场监管，加大对内部资料性出版物、网上书店等重点领域治理力度。依托广播电视有线网络专网优势，为未成年人和用户提供绿色健康的互联网内容。着力加强广播电视台站安全防护、应急体系建设，继续丰富和拓展联防协作工程，深入推进“扫黄打非”进基层，不断夯实工作基础。

四是全面提升新闻出版广播影视监测监管能力。紧密结合广播电视公共服务和融合媒体业务发展，充分运用大数据、云计算等先进技术，同步进行监测监管系统升级改造和建设，推进监测监管系统的网络化、智能化、协同化。以中央和省为重点，统筹兼顾内容与技术、传统媒体与新兴媒体、国内与国外，建设技术监测、视听新媒体监管、内容监管、安全播出、信息安全五位一体的全国广播电视监测监管系统。创新监管机制，再造监管流程，构建包含制度规范、机制运行、技术标准、研判分析、应急处置等方面的全国统一监测监管结构化体系，对内容、业务、网络、终端等进行全流程监测监管。完善数字电影技术服务监管平台建设，强化电影市场和质量监管，提升电影监管的现代化水平。建立全国报刊年检信息化系统，推动网络文学作品数字内容标识试点应用。

（11）加强版权管理，大力发展版权产业

加强版权保护体系建设。大力推进互联网环境下的版权治理与流通体系建设，坚持先授权后使用、先授权后传播原则，完善原创作品版权保护和有偿使用制度，建设与完善国家版权监管与服务平台。加大网络版权监管，重点打击各种利用新技术手段侵权盗版的行为。推进建立软件正版化长效机制，实行适合我国发展国情的著作权保护制度，维护著作权人合法权益，营造公平、开放、透明的版权产业环境，增强市场主体创新创业动力。加强版权社会服务体系建设。完善著作权登记制度，推进全国版权示范城市、示范单位、示范园区（基地）建设。加快版权产业发展，提高版权产业的经济贡献。推动设立版权贸易引导资金和版权产业发展基金。建立并完善全国性版权贸易、版权交易协作联盟，加强在线版权交易服务平台建设，以互联网思维创新版权交易模式。完善版权贸易的配套机制，建立健全版权金融服务体系，完善版权评估、质押、投资、融资相关制度。加快构建数字版权唯一标识符（DCI）体系。创新互联网环境下版权的确权授权、版权公示、代理、争议解决、收益分配新机制。加强在线版权交易、使用与保护的相关技术研发。鼓励社会力量创办和参与各类版权中介服务机构，发挥其在反盗维权及版权社会管理和服务方面的作用，加强行业自律。加强版权涉外应对体系建设，妥善处理多双边关系，维护国家核心利益，树立中国版权良好国际形象。

专栏 12　国家版权监管和版权产业推进项目

01 版权监管与服务平台项目

完善国家版权监管平台，实现版权执法、著作权登记和软件正版化等版权工作信息的及时报送、统计、公告和查询，实现对网络侵权盗版行为的有效监管，建设对著作权集体管理组织及著作权涉外认证机构的监管与服务网络，构建地方版权管理与执法机构的联系沟通信息网。

02 数字版权唯一标识符体系建设工程

建设数字版权唯一标识符（DCI）体系业务支撑平台，重点在数字版权登记、版权交易结算、版权智能监测取证等环节推广数字版权唯一标识符标准，搭建全国数字版权基础信息数据库。

03 国家版权示范工作推进工程

持续开展全国版权示范城市、示范单位、示范基地（园区）创建工作，争取创建 5～10 个示范城市、50～100 个示范单位、10～20 个示范基地（园区），充分发挥各示范主体的引领和带动作用。

04 全国版权交易体系建设推进工程

重点培育 5～10 个在“一带一路”沿线、国家综合改革试验区、自由贸易区内的版权交易中心（基地），建立并完善全国性的版权贸易、版权交易协作联盟。推进“版权云”建设项目。建设国家版权交易平台，实现国内版权交易大数据应用。

2. 原国家新闻出版广电总局新闻出版业数字出版“十三五”时期发展规划（节选）

四、主要目标

到“十三五”期末，新闻出版业数字化转型升级全面完成，传统出版与新兴出版融合发展初见成效；打造一批新兴出版与传统出版融合、两个效益俱佳、具有示范效应和强大国际竞争力的复合型出版机构，培育一批具有国际领先水平的新兴数字出版企业；出版一批导向正确、质量上乘、形态多样、效益突出的数字出版精品；培养一批面向未来产业发展需要的数字出版专门人才和高端复合型人才；数字出版业服务于经济社会发展和公共文化服务体系建设的能力显著提升。

具体指标：数字出版总营收保持年均 17% 的增长速度，国民数字阅读率达到 70%，数字化产品和服务在公共文化服务内容采购中的比例达到 40%，产品海外市场收入超过 110 亿美元，传统内容资源数字化转换率达到 80%。

五、重点任务

——全面完成传统新闻出版业数字化转型升级。在完成装备、流程、生产能力和产品形态转型的基础上，推动传统新闻出版业在人员、理念、模式、市场和服务等更高层面全面完成数字化转型升级。在教育出版领域，大力发展在线学习与培训业务平台，实现由教育出版商向教育服务商转型；在专业出版领域，加快内容资源知识化、体系化、产品化开发，实现向知识和专业信息服务商转型；在大众出版领域，加大内容资源 IP 运营开发力度，拓展延伸产业链条，提高内容增值服务能力，实现向综合文化服务商转型；在音像电子出版领域，增强内容资源高清化、系统化、移动化开发力度，提升产品交互性和用户体验性，实现向全媒体产品服务商转型。

——初步实现传统媒体与新兴媒体融合发展。按照积极推进、科学发展、规范管理、确保导向的要求，顺应互联网传播移动化、社交化、视频化、互动化趋势，积极运用大数据、云计算等新技术，大力发展新应用新业态，不断提高技术研发水平，以新技术引领媒体融合发展，驱动媒体转型升级。适应新兴媒体传播特点，加强内容建设，创新采编流程，优化信息服务，以内容优势赢得发展优势。适时建立用户资源库，实现由单一经营内容信息转变为以经营内容信息为基础，向经营用户转变，推动传统媒体和新兴媒体在内容、渠道、平台、经营、管理等方面深度融合。建设学术期刊网络发布平台，支持学术期刊数字化优先出版。

——大力提升数字出版产品质量。加快新闻出版单位软硬件升级改造，配备数字化生产专用系统，提高数字出版产品生产能力；积极整合优质资源，优化内容资产版权结构，加大数字出版产品开发力度，丰富数字产品类型，创新内容服务形式，提高内容供给、传播和服务能力；适时建立数字出版产品质量保障和评价体系，开展产品质量监督检查，提高数字出版产品整体质量。

——基本建成数字出版公共文化服务体系。继续加大对老少边穷、少数民族地区新闻出版企业和公益性新闻出版单位的资金支持力度，开发更多更好数字化产品及针对民族地区的双语教育数字化出版物，满足不同地区、不同群体特殊人群的精神文化需求；继续推进卫星数字农家书屋建设，积极利用移动互联网和卫星直投网，推动数字化产品全面覆盖、精确落地；优化数字阅读社会环境，改善数字阅读氛围，持续开展“书香中国 E 阅读”等公益性数字阅读活动；利用资本和市场双重手段，调动更多社会力量参与数字出版产品推广，推动数字出版产品进入更多公共图书馆、博物馆、纪念馆、文化馆和其他公共文化服务场所。

——努力拓展数字出版服务领域。积极推动“互联网+”行动在新闻出版领域落地，充分运用互联网思维，探索“内容+互联网”的有效模式，提升内容资源运营服务能力；贯彻落实“大数据战略”，利用大数据以及数据挖掘、语义分析、高性能计算和物联网等新兴技术，开展出版物智能选题、自动生产、协同编辑、精准发行和个性化定制试验；建立基于大数据的出版产品研发体系、市场交易体系和行业监管体系，推动出版管理过程的数据化，建立基于数字出版业务的数据分析评价体系；开展用户行为大数据分析，创新数字出版服务运营模式；加快移动出版产业链建设，鼓励开发基于场景和网络社区的新型信息和知识服务产品，进一步培育细分市场；鼓励出版单位借助政府和行业资源，开发数据出版业务；鼓励出版单位基于工作、学习和生活环境开展数字内容融合发展业务，拓展数字出版服务领域。

——积极探索新兴管理体制机制。以推动实现融合发展为目标，进一步深化改革，创新管理体制，努力消除体制障碍；在投资参股、兼并重组、绩效考评、股权激励、团队持股、人才引进等方面，积极探索面向未来发展的新兴机制，进一步激发潜力，解放和释放生产力。

——继续推动数字出版“走出去”。继续鼓励各类企业通过合资、合作、参股、控股、收购等方式，在境外设立数字出版分支机构，开拓海外市场；培育一批具有国际影响力、竞争力和较大海外市场用户规模的骨干企业，推动中国品牌“走出去”；支持新闻出版企业、互联网企业针对海外市场和用户，加大优质数字出版产品开发和运营力度，运用中国元素、讲述中国故事、传播中国声音、阐释中国文化；大力开展海峡两岸四地合作，共享技术、市场、用户和发展机会，携手推动具有中华文化特色的数字出版产品走出国门。

——加强数字出版人才队伍建设。综合运用政府机关、高校、科研机构和社会力量，创新数字出版人才培养模式，加大培养力度；推动传统出版企业改革引进人才、使用人才、培养人才和留住人才的制度，创新考核激励机制，吸引并留住优秀高端人才；推动互联网企业与传统出版企业的人才流动和交流，改变数字出版复合人才短缺的现状；大力推进数字编辑职称资格考试，推动数字编辑职称评定体系建设。

3. 原国家新闻出版广电总局《全民阅读“十三五”时期发展规划》（节选）

二、重点任务

（二）加强优质阅读内容供给

完善创作出版扶持引导机制，引导广大作者和出版者自觉践行社会主义核心价值观，传承和弘扬中华优秀传统文化。发挥国家出版基金的积极作用，实施重大出版工程等，出版更多在文化传承上有新的突破、学术水平上有新的超越的精品力作。充分发挥“五个一工程”奖、中国出版政府奖、中华优秀出版物奖等奖项的导向作用。

进一步完善针对不同读者群体的优秀出版物推荐机制，提升推荐出版物的权威性和影响力。坚持价值导向、专家意见、市场表现、群众口碑、质量标准相统一的原则，向读者推荐更多思想精深、艺术精湛、制作精良的优秀出版物。继续开展面向青少年、老年人、少数民族等不同群体的优秀出版物推荐活动，推动精品出版物宣传推介常态化、制度化。加强和改进书评机制，加强图书评论工作，加强对各类图书排行榜的引导和管理。

专栏2　全民阅读优质内容建设工程

（一）重点出版物出版工程

“十三五”时期推出重点主题出版物、重大出版工程、文艺原创精品、未成年人出版物、少数民族文字出版物、古籍、辞书、社会科学与人文科学出版物、自然科学与工程技术出版物等3000种左右。

（二）优秀出版物推荐工程

进一步完善推荐机制，做好“中国好书”、“向全国青少年推荐百种优秀出版物”、“优秀老年人出版物”、“大众喜爱的50种图书”、“优秀民族图书”、“中华优秀传统文化普及图书”、“优秀少儿报刊”、“精品文学期刊”、“优秀网络文学原创作品”等推荐工作。

（七）提高数字化阅读的质量和水平

适应数字化新趋势，充分利用数字技术，大力推进数字化阅读发展，建立全民阅读数字资源平台，推进数字化阅读服务。建立内容丰富的数字阅读资源库群，加强公共电子阅览室建设计划和全国文化信息资源共享工程网络建设，加强数字图书馆建设。形成覆盖全国的全民阅读数字服务网络。

加快推进传统出版单位数字化转型升级，通过制订配套政策、专项资金资助、推介示范单位等多种方式，推动出版与科技融合发展。实施网络文艺精品创作和传播计划，加强网络文学出版传播的管理和引导，推出更多网络原创精品力作。加强数字出版内容投送平台建设和管理，改善数字出版内容消费服务方式，提升公众数字阅读消费满意度。深入探索读者阅读行为和阅读习惯的数字化转型，提供更便捷、人性化的数字化阅读技术服务，全面推进全民阅读的多媒体、多平台融合。

专栏7　数字化阅读建设重点工程

全民数字化阅读推广工程

组织开展系列专题数字化阅读活动，大力提升全民数字化阅读率；支持建设一批数字化阅读服务平台，助力全民阅读普及，提升数字出版在公共文化服务体系建设中的支撑能力。

（二）国家全民阅读数字化平台建设

建设3至4家国家级公益性数字化阅读推广、优质阅读内容数字化传播、移动阅读数字化传播平台，与各类图书馆、农家书屋等终端联网，向读者提供数字化阅读服务。

（三）网络文学精品出版工程

用3至5年时间，使创作导向更加健康，创作质量明显提升，推出一批思想精深、艺术精湛、制作精良、深受群众喜爱的原创网络文学精品，在网络内容建设和文艺创新中的作用更加突出。

四　相关主管部门出台涉及网络文学的系列政策法规

1. 原国家新闻出版广电总局关于印发《关于推动网络文学健康发展的指导意见》的通知

网络文学是依托互联网创作和传播文学作品的新形态，具有内容丰富、形式多样、题材多元、传播广泛、消费便捷等特点。当下，网络文学迅速发展，已成为我国数字出版产业的重要组成部分和网络文艺的重要类型，广受众多文学爱好者及青少年喜爱。同时必须看到，目前网络文学也存在数量大质量低，有“高原”缺“高峰”，抄袭模仿、内容雷同，机械化生产、快餐式消费以及片面追求市场效益，侵权盗版屡打不绝，市场主体良莠不齐，管理规则不健全，市场监管不完善等突出问题。

推动网络文学健康有序发展，对繁荣文学创作，引导文艺创新，提升数字出版产品质量和服务水平，培育出版产业新的增长点，丰富网络内容建设，激发民族文化创造活力，满足人民群众精神文化需求，增强国家文化软实力等都具有重要意义。现就网络文学健康发展提出如下指导意见。

一、指导思想、基本原则和发展目标

（一）指导思想。坚持为人民服务、为社会主义服务根本方向，高扬社会主义核心价值观旗帜，追求真善美，传播正能量；紧跟时代发展，把握人民需求，以中国梦为时代主题，以爱国主义为主旋律，以中国精神为灵魂，以中华优秀传统文化为根基，始终把创作生产优秀作品作为中心环节，推出更多人民喜闻乐见的优秀作品，使人民群众精神文化生活更加丰富和积极向上。

（二）基本原则。坚持百花齐放、百家争鸣方针，提倡体裁、题材、形式、手段充分发展；把社会效益和社会价值放在首位，实现社会效益与经济效益、社会价值与市场价值相统一；坚持深化改革与促进发展并重，规范管理与扶持引导并举，形成精品力作不断涌现、优秀人才脱颖而出的生动局面；加快科技创新和成果运用，以精品战略、品牌战略和重点项目为带动，激发网络文学产业链各个环节的创造热情，构建优势互补、良性竞争、有序发展的产业格局。

（三）发展目标。用3至5年时间，使创作导向更加健康，创作质量明显提升，陆续推出一批思想精深、艺术精湛、制作精良、深受群众喜爱的原创网络文学精品；使运营和服务的模式更加成熟，与图书影视、戏剧表演、动漫游戏、文化创意等相关产业形成多层次、多领域深度融合发展，在网络内容建设和文艺创新中的作用更加突出；培育一批原创能力强、投送规模大、覆盖范围广、管理有章法的网络文学出版和集成投送骨干企业，打造一批具有市场竞争力的品牌，为弘扬社会主义先进文化、丰富人民群众精神文化生活，推动数字出版和文化产业繁荣发展发挥重要作用。

二、重点任务

（四）把握正确导向。引导网络文学创作者牢固树立马克思主义文艺观，坚持以人民为中心的创作导向，把人民作为创作表现的主体，作为审美的鉴赏者和评判者，把满足人民精神文化需求作为内容创作和传播的出发点、落脚点；引导网络文学创作植根现实生活，为人民抒写、为人民抒情、为人民抒怀；倡导网络文学创作塑造美好心灵、引领社会风尚，使网络文学价值引导、精神引领、审美启迪等方面作用得到充分发挥。

（五）实施精品工程。引导网络文学企业把出版优秀作品作为中心环节，努力推出更多传播当代中国价值观念、体现中华文化精神、反映中国人审美追求，思想性、艺术性、观赏性有机统一的优秀作品；引导网络文学企业以社会主义核心价值观为引领，大力弘扬中国精神，唱响爱国主义主旋律，聚焦中国梦的时代主题，传承中华优秀传统文化，展示中国文化独特魅力；倡导网络文学企业把创新精神贯穿创作生产全过程，不断增强网络文学的吸引力和感染力；推动设立“网络文学精品工程”，支持网络文学企业积极承担国家重点出版工程项目，在选题立项、作品生产、评选、评奖、表彰和宣传推广等方面加大扶持力度。

（六）不断提升作品质量。把内容质量作为网络文学的生命线，积极引导网络文学讲品位、重格调，弃粗鄙、戒恶搞；建立网络文学内容质量管理长效机制，健全作品抽查、阅评制度，完善符合网络文学作品出版特点的审读流程及管理办法；支持网络文学企业根据自身特点，建立有利于精品力作不断涌现的编、审、发出版全过程质量评估体系和控制机制。

（七）健全编辑管理机制。完善网络文学编辑人员管理机制，落实持证上岗制度，建立健全网络文学发表作品的作者实名注册、责任编辑及出版单位署名等管理制度；以明确范围、规范程序、强化监督和责任追溯为重点，加强网络文学编辑人员内容导向判断和艺术水准把关的发稿能力建设，加强网络文学编辑人员的职业道德教育和业务培训，引导企业建立有利于落实编辑责任制的考评办法和激励机制。

（八）建立完善作品管理制度。坚持有利于企业管理、有利于公众查询、有利于版权保护及利用的原则，加快推动网络文学作品登记识别、标识申领、存储分类等作品管理技术标准研发，建立兼容性强、使用便捷的原创网络文学作品编目系统、版权信息系统和社会公示及查询系统，逐步建立完善海量网络文学作品有效管理制度，为网络文学产业链深度开发和多重使用提供有效信息、科学数据及可靠支撑。

（九）推动内容投送平台建设。鼓励企业充分利用互联网、移动互联网，以图文、音频、视频等不同形式，对优秀原创网络文学作品进行全方位、多终端化开发利用及传播，实现一次开发生产、多种载体发布；支持网络文学企业与电子商务、金融、物流、通信等不同类型企业进行战略合作和资源整合，构建线上和线下流通相结合的投送传播体系；发挥集成汇编类文学网站作品数量大、品种多、目标用户定位准等特点，打造开放式、综合性、多功能网络文学作品投送平台，提高投送实效性和用户满意度，扩大优秀网络文学作品的覆盖范围。

（十）大力培育市场主体。鼓励拥有优质资源、创新能力强、市场化程度高的国有出版企业开展网络文学出版业务，尽快做大做强，发挥网络文学生产创作引领作用；在国家许可范围内，引导社会资本以独资、控股、收购、并购等多种形式参与网络文学出版，对导向正确、主业突出、管理规范、实力雄厚、核心竞争力强的民营文化企业授予网络文学出版资质，发挥其产品策划、资本运作、技术运用、生产管理、市场营销等多方面优势，使网络文学发展路径更加宽阔。

（十一）开展对外交流，推动“走出去”。支持网络文学作品在坚守中华文化立场，传承中华优秀文化，展示中华审美风范的基础上，学习借鉴世界优秀文化成果和艺术形式；鼓励网络文学作品积极进入国际市场，在世界舞台讲好中国故事、传播好中国声音、阐发中国精神、展示中国风貌；支持有条件的网络文学企业通过海外并购、联合经营、设立分支机构等方式开拓海外市场，加大对优秀网络文学作品对外贸易、版权输出、合作出版传播渠道的拓展扶持力度；鼓励以技术、标准、产品、品牌、知识产权、差异化服务等自身优势和特点参与国际竞争。

三、保障措施

（十二）开展网络文学评论引导。充分发挥文学评论褒优贬劣、激浊扬清的作用，在艺术质量和水平上实事求是，在大是大非问题上表明立场，说真话、讲道理；遵循网络文学创作传播的规律和特点，积极开展多种形式的网络文学作品内容研讨和评论，坚持把人民群众满意认可作为衡量标准，综合作品价值取向、艺术水准、审美情趣、读者口碑，凝聚社会共识，逐步建立科学的网络文学作品评价体系，切实改变文学网站单纯追求点击率倾向。

（十三）发挥科技创新引领作用。加大推动网络文学与新媒体的融合力度，创新融合发展模式，促进多种内容资源、媒介渠道、技术应用、人才队伍的共享融通、优势互补；支持网络文学企业加快信息应用技术、数字版权保护技术、产品技术标准等高新技术的研发研制及应用推广；鼓励网络文学在选题管理、制作生产、内容表现、编校审读、作品传播、增值服务等诸多环节的技术更新，发挥科技创新在推动网络文学健康发展过程中的引领、示范和带动作用。

（十四）切实加强版权保护。健全法律法规，加强日常监管，持续打击网络文学作品侵权盗版行为，保障著作权人合法权益，构建网络文学版权保护的长效机制；鼓励企业建立规范的版权资产登记、使用、流转等环节管理制度，提高存量版权资产评估和增量版权资产使用水平；加快网络文学作品版权保护技术及标准研发和运用，逐步形成司法、行政、技术和标准相结合的版权保护体系；加大版权保护宣传力度，引导产业链各环节及社会公众树立和强化版权保护意识。

（十五）依法规范市场秩序。坚持依法行政、依法管理，加快推进网络出版监管属地管理体制机制建设，加强管理部门网络出版执法队伍和监管能力建设，发挥“扫黄打非”综合协调作用，综合运用法律、行政、经济等多种方式，加大对利用网络文学传播淫秽、色情等有害内容的打击力度；大力整治扰乱市场秩序、侵害用户利益等行为，引导网络文学产业链各环节建立透明、诚信的收益分成机制；督促网络文学企业加强对签约、注册作者和自由撰稿人的规范化管理；搭建数字化社会舆论监督的便捷通道，简化读者举报受理流程，探索引入公众参与监督的便捷途径。

（十六）加大政策扶持力度。积极争取各级财政对网络文学发展的扶持，加大对优质原创内容支持；完善相关出版基金和专项资金的支持方式，重点扶持符合国家文化创新和精品生产、具有示范性和导向性的网络文学出版产业项目研发，以财政资金引导带动更多社会资本的参与；积极推动网络文学出版等环节增值税优惠政策的落实。

（十七）加快人才培养。加强网络文学从业者思想道德建设，深化马克思主义文艺观教育，引导网络文学创作、编辑、出版、传播等环节自觉践行社会主义核心价值观，培养造就一批思想、业务、道德水平高的名作家、名编辑；完善网络文学出版人才培养体系，着力培养管理人才、营销人才、策划人才，切实解决高层次、专业化、复合型人才短缺问题；依托社会组织、行业协会、大专院校开展多种形式的专业人才技术培训，完善人才评价标准，形成人才培养、引进、使用、考核、晋升、退出等全过程良性互动机制，为网络文学繁荣持续发展提供源源不断的人才保障。

（十八）加强行业自律。支持网络文学企业组建行业组织，研究新问题，交流新经验，加强产业链各环节间的充分沟通、互利合作，更好地履行协调、监督、服务、维权等职能，健全行业规范，完善行业自律管理；支持行业协会依照相关法规和章程，开展版权代理、评估鉴定、技术交易、推介咨询等服务，促进共同发展。

各地新闻出版广电行政部门要在党委领导下，紧紧依靠网络文学工作者，尊重和遵循文艺规律，切实加强对网络文学工作的指导和扶持，加强对网络文学从业者的引导和团结，坚持守土有责、守土尽责；要从激发民族文化创造活力，增强国家文化软实力的高度，充分认识推动网络文学健康发展的重要意义，抓紧研究制定本地区做好新形势下网络文学工作的意见，进一步明确政策措施、具体路径和有效办法；要结合本地区实际情况，确保各项任务措施落到实处，切实解决发展中存在的突出问题，营造有利于网络文学持续、健康发展的良好环境和条件。

2. 原国家新闻出版广电总局、工业和信息化部《网络出版服务管理规定》

国家新闻出版广电总局、工业和信息化部令第 5 号

《网络出版服务管理规定》已经 2015 年 8 月 20 日国家新闻出版广电总局局务会议通过，并经工业和信息化部同意，现予公布，自 2016 年 3 月 10 日起施行。

国家新闻出版广电总局局长：蔡赴朝

工业和信息化部部长：苗圩

2016 年 2 月 4 日

网络出版服务管理规定

第一章　总则

第一条　为了规范网络出版服务秩序，促进网络出版服务业健康有序发展，根据《出版管理条例》《互联网信息服务管理办法》及相关法律法规，制定本规定。

第二条　在中华人民共和国境内从事网络出版服务，适用本规定。

本规定所称网络出版服务，是指通过信息网络向公众提供网络出版物。

本规定所称网络出版物，是指通过信息网络向公众提供的，具有编辑、制作、加工等出版特征的数字化作品，范围主要包括：

（一）文学、艺术、科学等领域内具有知识性、思想性的文字、图片、地图、游戏、动漫、音视频读物等原创数字化作品；

（二）与已出版的图书、报纸、期刊、音像制品、电子出版物等内容相一致的数字化作品；

（三）将上述作品通过选择、编排、汇集等方式形成的网络文献数据库等数字化作品；

（四）国家新闻出版广电总局认定的其他类型的数字化作品。

网络出版服务的具体业务分类另行制定。

第三条　从事网络出版服务，应当遵守宪法和有关法律、法规，坚持为人民服务、为社会主义服务的方向，坚持社会主义先进文化的前进方向，弘扬社会主义核心价值观，传播和积累一切有益于提高民族素质、推动经济发展、促进社会进步的思想道德、科学技术和文化知识，满足人民群众日益增长的精神文化需要。

第四条　国家新闻出版广电总局作为网络出版服务的行业主管部门，负责全国网络出版服务的前置审批和监督管理工作。工业和信息化部作为互联网行业主管部门，依据职责对全国网络出版服务实施相应的监督管理。

地方人民政府各级出版行政主管部门和各省级电信主管部门依据各自职责对本行政区域内网络出版服务及接入服务实施相应的监督管理工作并做好配合工作。

第五条　出版行政主管部门根据已经取得的违法嫌疑证据或者举报，对涉嫌违法从事网络出版服务的行为进行查处时，可以检查与涉嫌违法行为有关的物品和经营场所；对有证据证明是与违法行为有关的物品，可以查封或者扣押。

第六条　国家鼓励图书、音像、电子、报纸、期刊出版单位从事网络出版服务，加快与新媒体的融合发展。

国家鼓励组建网络出版服务行业协会，按照章程，在出版行政主管部门的指导下制定行业自律规范，倡导网络文明，传播健康有益内容，抵制不良有害内容。

第二章　网络出版服务许可

第七条　从事网络出版服务，必须依法经过出版行政主管部门批准，取得《网络出版服务许可证》。

第八条　图书、音像、电子、报纸、期刊出版单位从事网络出版服务，应当具备以下条件：

（一）有确定的从事网络出版业务的网站域名、智能终端应用程序等出版平台；

（二）有确定的网络出版服务范围；

（三）有从事网络出版服务所需的必要的技术设备，相关服务器和存储设备必须存放在中华人民共和国境内。

第九条　其他单位从事网络出版服务，除第八条所列条件外，还应当具备以下条件：

（一）有确定的、不与其他出版单位相重复的，从事网络出版服务主体的名称及章程；

（二）有符合国家规定的法定代表人和主要负责人，法定代表人必须是在境内长久居住的具有完全行为能力的中国公民，法定代表人和主要负责人至少 1 人应当具有中级以上出版专业技术人员职业资格；

（三）除法定代表人和主要负责人外，有适应网络出版服务范围需要的 8 名以上具有国家新闻出版广电总局认可的出版及相关专业技术职业资格的专职编辑出版人员，其中具有中级以上职业资格的人员不得少于 3 名；

（四）有从事网络出版服务所需的内容审校制度；

（五）有固定的工作场所；

（六）法律、行政法规和国家新闻出版广电总局规定的其他条件。

第十条　中外合资经营、中外合作经营和外资经营的单位不得从事网络出版服务。

网络出版服务单位与境内中外合资经营、中外合作经营、外资经营企业或境外组织及个人进行网络出版服务业务的项目合作，应当事前报国家新闻出版广电总局审批。

第十一条 申请从事网络出版服务，应当向所在地省、自治区、直辖市出版行政主管部门提出申请，经审核同意后，报国家新闻出版广电总局审批。国家新闻出版广电总局应当自受理申请之日起60日内，作出批准或者不予批准的决定。不批准的，应当说明理由。

第十二条 从事网络出版服务的申报材料，应该包括下列内容：

（一）《网络出版服务许可证申请表》；

（二）单位章程及资本来源性质证明；

（三）网络出版服务可行性分析报告，包括资金使用、产品规划、技术条件、设备配备、机构设置、人员配备、市场分析、风险评估、版权保护措施等；

（四）法定代表人和主要负责人的简历、住址、身份证明文件；

（五）编辑出版等相关专业技术人员的国家认可的职业资格证明和主要从业经历及培训证明；

（六）工作场所使用证明；

（七）网站域名注册证明、相关服务器存放在中华人民共和国境内的承诺。

本规定第八条所列单位从事网络出版服务的，仅提交前款（一）、（六）、（七）项规定的材料。

第十三条 设立网络出版服务单位的申请者应自收到批准决定之日起30日内办理注册登记手续：

（一）持批准文件到所在地省、自治区、直辖市出版行政主管部门领取并填写《网络出版服务许可登记表》；

（二）省、自治区、直辖市出版行政主管部门对《网络出版服务许可登记表》审核无误后，在10日内向申请者发放《网络出版服务许可证》；

（三）《网络出版服务许可登记表》一式三份，由申请者和省、自治区、直辖市出版行政主管部门各存一份，另一份由省、自治区、直辖市出版行政主管部门在15日内报送国家新闻出版广电总局备案。

第十四条 《网络出版服务许可证》有效期为5年。有效期届满，需继续从事网络出版服务活动的，应于有效期届满60日前按本规定第十一条的程序提出申请。出版行政主管部门应当在该许可有效期届满前作出是否准予延续的决定。批准的，换发《网络出版服务许可证》。

第十五条　网络出版服务经批准后，申请者应持批准文件、《网络出版服务许可证》到所在地省、自治区、直辖市电信主管部门办理相关手续。

第十六条　网络出版服务单位变更《网络出版服务许可证》许可登记事项、资本结构，合并或者分立，设立分支机构的，应依据本规定第十一条办理审批手续，并应持批准文件到所在地省、自治区、直辖市电信主管部门办理相关手续。

第十七条　网络出版服务单位中止网络出版服务的，应当向所在地省、自治区、直辖市出版行政主管部门备案，并说明理由和期限；网络出版服务单位中止网络出版服务不得超过180日。

网络出版服务单位终止网络出版服务的，应当自终止网络出版服务之日起30日内，向所在地省、自治区、直辖市出版行政主管部门办理注销手续后到省、自治区、直辖市电信主管部门办理相关手续。省、自治区、直辖市出版行政主管部门将相关信息报国家新闻出版广电总局备案。

第十八条　网络出版服务单位自登记之日起满180日未开展网络出版服务的，由原登记的出版行政主管部门注销登记，并报国家新闻出版广电总局备案。同时，通报相关省、自治区、直辖市电信主管部门。

因不可抗力或者其他正当理由发生上述所列情形的，网络出版服务单位可以向原登记的出版行政主管部门申请延期。

第十九条　网络出版服务单位应当在其网站首页上标明出版行政主管部门核发的《网络出版服务许可证》编号。

互联网相关服务提供者在为网络出版服务单位提供人工干预搜索排名、广告、推广等服务时，应当查验服务对象的《网络出版服务许可证》及业务范围。

第二十条　网络出版服务单位应当按照批准的业务范围从事网络出版服务，不得超出批准的业务范围从事网络出版服务。

第二十一条　网络出版服务单位不得转借、出租、出卖《网络出版服务许可证》或以任何形式转让网络出版服务许可。

网络出版服务单位允许其他网络信息服务提供者以其名义提供网络出版服务，属于前款所称禁止行为。

第二十二条　网络出版服务单位实行特殊管理股制度，具体办法由国家新闻出版广电总局另行制定。

第三章　网络出版服务管理

第二十三条　网络出版服务单位实行编辑责任制度，保障网络出版物内容合法。

网络出版服务单位实行出版物内容审核责任制度、责任编辑制度、责任校对制度等管理制度，保障网络出版物出版质量。

在网络上出版其他出版单位已在境内合法出版的作品且不改变原出版物内容的，须在网络出版物的相应页面显著标明原出版单位名称以及书号、刊号、网络出版物号或者网址信息。

第二十四条　网络出版物不得含有以下内容：

（一）反对宪法确定的基本原则的；

（二）危害国家统一、主权和领土完整的；

（三）泄露国家秘密、危害国家安全或者损害国家荣誉和利益的；

（四）煽动民族仇恨、民族歧视，破坏民族团结，或者侵害民族风俗、习惯的；

（五）宣扬邪教、迷信的；

（六）散布谣言，扰乱社会秩序，破坏社会稳定的；

（七）宣扬淫秽、色情、赌博、暴力或者教唆犯罪的；

（八）侮辱或者诽谤他人，侵害他人合法权益的；

（九）危害社会公德或者民族优秀文化传统的；

（十）有法律、行政法规和国家规定禁止的其他内容的。

第二十五条　为保护未成年人合法权益，网络出版物不得含有诱发未成年人模仿违反社会公德和违法犯罪行为的内容，不得含有恐怖、残酷等妨害未成年人身心健康的内容，不得含有披露未成年人个人隐私的内容。

第二十六条　网络出版服务单位出版涉及国家安全、社会安定等方面重大选题的内容，应当按照国家新闻出版广电总局有关重大选题备案管理的规定办理备案手续。未经备案的重大选题内容，不得出版。

第二十七条　网络游戏上网出版前，必须向所在地省、自治区、直辖市出版行政主管部门提出申请，经审核同意后，报国家新闻出版广电总局审批。

第二十八条　网络出版物的内容不真实或不公正，致使公民、法人或者其他组织合法权益受到侵害的，相关网络出版服务单位应当停止侵权，公开更正，消除影响，并依法承担其他民事责任。

第二十九条　国家对网络出版物实行标识管理，具体办法由国家新闻出版广电总局另行制定。

第三十条　网络出版物必须符合国家的有关规定和标准要求，保证出版物质量。

网络出版物使用语言文字，必须符合国家法律规定和有关标准规范。

第三十一条　网络出版服务单位应当按照国家有关规定或技术标准，配备应用必要的设备和系统，建立健全各项管理制度，保障信息安全、内容合法，并为出版行政主管部门依法履行监督管理职责提供技术支持。

第三十二条　网络出版服务单位在网络上提供境外出版物，应当取得著作权合法授权。其中，出版境外著作权人授权的网络游戏，须按本规定第二十七条办理审批手续。

第三十三条　网络出版服务单位发现其出版的网络出版物含有本规定第二十四条、第二十五条所列内容的，应当立即删除，保存有关记录，并向所在地县级以上出版行政主管部门报告。

第三十四条　网络出版服务单位应记录所出版作品的内容及其时间、网址或者域名，记录应当保存 60 日，并在国家有关部门依法查询时，予以提供。

第三十五条　网络出版服务单位须遵守国家统计规定，依法向出版行政主管部门报送统计资料。

第四章　监督管理

第三十六条　网络出版服务的监督管理实行属地管理原则。

各地出版行政主管部门应当加强对本行政区域内的网络出版服务单位及其出版活动的日常监督管理，履行下列职责：

（一）对网络出版服务单位进行行业监管，对网络出版服务单位违反本规定的情况进行查处并报告上级出版行政主管部门；

（二）对网络出版服务进行监管，对违反本规定的行为进行查处并报告上级出版行政主管部门；

（三）对网络出版物内容和质量进行监管，定期组织内容审读和质量检查，并将结果向上级出版行政主管部门报告；

（四）对网络出版从业人员进行管理，定期组织岗位、业务培训和考核；

（五）配合上级出版行政主管部门、协调相关部门、指导下级出版行政主管部门开展工作。

第三十七条　出版行政主管部门应当加强监管队伍和机构建设，采取必要的技术手段对网络出版服务进行管理。出版行政主管部门依法履行监督检查等执法职责时，网络出版服务单位应当予以配合，不得拒绝、阻挠。

各省、自治区、直辖市出版行政主管部门应当定期将本行政区域内的网络出版服务监督管理情况向国家新闻出版广电总局提交书面报告。

第三十八条　网络出版服务单位实行年度核验制度，年度核验每年进行一次。省、自治区、直辖市出版行政主管部门负责对本行政区域内的网络出版服务单位实施年度核验并将有关情况报国家新闻出版广电总局备案。年度核验内容包括网络出版服务单位的设立条件、登记项目、出版经营情况、出版质量、遵守法律规范、内部管理情况等。

第三十九条　年度核验按照以下程序进行：

（一）网络出版服务单位提交年度自检报告，内容包括：本年度政策法律执行情况，奖惩情况，网站出版、管理、运营绩效情况，网络出版物目录，对年度核验期内的违法违规行为的整改情况，编辑出版人员培训管理情况等；并填写由国家新闻出版广电总局统一印制的《网络出版服务年度核验登记表》，与年度自检报告一并报所在地省、自治区、直辖市出版行政主管部门；

（二）省、自治区、直辖市出版行政主管部门对本行政区域内的网络出版服务单位的设立条件、登记项目、开展业务及执行法规等情况进行全面审核，并在收到网络出版服务单位的年度自检报告和《网络出版服务年度核验登记表》等年度核验材料的 45 日内完成全面审核查验工作。对符合年度核验要求的网络出版服务单位予以登记，并在其《网络出版服务许可证》上加盖年度核验章；

（三）省、自治区、直辖市出版行政主管部门应于完成全面审核查验工作的 15 日内将年度核验情况及有关书面材料报国家新闻出版广电总局备案。

第四十条　有下列情形之一的，暂缓年度核验：

（一）正在停业整顿的；

（二）违反出版法规规章，应予处罚的；

（三）未按要求执行出版行政主管部门相关管理规定的；

（四）内部管理混乱，无正当理由未开展实质性网络出版服务活动的；

（五）存在侵犯著作权等其他违法嫌疑需要进一步核查的。

暂缓年度核验的期限由省、自治区、直辖市出版行政主管部门确定，报国家新闻出版广电总局备案，最长不得超过 180 日。暂缓年度核验期间，须停止网络出版服务。

暂缓核验期满，按本规定重新办理年度核验手续。

第四十一条　已经不具备本规定第八条、第九条规定条件的，责令限期改正；逾期仍未改正的，不予通过年度核验，由国家新闻出版广电总局撤销《网络出版服务许可证》，所在地省、自治区、直辖市出版行政主管部门注销登记，并通知当地电信主管部门依法处理。

第四十二条　省、自治区、直辖市出版行政主管部门可根据实际情况，对本行政区域内的年度核验事项进行调整，相关情况报国家新闻出版广电总局备案。

第四十三条　省、自治区、直辖市出版行政主管部门可以向社会公布年度核验结果。

第四十四条　从事网络出版服务的编辑出版等相关专业技术人员及其负责人应当符合国家关于编辑出版等相关专业技术人员职业资格管理的有关规定。

网络出版服务单位的法定代表人或主要负责人应按照有关规定参加出版行政主管部门组织的岗位培训，并取得国家新闻出版广电总局统一印制的《岗位培训合格证书》。未按规定参加岗位培训或培训后未取得《岗位培训合格证书》的，不得继续担任法定代表人或主要负责人。

第五章　保障与奖励

第四十五条　国家制定有关政策，保障、促进网络出版服务业的发展与繁荣。鼓励宣传科学真理、传播先进文化、倡导科学精神、塑造美好心灵、弘扬社会正气等有助于形成先进网络文化的网络出版服务，推动健康文化、优秀文化产品的数字化、网络化传播。

网络出版服务单位依法从事网络出版服务，任何组织和个人不得干扰、阻止和破坏。

第四十六条　国家支持、鼓励下列优秀的、重点的网络出版物的出版：

（一）对阐述、传播宪法确定的基本原则有重大作用的；

（二）对弘扬社会主义核心价值观，进行爱国主义、集体主义、社会主义和民族团结教育以及弘扬社会公德、职业道德、家庭美德、个人品德有重要意义的；

（三）对弘扬民族优秀文化，促进国际文化交流有重大作用的；

（四）具有自主知识产权和优秀文化内涵的；

（五）对推进文化创新，及时反映国内外新的科学文化成果有重大贡献的；

（六）对促进公共文化服务有重大作用的；

（七）专门以未成年人为对象、内容健康的或者其他有利于未成年人健康成长的；

（八）其他具有重要思想价值、科学价值或者文化艺术价值的。

第四十七条　对为发展、繁荣网络出版服务业作出重要贡献的单位和个人，按照国家有关规定给予奖励。

第四十八条　国家保护网络出版物著作权人的合法权益。网络出版服务单位应当遵守《中华人民共和国著作权法》《信息网络传播权保护条例》《计算机软件保护条例》等著作权法律法规。

第四十九条　对非法干扰、阻止和破坏网络出版物出版的行为，出版行政主管部门及其他有关部门，应当及时采取措施，予以制止。

第六章　法律责任

第五十条　网络出版服务单位违反本规定的，出版行政主管部门可以采取下列行政措施：

（一）下达警示通知书；

（二）通报批评、责令改正；

（三）责令公开检讨；

（四）责令删除违法内容。

警示通知书由国家新闻出版广电总局制定统一格式，由出版行政主管部门下达给相关网络出版服务单位。

本条所列的行政措施可以并用。

第五十一条　未经批准，擅自从事网络出版服务，或者擅自上网出版网络游戏（含境外著作权人授权的网络游戏），根据《出版管理条例》第六十一条、《互联网信息服务管理办法》第十九条的规定，由出版行政主管部门、工商行政管理部门依照法定职权予以取缔，并由所在地省级电信主管部门依据有关部门的通知，按照《互联网信息服务管理办法》第十九条的规定给予责令关闭网站等处罚；已经触犯刑法的，依法追究刑事责任；尚不够刑事处罚的，删除全部相关网络出版物，没收违法所得和从事违法出版活动的主要设备、专用工具，违法经营额 1 万元以上的，并处违法经营额 5 倍以上 10 倍以下的罚款；违法经营额不足 1 万元的，可以处 5 万元以下的罚款；

侵犯他人合法权益的，依法承担民事责任。

第五十二条　出版、传播含有本规定第二十四条、第二十五条禁止内容的网络出版物的，根据《出版管理条例》第六十二条、《互联网信息服务管理办法》第二十条的规定，由出版行政主管部门责令删除相关内容并限期改正，没收违法所得，违法经营额1万元以上的，并处违法经营额5倍以上10倍以下罚款；违法经营额不足1万元的，可以处5万元以下罚款；情节严重的，责令限期停业整顿或者由国家新闻出版广电总局吊销《网络出版服务许可证》，由电信主管部门依据出版行政主管部门的通知吊销其电信业务经营许可或者责令关闭网站；构成犯罪的，依法追究刑事责任。

为从事本条第一款行为的网络出版服务单位提供人工干预搜索排名、广告、推广等相关服务的，由出版行政主管部门责令其停止提供相关服务。

第五十三条　违反本规定第二十一条的，根据《出版管理条例》第六十六条的规定，由出版行政主管部门责令停止违法行为，给予警告，没收违法所得，违法经营额1万元以上的，并处违法经营额5倍以上10倍以下的罚款；违法经营额不足1万元的，可以处5万元以下的罚款；情节严重的，责令限期停业整顿或者由国家新闻出版广电总局吊销《网络出版服务许可证》。

第五十四条　有下列行为之一的，根据《出版管理条例》第六十七条的规定，由出版行政主管部门责令改正，给予警告；情节严重的，责令限期停业整顿或者由国家新闻出版广电总局吊销《网络出版服务许可证》：

（一）网络出版服务单位变更《网络出版服务许可证》登记事项、资本结构，超出批准的服务范围从事网络出版服务，合并或者分立，设立分支机构，未依据本规定办理审批手续的；

（二）网络出版服务单位未按规定出版涉及重大选题出版物的；

（三）网络出版服务单位擅自中止网络出版服务超过180日的；

（四）网络出版物质量不符合有关规定和标准的。

第五十五条　违反本规定第三十四条的，根据《互联网信息服务管理办法》第二十一条的规定，由省级电信主管部门责令改正；情节严重的，责令停业整顿或者暂时关闭网站。

第五十六条　网络出版服务单位未依法向出版行政主管部门报送统计资料的，依据《新闻出版统计管理办法》处罚。

第五十七条　网络出版服务单位违反本规定第二章规定，以欺骗或者贿赂等不正当手段取得许可的，由国家新闻出版广电总局撤销其相应许可。

第五十八条　有下列行为之一的，由出版行政主管部门责令改正，予以警告，并处 3 万元以下罚款：

（一）违反本规定第十条，擅自与境内外中外合资经营、中外合作经营和外资经营的企业进行涉及网络出版服务业务的合作的；

（二）违反本规定第十九条，未标明有关许可信息或者未核验有关网站的《网络出版服务许可证》的；

（三）违反本规定第二十三条，未按规定实行编辑责任制度等管理制度的；

（四）违反本规定第三十一条，未按规定或标准配备应用有关系统、设备或未健全有关管理制度的；

（五）未按本规定要求参加年度核验的；

（六）违反本规定第四十四条，网络出版服务单位的法定代表人或主要负责人未取得《岗位培训合格证书》的；

（七）违反出版行政主管部门关于网络出版其他管理规定的。

第五十九条　网络出版服务单位违反本规定被处以吊销许可证行政处罚的，其法定代表人或者主要负责人自许可证被吊销之日起 10 年内不得担任网络出版服务单位的法定代表人或者主要负责人。

从事网络出版服务的编辑出版等相关专业技术人员及其负责人违反本规定，情节严重的，由原发证机关吊销其资格证书。

第七章　附则

第六十条　本规定所称出版物内容审核责任制度、责任编辑制度、责任校对制度等管理制度，参照《图书质量保障体系》的有关规定执行。

第六十一条　本规定自 2016 年 3 月 10 日起施行。原国家新闻出版总署、信息产业部2002年6月27日颁布的《互联网出版管理暂行规定》同时废止。

3. 原国家新闻出版广电总局关于印发《网络文学出版服务单位社会效益评估试行办法》的通知

新广出发〔2017〕34号

各省、自治区、直辖市新闻出版广电局，有关网络文学出版服务单位：

网络文学是我国数字出版产业的重要组成部分和网络文艺的重要类型，近年来发展迅速，在满足人民群众精神文化需求、激发文化创造创新活力等方面发挥了积极作用。与此同时，网络文学也存在着数量大质量低，有“高原”缺“高峰”和片面追求经济效益的突出问题和不良倾向。为深入贯彻习近平总书记系列重要讲话精神和《中共中央关于繁荣发展社会主义文艺的意见》，引导网络文学出版服务单位坚持以人民为中心的创作出版导向，始终把社会效益放在首位，实现社会效益和经济效益相统一，总局依据《关于推动国有文化企业把社会效益放在首位、实现社会效益和经济效益相统一的指导意见》，制定了《网络文学出版服务单位社会效益评估试行办法》。现印发你们，请认真贯彻执行。

国家新闻出版广电总局

2017年6月14日

网络文学出版服务单位社会效益评估试行办法

第一章　总则

第一条　网络文学是我国数字出版产业的重要组成部分和网络文艺的重要类型，在满足人民群众精神文化需求、激发文化创造创新活力等方面发挥了积极作用。与此同时，网络文学也存在着数量大质量低，有“高原”缺“高峰”、抄袭模仿、内容雷同，机械化生产、快餐式消费以及片面追求经济效益等突出问题。为推动网络文学健康有序发展，根据《关于推动国有文化企业把社会效益放在首位、实现社会效益和经济效益相统一的指导意见见》（中办发〔2015〕50 号）精神，结合网络文学发展实际，制定本办法。

第二条　网络文学出版服务单位社会效益是指本单位的网络文学出版活动对社会产生的良好影响或有益效果。实施网络文学出版服务单位社会效益评估，目的是提高作品内容质量，规范市场秩序，优化发展环境，引导网络文学出版服务单位把出版优秀作品作为中心环节，不断推出思想性、艺术性和可读性有机统一的优秀作品，更好地满足人民精神文化需求。

第三条　实施网络文学出版服务单位社会效益评估，要坚持社会主义先进文化前进方向，坚持以人民为中心的创作出版导向，以习近平总书记系列重要讲话精神为指引，深入贯彻党的十八大和十八届三中、四中、五中、六中全会精神，全面落实《中共中央关于繁荣发展社会主义文艺的意见》有关部署，积极培育和弘扬社会主义核心价值观。在充分尊重网络文学创作出版特点，鼓励各种形式创新的同时，遵循精神文明建设要求，遵循出版传播规律，推动网络文学出版服务单位切实把社会效益和社会价值放在首位，实现社会效益和经济效益相统一，使更多网络文学出版服务单位出版的作品经得起人民认可、专家评价和市场检验。

第四条　网络文学出版服务单位社会效益评估坚持客观、公正、公平原则，采取定性评价与定量考核、单位自评与管理部门考核相结合的工作方法，通过量化指标体系对其社会效益进行考核评价。

第五条　本办法所称网络文学出版服务单位，是指通过信息网络向公众提供网络文学作品的单位，主要包括开办原创网络文学网站、网络文学阅读平台的单位。

第六条　各省级出版行政主管部门按照本办法，负责辖区内网络文学出版服务单位社会效益评估工作。

第二章　评估内容

第七条　网络文学出版服务单位社会效益评估分为出版质量、传播能力、内容创新、制度建设、社会和文化影响五项。其中，出版质量、传播能力、内容创新、制度建设四项为基本分，社会和文化影响为加分项。

第八条　出版质量评估主要依据《出版管理条例》《网络出版服务管理

规定》《图书质量管理规定》等，考核网络文学出版服务单位公开出版的作品是否坚持社会主义先进文化前进方向，积极践行弘扬社会主义核心价值观，大力出版传播主旋律、正能量作品；思想格调、审美情趣是否健康向上，具有价值引导、精神引领、审美启迪等方面的积极作用，计45分，主要包括价值引领和思想格调、文学价值和文化传承、编校质量、资源管理等指标。

第九条　传播能力评估结合网络文学发展实际，考核网络文学出版服务单位是否积极宣传推广优秀原创作品，不断改进传播手段、投送方法，提高优秀作品投送时效性和用户满意度，扩大优秀网络文学作品的覆盖范围，计15分，主要包括平台首页和栏目建设、排行榜设置、投送效能、评论引导等指标。

第十条　内容创新评估考核网络文学出版服务单位是否具有创新精神，重视并采取措施扭转内容雷同、抄袭模仿、千篇一律等同质化倾向，在题材、体裁、形式上有创新，在观念、内容、风格上有特色，积极出版具有个性化、创造性的作品，计10分，主要包括丰富性和多样化、创造性和个性化等指标。

第十一条　制度建设评估主要考核网络文学出版服务单位规章制度、内部机制建设和执行情况，队伍专业素质、结构及人才培养情况等，计30分，主要包括编辑责任制度、作者和读者服务制度、作品管理及质量控制制度、版权管理制度、队伍建设和人才培养机制、经营管理制度、党建和思想政治工作等指标。

第十二条　社会和文化影响评估为加分，综合专家评价、读者口碑、市场反响等，考核网络文学出版服务单位在出版优秀作品方面取得的突出成果和社会影响，最高计30分，主要包括荣誉奖项、社会评价、文化影响、国际影响和公益服务加分。

第十三条　网络文学出版服务单位出版作品出现严重政治差错、社会影响恶劣，在平台首页或重点栏目推介导向有严重问题的作品，违反政治纪律和政治规矩等，社会效益评估实行“一票否决”，评估结果为不合格。

第十四条　网络文学出版服务单位社会效益评估结果分为优秀（90 分及以上）、良好（80～89 分）、合格（60～79 分）、不合格（60 分以下）四个等级。具体评估指标和计分标准详见附件。

第三章　评估程序

第十五条　网络文学出版服务单位社会效益评估按年度进行，由单位自评、属地出版行政主管部门评价考核两个部分组成。

第十六条　每年 1 月底前，网络文学出版服务单位按照本办法及属地出版行政主管部门要求，对上年度社会效益情况进行打分自评，同时形成社会效益自评报告，报送属地出版行政主管部门。

第十七条　属地出版行政主管部门按照本办法，组织或委托专业机构对网络文学出版服务单位自评分数及自评报告进行分析、复评、认定，确定其得分和等级。

第十八条　每年 3 月底前，各省级出版行政主管部门将本地区网络文学出版服务单位社会效益评估报告及考核结果汇总，报送国家新闻出版广电总局备案。

第十九条　国家新闻出版广电总局对各地报送的网络文学出版服务单位社会效益评估情况进行抽查，对弄虚作假、瞒报问题或不按时完成评估的，进行严肃处理。

第四章　评估结果使用

第二十条　对社会效益评估结果为不合格的网络文学出版服务单位，属地省级出版行政主管部门要进行通报批评，及时约谈其负责人，同时取消其当年参与各类评优、评奖资格。连续两年社会效益评估不合格的网络文学出版服务单位，由国家新闻出版广电总局通报批评，约谈其负责人并提出整改要求。存在违法违规行为的，依据《出版管理条例》《网络出版服务管理规定》等法律法规进行处罚。

第二十一条　网络文学出版服务单位社会效益评估结果连续两年为优秀的，在评先树优、作品推介、对外交流及相关出版基金和专项资金等方面予以优先支持。

第五章　附则

第二十二条　本办法评估指标和评分标准根据网络文学发展实际情况适时调整。

第二十三条　本办法由国家新闻出版广电总局负责解释。

第二十四条　本办法自2017年7月1日起试行。

附件：网络文学出版服务单位社会效益试行评估指标和计分标准（略）

4. 国家版权局办公厅关于加强网络文学作品版权管理的通知

为加强网络文学作品版权管理，进一步规范网络文学作品版权秩序，根据《中华人民共和国著作权法》《信息网络传播权保护条例》等法律、法规，现就有关事项通知如下：

一、任何组织或者个人通过信息网络传播文学作品，以及为用户通过信息网络传播文学作品提供相关网络服务，应当遵守著作权法律、法规，尊重权利人的合法权利，维护网络文学作品版权秩序。

二、通过信息网络提供文学作品以及提供相关网络服务的网络服务商，应当加强版权监督管理，建立健全侵权作品处理机制，依法履行保护网络文学作品版权的义务。

三、通过信息网络提供文学作品的网络服务商，应当依法履行传播文学作品的版权审查和注意义务，除法律、法规另有规定外，未经权利人许可，不得传播其文学作品。

四、通过信息网络提供文学作品的网络服务商，应当建立版权投诉机制，积极受理权利人投诉，及时依法处理权利人的合法诉求。

五、提供搜索引擎、浏览器、论坛、网盘、应用程序商店以及贴吧、微博、微信等服务的网络服务商，未经权利人许可，不得提供或者利用技术手段变相提供文学作品；不得为用户传播未经权利人许可的文学作品提供便利。

六、提供搜索引擎、浏览器、论坛、网盘、应用程序商店以及贴吧、微博、微信等服务的网络服务商，应当在其服务平台的显著位置载明权利人通知、投诉的方式，及时受理权利人通知、投诉，并在接到权利人通知、投诉

24 小时内删除侵权作品、断开相关链接。

七、提供搜索引擎、浏览器等服务的网络服务商，不得通过定向搜索或者链接，以及编辑、聚合等方式传播未经权利人许可的文学作品。

八、提供贴吧、论坛、应用程序商店等服务的网络服务商，应当审核并保存吧主、版主、应用程序开发者等的姓名、账号、网络地址、联系方式等信息。

九、提供对以文学作品或者作者命名的贴吧、论坛等服务的网络服务商，应当责成吧主、版主等确认用户提供的文学作品系权利人本人提供，或者已经取得权利人许可。

十、提供信息存储空间服务的网盘服务商，应当遵守国家版权局《关于规范网盘服务版权秩序的通知》，主动屏蔽、删除侵权文学作品，防止用户上传、存储并分享侵权文学作品。

十一、国家版权局建立网络文学作品版权监管“黑白名单制度”，适时公布文学作品侵权盗版网络服务商“黑名单”、网络文学作品重点监管“白名单”。

十二、各级版权行政机关应当加强网络文学作品版权执法监管力度，依法查处网络文学作品侵权盗版行为，保障网络文学作品版权秩序。

十三、本通知自印发之日起实施。

国家版权局办公厅

2016 年 11 月 4 日

5. 原文化部关于推动数字文化产业创新发展的指导意见（节选）

各省、自治区、直辖市文化厅（局），新疆生产建设兵团文化广播电视局，各计划单列市文化局，本部各司局、各直属单位，国家文物局：

数字文化产业以文化创意内容为核心，依托数字技术进行创作、生产、传播和服务，呈现技术更迭快、生产数字化、传播网络化、消费个性化等特点，有利于培育新供给、促进新消费。当前，数字文化产业已成为文化产业发展的重点领域和数字经济的重要组成部分。为贯彻落实《“十三五”国家战略性新兴产业发展规划》《文化部“十三五”时期文化发展改革规划》，深入推进文化领域供给侧结构性改革，培育文化产业发展新动能，现就推动数字文化产业创新发展提出以下意见。

（三）发展目标

数字文化产品和服务供给质量不断提升、供给结构不断优化、供给效率不断提高，数字文化消费更加活跃，成为扩大文化消费的主力军。培育若干社会效益和经济效益突出、具有较强创新能力和核心竞争力的数字文化领军企业，一批各具特色的创新型中小微数字文化企业。动漫、游戏、网络文化、数字文化装备、数字艺术展示等重点领域实力明显增强。数字文化产业生态体系更加完善，产业支撑平台更加成熟，市场秩序更加有序，政策保障体系更加完备。到2020年，形成导向正确、技术先进、消费活跃、效益良好的数字文化产业发展格局，在数字文化产业领域处于国际领先地位。

二、引导数字文化产业发展方向

（七）扩大和引导数字文化消费需求。顺应群众期盼和市场需求，结合引导城乡居民扩大文化消费试点工作，增加数字文化产业有效供给，补齐内容短板、丰富服务模式、提升消费体验，引领时尚消费潮流，满足现代生活方式需求。把握知识产权环境改善、用户付费习惯养成、网络支付手段普及的有利机遇，充分挖掘消费潜力和市场价值。创新网络视频、网络音乐、网络文学等数字文化内容产品付费模式，将广泛用户基础转化为有效消费需求。支持可穿戴设备、智能家居、数字媒体等新兴数字文化消费品发展，加强质量与品牌建设。

三、着力发展数字文化产业重点领域

（十）丰富网络文化产业内容和形式。实施网络内容建设工程，大力发展网络文艺，丰富网络文化内涵，推动优秀文化产品网络传播。鼓励生产传播健康向上的优秀网络原创作品，提高网络音乐、网络文学、网络表演、网络剧（节）目等网络文化产品的原创能力和文化品位。利用社交平台与用户开展线上线下交流，提升消费体验。保护激励原创，促进网络文化产业链相关环节的融合与沟通，研究建立规范合理的分成模式。深入推进互联网上网服务行业转型升级，开拓线下体验服务新领域。

四、建设数字文化产业创新生态体系

（十五）推进数字文化产业创新创业。强化创新驱动，引导领军企业联合中小企业和科研单位布局创新链，加强关键技术研发、产业融合探索、商业模式创新。支持在数字文化产业领域开展众创、众包、众扶、众筹。促进产业协同创新，推动建设文化内容数字资源平台，建设以企业为主体、产学研用联合的数字文化产业创新中心，建设创新与创业结合、孵化与投资结合、线上与线下结合的数字文化双创服务平台。加强对数字文化产业发展趋势、消费行为、用户需求的研究，加强对数字文化企业的培训辅导和政策宣传，为数字文化新产品、新业态、新模式成长提供支撑。

（十六）引导数字文化产业集聚发展。充分发挥国家级文化产业示范园区、国家文化产业创新实验区、国家文化与科技融合示范基地等创意创新资源密集区域作用，培育若干各具特色、各有侧重的数字文化产业优势产业集群和产业链。依托创新资源富集、产业基础深厚的城市，建设富有创意内容、创新模式和强大文化创意能力的数字文化产业发展策源地。结合“一带一路”建设、京津冀协同发展、长江经济带发展等区域发展战略，以要素禀赋、产业配套为基础，加强创新创意资源联动，形成若干数字文化产业发展集聚区。将数字文化产业发展与国家级新区、国家自主创新示范区、自由贸易试验区、经济技术开发区、高新技术产业园区发展相衔接，以市场化方式促进产业集聚。

（十七）参与数字文化产业国际分工与合作。充分利用国内国外两个市场、两种资源，鼓励企业参与国际分工与合作，培育具有国际竞争力的数字文化企业和产品，为全球数字文化产业发展提供中国模式。鼓励优势企业到境外设立研发机构，通过境外投资并购、联合经营、设立分支机构等方式不断开拓海外市场。鼓励数字文化企业积极参与国际交易、会展，深化人才、创意、技术、管理方面的国际交流与合作。推动产业链全球布局，针对重点国别地区确定不同的推进方式和实施路径，实现产业链资源优化整合。积极面向“一带一路”沿线国家开展国际合作。

（十九）优化数字文化产业市场环境。积极建立司法、行政、技术和标准相结合的数字文化知识产权保护体系，完善知识产权快速维权机制，加大管理和执法力度，打击数字文化领域盗版侵权行为。规范数字文化产品版权交易市场，发挥版权交易激励原创、活跃市场、价值发现的作用。积极促进数字文化会展发展，搭建展示交易平台，推广数字文化技术、产品及服务。积极发挥行业组织在平台搭建、信息交流、行业自律、信用体系建设等方面的作用。

五　北京市网络文学相关政策文件汇总

表1　北京市网络文学相关政策文件

颁布时间	颁布单位及发文号	文件名称	促进网络文学发展的政策要点
2016年2月	北京市人民政府 京政发〔2016〕4号	关于积极推进“互联网+”行动的实施意见	文件提出：在“互联网+文化”方面，发展数字内容产业，打造以数字化产品、网络化传播、个性化服务为核心的国家级数字内容文化产业集群，培育一批具有国际竞争力的互联网文化企业。推进中国文化海内外数字阅读服务云平台、数字出版物集散平台等数字内容平台发展。
2016年6月	北京市人民政府 京政发〔2016〕20号	北京市“十三五”时期加强全国文化中心建设规划	该文件分别在总体目标、基本原则、主要任务中都对网络文学的发展做出规范性引导。 一、在总体目标中分别从价值观导向以及北京市文化艺术的发展角度提出工作要求： 1. 中国特色社会主义理论体系的研究阐释传播深化发展，社会主义核心价值观建设引领全国，在思想理论、文学艺术、新闻传播等各领域，推出更多代表国家形象、首都形象的优秀成果，全市人民理想信念进一步坚定，走中国特色社会主义道路的自觉性进一步增强，首都作为思想引领高地、价值观高地和道德高地的地位巩固发展。 2. 文化工作方向和导向更加鲜明，文艺创作活力持续迸发，文艺精品大量涌现，公共文化服务首善之区的水平不断提高，文化创意产业的支柱地位日益巩固，文化产品供给和服务能力不断增强，城乡居民文化生活丰富多彩，城市建设文化品位进一步提升。

续表

颁布时间	颁布单位及发文号	文件名称	促进网络文学发展的政策要点
2016年6月	北京市人民政府 京政发〔2016〕20号	北京市“十三五”时期加强全国文化中心建设规划	二、在基本原则的要求中提出： 坚持文化创新发展。把创新放在文化改革发展的核心位置，激发全社会文化创新创造活力，推动文化和科技深度融合，让文化插上科技的翅膀，让文化创新在首都蔚然成风。 三、在主要任务中分别从“构建互联网时代下的现代传播体系”“攀登文学艺术高峰”“激发文化创意产业创新创造活力”“提升国际文化交流水平”四个方面做出工作部署。 1. 构建互联网时代下的现代传播体系 推进网络文化建设。加强网络思想文化阵地建设，实施网络精品内容建设工程，丰富网络文化内涵，建设优质网络文化内容，营造积极健康、宽松和谐的网络文化环境。加强对属地重点新闻网站、政务网站的支持，强化对属地商业网站的引导，充分发挥重点新闻网站和商业网站在网络文化建设中的主力军作用。加大对网络出版的引导扶持力度，推出优秀网络原创文化作品，推动优秀文艺作品和文化内容的数字化、网络化传播，在网络上积极传播优秀传统文化瑰宝和当代文化精品。 2. “攀登文学艺术高峰” （一）推出体现时代精神、首都水准、北京特色的精品力作。 落实中央关于繁荣发展社会主义文艺的意见，坚持“二为”方向和“双百”方针，尊重文艺创作规律，把创作生产优秀作品作为中心环节，把思想精深、艺术精湛、制作精良作为精品创作生产标准，创作更多反映社会主义核心价值观、经得起历史和人民检验的重大主题精品力作，实现从“高原”到“高峰”的突破。科学把握时代主题和创作导向，抓住重大题材和重要节点，做好文艺创作规划，形成全国文艺创作的晴雨表。 按照“重在建设和发展、管理、引导并重”的方针，大力发展网络文艺，推动网络文学、网络音乐、网络剧、微电影、网络演出、网络动漫等新兴文艺类型繁荣有序发展，促进传统文艺与网络文艺创新性融合。 （二）创新文化产品生产机制。提高文艺创作生产组织化程度，打通从创作前端到刊播推广终端的渠道，推动“两端”前后呼应、高效衔接，建立健全覆盖文学原创、出版发行、演出播映、宣传推介、奖励扶持全过程的组织管理体系；以重

续表

颁布时间	颁布单位及发文号	文件名称	促进网络文学发展的政策要点
2016年6月	北京市人民政府京政发〔2016〕20号	北京市“十三五”时期加强全国文化中心建设规划	大题材、现当代题材为重点，组织开展文化精品工程重点项目评选，对纳入文化精品工程的项目给予重点扶持。加强网上剧本超市建设；扶持优秀文化产品创作生产；建立健全反映文艺作品质量的综合评价体系，把社会效益和艺术水准细化为科学合理的评价指标。 （三）营造良好的文艺生态环境。依托移动互联网等新兴媒介，引导创作、提高审美、引领风尚，为精品创作生产营造良好的环境。加强和改进文艺评论，用社会主义核心价值观引领文艺思潮。加强文艺评论阵地建设，坚持运用历史的、人民的、艺术的、美学的观点评判和鉴赏作品，褒优贬劣，激浊扬清；树立文艺行业新风，抵制庸俗低俗媚俗，营造良好的文艺生态环境。 3. 激发文化创意产业创新创造活力 （一）健全文化市场体系着力完善多层次的文化产品和要素市场，加快建立统一开放、竞争有序、诚信守法、监管有力的现代文化市场体系。充分发挥市场在资源配置中的积极作用，在法律和政策规定的框架下，坚持放开搞活、有序规范，提高文化资源配置的质量和效率，激发文化市场活力。加强文化产品市场建设，积极发展图书报刊、电子音像、演出娱乐、电影电视剧、动漫游戏等传统文化产品市场，建设以网络为载体的新兴文化产品市场，培育大众性文化消费市场。加强文化生产要素市场建设，建立健全文化资产评估体系和文化产权交易体系，加快建设北京文化产权交易中心、北京文创双高人才发展中心、剧本推介交易平台等。繁荣文化资本市场，加快完善文化投融资服务体系，建设文化金融合作试验区。 （二）推动文化业态创新。以时尚引领为目标，紧紧围绕“互联网”“文化”，加快建设“创意北京”，促进新型文化业态发展，着力提升产业文化内涵。 4. 提升国际文化交流水平。 推动对外文化贸易发展。深入贯彻国务院《关于加快发展对外文化贸易的意见》支持代表我国优秀文化、具有自主知识产权的版权产品进入国际市场，重点扶持具有中国特色的影视、出版、演艺、动漫、游戏等领域版权出口，加快培育一批外向型文化知名企业和产品品牌，支持企业积极申报国家文化出口重点企业和重点项目。

续表

颁布时间	颁布单位及发文号	文件名称	促进网络文学发展的政策要点
2017年1月	北京市新闻出版广电局	北京市“十三五”时期新闻出版业发展规划	文件肯定了“十二五”时期新闻出版业网络文学发展所取得的成绩。总结了数字阅读、在线教育等新兴业态蓬勃发展,在新兴业态领域,北京市领先优势明显,涌现出了中文在线、暴风科技、腾讯文学、百度文学、多看阅读、掌阅等明星企业。在全国产业格局中发挥了重要的引领和示范效应。 在北京市“十三五”时期新闻出版业发展的战略任务和重大工程项目中,提出继续开展出版原创推新工程,扩大北京市影视出版基金扶持范围;积极利用传统媒体和新兴媒体,搭建精品图书宣传推荐平台,繁荣首都出版市场;推动打造优秀出版物第三方评价体系,持续开展“读好书、荐好书、评好书”活动。 在“北京市新闻出版精品创作与传播推广项目”中,“互联网出版培育工程”被列为重点项目。要求开展优秀网络文学、动漫等数字出版原创作品推介活动,在选题立项、创作研发、出版传播、宣传推广、版权开发等环节予以扶持,大力培育精品IP;以IP为核心,推动新闻出版业的“互联网+”战略,实现数字出版与影视、游戏、音乐、综艺节目的连接融合。 在构建现代公共文化服务体系,促进基本公共服务标准化、均等化发展方面,将全面加强全民阅读制度建设,根据建设“阅读之都”的要求制定北京市全民阅读中长期规划;采取适当措施引导和支持网络阅读平台的建立和发展,为公众提供包括电脑、手机、Pad等多终端、全覆盖的数字阅读产品,推动掌阅、中文在线等数字出版领先企业建设覆盖数字内容、数字阅读器的一体化数字阅读体系,提高公众的数字阅读率。建立“新闻出版重大公共服务项目”,建设“数字阅读促进工程”,将数字阅读纳入全民阅读活动,积极引导和支持网络阅读平台的建立和发展,为公众提供包括多终端、全覆盖的数字阅读产品,推动掌阅、中文在线等数字出版领先企业建设覆盖数字内容、数字阅读器的一体化数字阅读体系,提高公众的数字阅读率。充分发挥首都互联网企业集中的优势,制定“互联网+新闻出版”行动计划,加快发展移动阅读、在线教育、网络文学、动漫游戏、知识服务、按需印刷、电子商务等

续表

颁布时间	颁布单位及发文号	文件名称	促进网络文学发展的政策要点
2017年1月	北京市新闻出版广电局	北京市“十三五”时期新闻出版业发展规划	新兴业态，逐步淘汰行业高能耗、高污染环节；继续推进非公有制文化企业参与对外专项出版业务试点，开展网络出版和信息网络传播视听节目服务企业特殊管理股试点。 加快新闻出版与科技、金融的有机结合，着力推进新闻出版业的转型融合发展，充分发挥首都互联网企业集中的优势，制定“互联网＋新闻出版”行动计划，加快发展移动阅读、在线教育、网络文学、动漫游戏、知识服务、按需印刷、电子商务等新兴业态，逐步淘汰行业高能耗、高污染环节。 在培育健康新闻出版市场主体，健全现代新闻出版市场体系上继续推进非公有制文化企业参与对外专项出版业务试点，开展网络出版和信息网络传播视听节目服务企业特殊管理股试点。作为“新闻出版传媒企业特殊管理股试点”的重点项目，在取得国内首家对外专项出版权试点后，有序推进网络出版、信息网络传播视听节目服务企业开展特殊管理股试点。 在重点围绕“一带一路”等国家战略，为提升北京新闻出版业国际影响力，支持网络出版单位在境外建立服务网站，提供本土化服务。 在版权产业跨越式发展上建立“新闻出版知识产权(IP)融合运营示范工程”。以新闻出版的IP为切入点，充分发挥新闻出版的IP价值，实现IP＋平台＋内容＋终端＋应用的垂直生态链。建设10个以上的新闻出版IP融合运营示范工程，以新闻出版IP拉动视频播放平台、影视制作与发行、电商平台、硬件终端等多个产业链。
2018年8月	北京市新闻出版广电局京新广发〔2018〕8号	关于在北京地区网络出版服务单位全面落实编辑责任制度的通知	通知全文见表1后。
2018年6月	中共北京市委、北京市人民政府	关于推进文化创意产业创新发展的意见	该文件在“优化构建高端产业体系”及“组织实施产业促进行动”两个方面对网络出版及网络文学的发展提出指导意见。 1.“优化构建高端产业体系”包括从“创新发展的主攻方向”“重点发展的领域环节”两个方面做出部署。

续表

颁布时间	颁布单位及发文号	文件名称	促进网络文学发展的政策要点
2018年6月	中共北京市委、北京市人民政府	关于推进文化创意产业创新发展的意见	(一)创新发展的主攻方向 要率先布局内容版权转化,形成文化创新策源地。坚持内容为发展核心、版权为转化基础,把提升文化产品的内涵和质量作为基本着力点,加强知识产权保护和运用,扩大文化产品和服务的有效供给。加大对精品力作扶持力度,打造内容原创中心,实现从“高原”到“高峰”的跨越;通过市场化运作,汇聚国内外优质版权,打造版权交易资源集聚中心;先行先试推动内容版权化、版权产业化,培育完整的版权经济链条,推动版权保护和版权增值,打造全国领先的版权运营中心。 (二)在重点发展的领域环节上,支持传统媒体转型升级,拓展网络和新媒体业务,发展网络文学、网络音乐、网络剧、网络电影等新业态,大力培育以数字化产品、网络化传播、个性化服务为核心的网络视听产业。 2.“组织实施产业促进行动” 提出从服务平台共享行动上,加快建设文化创意产业功能区专业化服务平台,面向文化艺术、影视传媒、动漫游戏、数字出版、设计服务等领域,提供创意研发、设备共用、标准研制、检验检测、信息共享、技术示范服务,发挥平台共享要素资源、降低企业成本、提高效率效益等作用。

北京市新闻出版广电局关于在北京地区网络出版服务单位全面落实编辑责任制度的通知

京新广发〔2018〕8号

各网络出版服务单位:

为全面深入贯彻党的十九大精神,推动北京全国文化中心建设,根据国家有关政策法律规定,结合我市网络出版服务单位管理工作实际,经研究决定,在北京地区网络出版服务单位全面落实编辑责任制度,现将有关事项通知如下:

一、指导思想

深入学习宣传贯彻党的十九大精神，以习近平新时代中国特色社会主义思想为指导，认真贯彻习总书记对北京重要讲话精神及市委市政府工作部署，坚持把社会效益放在首位，实现社会效益与经济效益相统一，落实《出版管理条例》、《网络出版服务管理规定》、《关于严格规范网络游戏市场管理的意见》、《关于推动网络文学健康发展的指导意见》、《关于移动游戏出版服务管理的通知》等法规文件的要求，规范网络出版服务秩序，推动网络出版精品生产，确保网络出版物内容安全，促进北京市网络出版服务业健康发展。

二、实施范围

（一）北京地区经新闻出版行业主管部门批准设立且获得《网络出版服务许可证》的网络游戏、网络文学、网络动漫等网络出版服务单位。

（二）北京地区入选国家新闻出版广电总局网络文学试点单位范围的试点单位。

（三）北京地区从事网络出版服务、准备申请或正在申请《网络出版服务许可证》的单位参照执行。

三、资格类别

依据国家新闻出版广电总局有关编辑责任制度要求，网络出版服务单位应包含下列编辑人员：

助理编辑：应具备出版专业、数字编辑专业及国家新闻出版广电总局认可的相关专业技术职业资格（初级）。

责任编辑：应具备出版专业、数字编辑专业及国家新闻出版广电总局认可的相关专业技术资格（中级或副高）。

总编辑：应具备出版专业、数字编辑专业及国家新闻出版广电总局认可的相关专业技术职业资格（副高或高级）。总编辑岗位每家网络出版服务单位不少于1人。

有条件的单位可以设专人专职，现阶段达不到要求的单位可以兼职，但三年内需实现编辑人员全部取得相应资格。对于国家新闻出版广电总局有明确具体要求的，遵照总局要求执行。

四、具体职责

实施编辑责任制度目的是为了保障网络出版物内容合法，确保网络出版物出版质量。各网络出版服务单位应设立网络出版内容的初审、复审和终审三级审核制度。初审应由助理编辑负责，要对作品的社会效益、文化学术价值、出版价值和技术实现效果进行审核，严格把好导向关、知识关、文字关、技术关。复审应由责任编辑负责，应对作品质量和呈现效果提出复审意见，做出总体评价。终审由总编辑负责，主要对出版导向、学术质量、社会效果、是否符合党和国家的政策法规等方面做出评价；对涉及重大选题备案内容的选题，要按规定督促履行重大选题备案程序；终审者对作品能否上线做出最终决定。为保证作品质量，避免流于形式，初审、复审和终审必须分别由三人担任，不得由同一人担任。

网络游戏出版申请中的游戏内容审读报告应体现初审、复审和终审的过程和签字。

五、保障措施

（一）国家新闻出版广电总局每年组织出版专业职业资格考试和评审，凡是符合申报要求的从业人员均可以报名参加考试和相关职称的评定。

（二）北京市人力资源和社会保障局及北京市新闻出版广电局每年组织出版专业、数字编辑专业考试和评审工作，凡是符合申报要求的从业人员均可以报名参加考试和相关职称的评定。

（三）北京市新闻出版广电局每年组织不少于 2 次的网络出版服务单位在职编辑的继续教育培训。

六、监督管理

编辑责任制度落实情况是北京市新闻出版广电局对网络出版服务单位考核的重要内容。北京市新闻出版广电局将定期组织业务培训和考核，考核结果将作为网络出版服务许可证年度核验的重要依据。同时，逐步制定相关具体业务分类编辑职责的实施细则，落实持证上岗制度，建立健全发表网络出版物作者实名注册、责任编辑及出版单位署名等管理制度；以明确范围、规范程序、强化监督和责任追溯为重点，加强网络出版单位编辑人员内容导向判断和艺术水准把关的能力建设，加强网络出版服务单位编辑人员的职业道德教育和业务培训，引导企业建立有利于落实编辑责任制的考评办法和激励机制。

七、措施要求

各网络出版服务单位要高度重视，结合通知精神，制定具体落实措施，切实加强人员管理，把编辑责任制度和三审三校制度落到实处，担负起审查职责，把好出版物的审核关，自觉维护出版物的产品质量和内容健康，确保不出现问题。各相关单位自接到本通知后，于30个工作日内向北京市新闻出版广电局备案本单位的编辑责任制度和编辑人员名单。

北京市新闻出版广电局

2018年1月30日

六　中国其他地区网络文学相关政策文件汇总

表2　中国其他地区网络文学相关政策文件

颁布时间	颁布单位及发文号	文件名称	促进网络文学发展的政策要点
2016年2月	上海市人民政府沪府发〔2016〕9号	上海市推进“互联网+”行动实施意见	该文件在专项行动中提出互联网+文化娱乐。提升基于互联网的娱乐应用规模，重塑娱乐产业链，鼓励用户娱乐消费习惯的改变。丰富内容创作，促进发展UGC、PGC等内容创作模式，支持研发原创内容、移动内容、热点内容、高清内容等创新内容产品。创新平台服务，面向数字互动娱乐、网络视听、网络文学、网络出版、数字音乐等领域，推动建设海量内容加工处理平台、内容发布流通平台、实现高清播放的内容播控平台。创新营销模式，探索互联网新媒体营销，鼓励互联网文化娱乐和文学、影视、教育等其他产业进行深度跨界合作，探索基于移动互联网的业态模式创新。

续表

颁布时间	颁布单位及发文号	文件名称	促进网络文学发展的政策要点
2017 年 6 月	中共上海市委办公厅、上海市人民政府办公厅沪委办发〔2016〕38 号	上海市"十三五"时期文化改革发展规划	文件指出,为促进上海文化改革发展,在促进优秀文化产品创作生产,丰富人民群众精神文化生活上,要有序发展网络文艺创作生产。将网络文艺纳入全市文艺创作生产和引导管理范畴,创新管理机制和服务手段,加强正面引导,扩大现有优势。引导网络文艺采用适合互联网的话语体系,讲好百姓身边日常故事,传播正能量,推动形成"写人民、人民写、人民参与、人民共享"的网络文艺新常态。建立优秀网络文艺作品扶持机制,加大对原创优秀网络文艺作品的扶持和推介力度。加强网络文艺行业协会建设,主动团结网络文艺工作者。密切联系骨干型网站,加强重点文艺网站建设,鼓励运用微博、微信、移动客户端等新媒体平台,促进优秀作品多渠道传输、多平台展示、多终端推动。促进传统文艺与网络文艺创新性融合发展。 继续完善精神文化产品创作生产机制。坚持价值观导向把关机制,继续实施和完善文艺创作新品、优品、精品"三品"扶持计划,大力扶持文学、影视、舞台艺术、美术、群众文艺、网络文艺等领域的重大主题项目,打造一批具有全国影响力和国际美誉度的优秀文化产品。建立健全科学合理的文化产品评价体系,充分发挥文艺理论、评论的引导功能,加强文艺理论、评论队伍建设,拓展文艺理论、评论阵地和宣传平台,设立年度评论奖项。积极改善文化创作生态环境,丰富创作生产主体,完善群众文艺创作扶持机制,加大对作品和人才的资助力度,激发全社会创作热情。
2017 年 12 月	中共上海市委、上海市人民政府	关于加快本市文化创意产业创新发展的若干意见	文件从巩固国内网络文化龙头地位、培育网络文化龙头企业两方面对上海网络文学发展做出工作部署。并把网络文化产业作为驱动上海文化创意产业创新发展的新动能,力图培育新供给、促进新消费,带动传统产业转型升级,夯实国内领先地位。 1. 实施网络文化提升计划。提升中国(上海)网络视听产业基地服务能级和集聚效应,办好中国网络视听产业论坛。依托复旦大学、同济大学、上海大学等大学的科技园,引导领军企业联合中小企业和科研单位布局创新链,加强关键

续表

颁布时间	颁布单位及发文号	文件名称	促进网络文学发展的政策要点
2017年12月	中共上海市委、上海市人民政府	关于加快本市文化创意产业创新发展的若干意见	技术研发、产业融合探索、商业模式创新。支持优秀健康原创网络剧、网络电影、网络音乐、网络演出、网络表演等在沪制作发行。 2. 培育网络文化龙头企业。着力扶持一批网络文学、网络视听等优势领域领军企业，解决重点企业发展中遇到的难点和突出问题。鼓励全国知名网络文化企业落户，设立研发中心、实验室、技术研究院等机构。建设2至3家具有强大实力和传播力、公信力、影响力的新型主流媒体集团。
2016年10月	浙江省人民政府办公厅浙政办发〔2016〕122号	浙江省文化产业发展"十三五"规划	1. 重点发展领域 文件在浙江省文化产业发展"十三五"的重点发展领域中提出：加快传统媒体与新兴媒体的融合发展，大力发展数字出版和绿色出版，建设以内容生产和文化传播为特色、具有全国影响力的新闻出版强省。 建设新型主流新闻媒体。适应分众化、差异化传播趋势，加快构建舆论引导新格局。创新理念、内容、体裁、形式、方法、手段、业态、体制、机制，推动报纸期刊与网络、手机等新兴媒体在内容、渠道、平台及业务开发、经营管理、体制机制等方面深度融合、优势互补、一体发展。将浙江日报报业集团、浙江广电集团分别打造成为全国一流的互联网枢纽型传媒集团和全媒体化的新型广播电视主流媒体。以省级和杭州市、宁波市、温州市主要媒体集团为重点，推动新闻出版资源向大型传媒集团聚集，推进媒体资源聚合、生产流动融合、采编力量整合，逐步建立顺畅高效、适应市场竞争和一体化发展的内部运行机制，提高我省主流媒体传播力、公信力、影响力、舆论引导力，着力打造一批形态多样、手段先进、具有竞争力的新型主流媒体。 推进数字出版加快发展。将传统出版的专业采编优势、内容资源优势延伸到新兴出版，综合运用微博、微信、移动客户端等多媒体表现形式，生产满足用户多样化、个性化需求和多终端传播的出版产品。建设聚合精品、覆盖广泛、服务便捷、交易规范的数字出版内容发布投送平台和出版资源数据库，发展移动阅读、在线教育、

续表

颁布时间	颁布单位及发文号	文件名称	促进网络文学发展的政策要点
2016年10月	浙江省人民政府办公厅浙政办发〔2016〕122号	浙江省文化产业发展“十三五”规划	知识服务、按需印刷、电子商务等新业态。支持杭州建设国家数字出版产业基地,壮大咪咕数字传媒、天翼阅读等数字内容生产企业。 在空间布局上,引导发展数字内容、新闻出版、影视服务、动漫游戏、创意设计、演艺娱乐、艺术品交易等特色行业;重点培育遴选文化艺术、影视服务、新闻出版、数字内容与动漫、创意设计等社会效益突出、经济效益明显、服务标准先进的园区,作为省级重点文化产业园区予以培育扶持。 2. 重大工程 (1)实施建设“文化精品生产工程”推进文学、美术、书法、戏曲、音乐等艺术创作和影视精品生产,着力打造国家级戏曲传承发展示范区和全国文学重镇、美术书法重镇、影视重镇和网络文艺重镇,将我省建设成为具有全国影响力和辐射力的文化内容生产先导区。 推动网络文艺繁荣发展。培育网络文学、网络剧、网络音乐等新兴文艺类型,促进传统文艺和网络文艺创新性融合。发挥新媒体的独特优势,用好微博、微信、移动客户端等载体,推动优秀作品多渠道传输、多平台展示、多终端推送。发挥网络作家协会的作用,争取每年有一批网络作家获得全国性奖项,5部以上网络作品改编成为影视作品,1到2部产生重大影响。加大对网络文艺人才引进、培育和扶持力度,支持杭州打造成为全国知名的网络文艺之都。 (2)实施建设“知识产权发展工程”。开展网络文学、音视频、游戏、动漫、软件等行业侵权盗版专项治理,查处侵权和传播制售假冒伪劣商品信息的网站,曝光违法违规网络接入企业。
2016年6月	浙江省新闻出版广电局	关于浙江省新闻出版广播影视业发展“十三五”规划	文件在浙江省新闻出版广播影视业发展“十三五”规划的主要任务中提出要“促进产业繁荣发展”。发展新兴业态。以业态创新、产品创新和内容创新为重点,加快发展音乐、动漫游戏、网络文学、数字教育、网络剧、微电影等新兴内容产业。

续表

颁布时间	颁布单位及发文号	文件名称	促进网络文学发展的政策要点
2017 年 10 月	浙江省委、省政府	关于加快把文化产业打造成为万亿级产业的意见	该意见指出:要实施重点产业计划。 其中包括数字内容产业打造计划。发挥国家信息经济示范区优势,依托杭州国家数字出版产业基地、乌镇互联网经济创新发展综合试验区、浙江(金华)数字创意产业试验区,以业态创新、产品创新和内容创新为重点,加快发展网络文学、网络影视、动漫游戏、数字音乐、数字电视、数字教育等数字内容产业。注重挖掘优秀文化资源,创作优质、多样、个性化的数字内容产品。注重挖掘优秀文化资源,创作优质、多样、个性化的数字内容产品。建成全省数字出版内容发布投送平台和出版资源数据库。构建数字文化产业集聚发展平台,创建国家级文化产业示范园区,打造全国数字文化产业新高地。
2015 年 11 月	杭州市人民政府杭政函〔2015〕151 号	关于推进"互联网 +"行动的实施意见	该文件将"互联网 + 文化创意"列入"实施重点行动"部分。 其中包括:发展数字出版业。依托国家数字出版基地建设,完善产业链条,做大做强数字阅读产业,带动网络文学、出版发行、游戏开发、影视制作、数字期刊、学习教育、数字音乐及其衍生产品开发生产等相关行业发展,打造数字阅读产业集聚区,形成百亿级的数字内容产业群,成为全国数字阅读中心。
2017 年 4 月	杭州市人民政府办公厅杭政办函〔2017〕45 号	杭州市文化创意产业发展"十三五"规划	本规划指出:杭州作为高新技术产业基地、首批国家级文化和科技融合示范基地和中国电子商务之都,信息经济智慧应用已经成为城市经济发展的"一号工程"和新基因,将为杭州文创产业特别是数字内容产业的创新发展创造有利条件。 在发展目标上提出。以建设全国数字内容产业中心为依托,重点发展互联网文化创意产业、数字电视业和文化软件服务业,到 2020 年,产业增加值达到 2500 亿元,行业总体实力全国领先。品牌化水平进一步提升。精心培育一批文创类园区(基地)、企业、产品与节展赛事品牌,新推出一批文学艺术精品力作。 在重点方向上要求:加快发展数字出版业。顺应移动智能终端加速普及趋势,进一步强化内容库建设。鼓励咪咕数媒、天翼阅读、杭州出版集团等企业积极推进技术、产品、服务和商业模式创新,做

续表

颁布时间	颁布单位及发文号	文件名称	促进网络文学发展的政策要点
2017年4月	杭州市人民政府办公厅杭政办函〔2017〕45号	杭州市文化创意产业发展"十三五"规划	大做强数字阅读产业,带动网络文学、出版发行、游戏开发、影视制作、数字期刊、学习教育、数字音乐及衍生产品开发生产等相关行业发展。 在空间布局上,充分发挥自然山水、历史人文与科教优势,构筑环西湖文化创意产业圈、环西溪湿地文化创意产业圈和环湘湖文化创意产业圈,打造具有独特杭州文化韵味、创意风格和城市风情的文创产业功能区。环西溪湿地文化创意圈。以西溪湿地为中心,充分发挥区域独特的自然景观、文化底蕴和产业基础优势,依托华策影视、咪咕数媒等知名企业,重点发展影视产业、数字阅读、网络文学、文学IP开发等行业。 在重点工程中提出实施"文创融合促进工程"。依托杭州国家级文化和科技融合示范基地建设和全国数字内容产业中心建设,打造全国一流的数字媒体基地、数字阅读基地和数字出版基地,带动千万级终端服务,实现数字内容、技术、产品、服务和运营全产业链一体化发展。
2015年6月	中共江苏省委、江苏省人民政府	关于推动文化建设迈上新台阶的意见	该文件在布局文化建设的主要任务中提出: 1. 完善规划引导和扶持激励机制。加强文艺创作规划引导,建立文艺创作题材库,重点抓好以中国梦为主题的现实题材、以历史事件历史人物为主题的重大题材、以江苏历史文化为主题的地域题材和以百姓生活为视角的民生题材等作品的创作生产。提高文艺精品创作生产的组织化程度,巩固发展优势艺术门类,努力推动弱势门类艺术创作实现突破,促进各艺术门类创作普遍繁荣。 2. 积极打造文艺精品。以"五个一工程"为龙头,深入实施重点文学作品创作、舞台艺术精品创作、影视剧精品创作、重大主题美术创作、优秀少儿作品创作等精品工程,着力打造一批文学、影视剧、舞台剧、纪录片精品。引导和促进网络文艺创作健康发展。充分调动各类创作主体积极性,创作适合网络媒体和移动新媒体传播的精品佳作。加强网络文学、网络音乐、网络动漫、网络美术、网络影视等创作平台建设,扶持重点新媒体建设品牌栏目。健全网络文艺创作引导机制,发挥好行业组织作用,把网络文艺作品纳入文艺作品评价评奖体系,组织开展网络文化季、

续表

颁布时间	颁布单位及发文号	文件名称	促进网络文学发展的政策要点
2015 年 6 月	中共江苏省委、江苏省人民政府	关于推动文化建设迈上新台阶的意见	网络作品创作大赛等特色活动，加强对知名网络文艺创作者的引导扶持，推动创作更多正能量作品。 3. 促进文化产业提质增效升级。进一步壮大传统文化产业，大力发展特色文化产业，着力发展创意设计、数字内容、版权等产业。
2016 年	江苏省新闻出版广电局苏新广发〔2016〕1039 号	江苏省新闻出版广播影视（版权）“十三五”发展规划	该文件在江苏省新闻出版广播影视（版权）“十三五”发展规划的主要任务中提出： 1. 创新内容创作生产引导扶持机制。鼓励网络出版和网络音视频创作，支持成立出版策划和影视创作工作室，鼓励企业和资本进入新闻出版广播影视内容创作生产领域。发展健康向上的网络出版，鼓励网络出版机构生产制作更多精品佳作，支持和鼓励网民创作格调健康的网络原创作品。大力推进产业转型升级做大做强市场主体。支持有条件的民营企业从事网络出版、对外出版。支持有条件的企业利用众创、众包、众扶、众筹等支撑平台快速发展，形成大众参与创业创新的繁荣局面。 2. 大力推进依法管理和融合监管体系建设。进一步完善图书、报刊、网络出版物审读鉴定，优化对新闻报刊、网络出版、广电播出机构、广电传输机构、制作经营机构的管理。 3. 监测监管体系建设工程。升级改造网络出版监管系统。基于网络出版新业态新格局，进一步优化现有监管系统，力争实现网络出版监管体系对移动互联网出版内容的全覆盖。 4. 开展“扫黄打非”暨网络出版监管系统的建设。
2016 年 11 月	江苏省政府办公厅苏政办发〔2016〕137 号	江苏省“十三五”战略性新兴产业发展规划	该规划将“数字创意产业”作为江苏省“十三五”战略性新兴产业发展规划的重点领域之一。指出以文化创意和数字设计为核心，以新一代信息技术为支撑，加强创作、创造、创意、创新，推动数字创意产业健康快速发展，促进数字创意产业与相关产业融合渗透，满足人民群众日新月异的便捷消费、体验消费、多元消费需求，形成文化引领、技术先进、链条完整的产业发展格局，将江苏省建成数字创意强省。

续表

颁布时间	颁布单位及发文号	文件名称	促进网络文学发展的政策要点
2016年11月	江苏省政府办公厅 苏政办发〔2016〕137号	江苏省“十三五”战略性新兴产业发展规划	1. 数字内容与开发。坚持保护传承和创新发展相结合,鼓励对“吴韵汉风”等地方特色文化以及历史、现实题材进行数字化转化和开发,提高数字影视、数字音乐、网络文学、网络视频、在线演出、健康动漫游戏等数字内容的创作、研发与生产能力,形成一批群众喜闻乐见的数字内容产品。 2. 加强数字内容衍生产品的生产与增值服务,支持集内容制作、技术开发、平台运营和终端服务于一体的数字创意基地建设。

中国网络文学二十年发展历程系列盘点*

（一）中国网络文学发展历程中的20件标志性事件

1. 1998 年 3 月　《第一次的亲密接触》开中国网络文学创作之先河，中国网络文学由此进入萌芽期。

2. 1998 年 8 月　“榕树下”成功完成商业注册。一批中小型原创文学网站先后转入公司化运营，网络文学进入发展“快车道”。

3. 2003 年 10 月　起点中文网成功推出在线收费模式。付费阅读、网络作家职业化、用户激励机制等成为中国网络文学独特的商业模式。

4. 2004 年 10 月　盛大网络收购起点中文网等网站，聚集效应初显。此后，纵横中文、天涯文学等一批网站通过收购重组的方式形成了门户网站群，这标志着网络文学进入集约化发展阶段。

5. 2009 年 9 月　《大江东去》获中宣部第十一届“五个一工程奖”。这标志着在管理部门的引导下，中国网络文学作品的选题质量和艺术水准得到全面提高，网络文学整体质量迈上一个新台阶。

6. 2010 年 1 月　中国移动手机阅读业务进入商用阶段，网络阅读从 PC 端转移到手机端，这标志着中国网络文学进入移动阅读新时代。

7. 2011 年　以《步步惊心》《甄嬛传》等为代表的网络文学作品先后成功被改编为影视作品，这催生了全版权 IP 运营新模式，标志着网络文学进入“改编元年”。

---

* 由中国音像与数字出版协会受第二届中国“网络文学 + ”大会组委会委托，组织业内外专家和国内重点网络文学企业代表梳理、盘点。

8. 2017 年 5 月　阅文集团“起点国际”上线，标志着中国网络文学商业网站国际平台的正式开启，中国网络文学与美国好莱坞电影、韩国影视剧、日本动漫并列为世界四大流行文化形态。

9. 2014 年 1 月　浙江省率先成立网络作家协会，标志着网络文学从业人员得到业内组织的关注、关怀和认可。

10. 2014 年 10 月　习近平总书记主持召开文艺工作座谈会并发表重要讲话。这是党和政府就文艺工作面对新历史起点的一次“总动员”，也是今后一个时期开创文艺工作新局面的“总号角”。

11. 2014 年 9 月　“扫黄打非·净网 2014”专题行动启动，行动中先后关闭数百家境内违法违规文学网站，净化了网络空间，为网络文学产业的健康发展营造了良好环境。

12. 2014 年 12 月　国家新闻出版广电总局《关于推动网络文学健康发展的指导意见》等文件发布实施，这对规范市场行为，加强行业监管，提升企业从业者的责任担当和文化自觉起到了积极引导推进作用。

13. 2015 年 1 月　中文在线、掌阅、阅文集团等企业先后上市。资本市场潜力的进一步释放，标志着网络文学商业模式逐渐成形，网络文学发展进入新阶段。

14. 2015 年 7 月　国家新闻出版广电总局首次开展年度优秀网络文学原创作品推介活动。同年，中国作家协会网络文学委员会也启动了中国网络小说评选活动。“推优”活动带动了精品力作的创作出版。

15. 2015 年 10 月　中共中央印发《关于繁荣发展社会主义文艺的意见》，为包括网络文学在内的网络文艺提出了发展目标、指明了发展方向、明确了具体措施。

16. 2017 年 8 月　首届中国“网络文学 +”大会在北京举办。大会在国家新闻出版广电总局和北京市人民政府指导下，由北京市委宣传部、中国音像与数字出版协会、北京市新闻出版广电局、北京市网信办、北京市文联、北京经济技术开发区管委会六家单位联合主办。大会充分发挥了政府引领作用，实现了同影视、音乐、动漫、游戏等文化产业的深度融合，为网络文学的发展提供了重要平台。

17. 2017 年 11 月　国家版权局印发《关于加强网络文学作品版权管理的通知》，重申了著作权法律规定的基本原则，强化了版权执法部门的监管职责，建立了有效的版权投诉机制和“黑白名单”制度。这为网络文学产业的健康发展提供了有力保障。

18. 2018 年 5 月　由中国作家协会、浙江省委宣传部、杭州市委宣传部共同主办的首届网络文学周在杭州召开。会议首次发布了《2017 中国网络文学蓝皮书》。

19. 2018 年 6 月　中国网络文学用户规模达 4. 06 亿人，签约作者达 68 万人，作品总量达 1600 部，市场规模达 129. 2 亿元。网络文学产业进入成熟期，已成长为我国新兴文艺类型支柱产业。

20. 2018 年 8 月　全国宣传思想工作会议在京召开，习近平总书记发表重要讲话。习近平总书记指出，广大文化文艺工作者要深入生活、扎根人民，把提高质量作为文艺作品的生命线，用心用情用功书写伟大时代，书写中华民族新史诗。这已成为包括网络文学在内的文艺工作做好宣传思想工作的根本遵循。

（二）网络文学发展历程中的20部优质 IP 作品

1. 2003 年　萧鼎《诛仙》上线，后成功被改编为网络游戏，开创古典仙侠小说改编先河。

2. 2005 年　桐华《步步惊心》上线，成功被改编为电视剧，韩国于 2016 年引进版权后翻拍为《步步惊心：丽》，在海内外获得较好的口碑。

3. 2006 年　天下霸唱的《鬼吹灯》上线，电影、网络剧改编和 IP 全版权运营成功。

4. 2007 年　辛夷坞《致我们终将失去的青春》上线，融合校园、青春、爱情和事业选择等诸多青年文化热点，励志题材被改编为电影获得成功。

5. 2007 年　海晏《琅琊榜》上线，电视剧改编和 IP 全版权运营成功，获得市场广泛好评。

6. 2008 年　唐家三少的《斗罗大陆》上线。漫画作品改编成功，是早期网络文学漫画改编的代表作之一。

7. 2008 年　我吃西红柿的《盘龙》上线。该作品经网友自发翻译后成功实现“走出去”，读者分布全球 100 多个国家和地区，在英语世界中受到读者喜爱追捧，成为“网络文学走出去”标志性作品。

8. 2009 年　阿耐《大江东去》出版，获中宣部第十一届“五个一工程奖”。

9. 2009 年　天蚕土豆《斗破苍穹》上线。该作品点击量首次破亿，漫画改编和商业化运作成功。

10. 2009 年　Fresh 果果《花千骨》上线。电视剧改编和 IP 全版权运营的成功将网络文学 IP 带入资本视野，其图书出版海外发行成功是中华文化走出去的成功案例之一。

11. 2009 年　顾漫现实题材作品《微微一笑很倾城》上线，成功被改编为电视剧。

12. 2010 年　鲍鲸鲸的题材作品《失恋三十三天》上线，成功被改编为电影，并成为 2014 年 7 月 19 日习近平主席访问拉美国家时赠送的文化礼品之一。

13. 2010 年　李晓敏现实题材作品《遍地狼烟》上线。获得第二届中国出版政府奖网络出版物奖，并成功被改编为电视剧。

14. 2010 年　唐欣恬现实题材作品《裸婚时代》上线，成功被改编为电视剧。

15. 2011 年　蝴蝶蓝《全职高手》上线，被改编为电视剧、动漫等作品，全版权 IP 运营成功。

16. 2013 年　辰东《完美世界》上线，网络游戏改编成功。

17. 2014 年　晓峰《择天记》，以“动画化”改编为鲜明特点。

18. 2018 年　齐橙现实题材作品《大国重工》上线，该作品充分反映了励志青年的爱国情怀，极具 IP 改编潜质。

19. 2015 年　阿龙（wanglong）重大现实题材作品《复兴之路》上线，该作品获首届原创网络文学现实题材征文大赛特等奖，极具 IP 改编潜质。

20. 2015 年　郭羽、刘波合著的《网络英雄传Ⅰ：艾尔斯巨岩之约》上线，该作品获第四届中国出版政府奖网络出版物奖。

（三）网络文学发展历程中的20个关键词

1. 精品创作。引导作家和写手创作出文化积淀深厚、作品思想精神、写作技艺精湛、深入生活、扎根人民、传之久远的精品力作的活动。

2. 社会效益评估。通过定性和定量的客观标准，对网络文学作品的社会影响力和社会效益进行的考核活动，引导网络文学健康有序发展。

3. 推优。坚持导向、不断创新、遴选紧跟时代步伐、唱响爱国主义主旋律，把人民作为创作表现主体的网络文学优秀作品向全社会的推广介绍活动。

4. 净网行动。有效引导网络文学企业不碰“红线”、坚守“底线”，从源头上杜绝导向偏差、内容粗俗、格调低下作品的网络整治专项行动。

5. 网络文学＋。中国“网络文学＋”大会促进了网络文学产业链上下游资源整合，为网络文学的创作、开发、展示、交流、合作、转化搭建了良好平台。有效发挥了引领价值方向、激发创作活力、搭建合作平台、促进优质 IP 转化、达成行业共识、回馈线下读者等作用，赋予网络文学更重大的责任、更庄严的使命，迎接网络文学大发展大繁荣时代的到来。

6. 编辑责任制度。编辑责任制度的建立进一步强化网络文学编辑的内容处理能力，全面提高了编辑的职业素养与专业水平，为网络文学的出版质量提供了保障。

7. 阅评制度。网络文学阅评工作建章立制，规范管理，通过重点审读、推优扶强，为网络文学加强正面引导、确保导向提供了制度保障。

8. 现实题材。以主旋律为基调，中国网络文学的现实题材逐渐形成的“重点主题、基层写实和重大题材”蓝海领域创作和生产引导机制体制。

9. 数字版权。数字版权的衍生与全版权运营已成为网络文学产业发展不可或缺的业务组成部分。

10. 自律公约。中国网络文学行业自律公约为网络文学企业加强规范引导行业管理经营行为提供了有力保障，成为推动行业健康发展的重要保障和潜在动力。

11. 在线写作。联网在线写作极大地拉近了作家与读者间的距离，读者通过点赞、打赏、转化、催更等方式进一步扩大了网络文学的扩散速度，形成了产业可持续发展的动力。

12. 付费阅读。2003 年，起点中文网率先创建了以读者按章付费为核心的网络文学商业模式。此后，包含打赏、月票等付费机制的网络文学商业模式逐渐完善并为各大文学网站所借鉴。

13. IP（Intellectual Property）。IP 是重要的文化产业无形资产，被视为国家软实力的重要表现形式之一。超级 IP 除了在全球范围内产生巨大的经济效益，更以强大的文化感染力成为文化创新发展的新标志。

14. 网络文学出海。中国网络文学在海外受到众多年轻人的喜爱和追捧，具有很大的市场空间。随着中国网络文学输出国家的增多，“网络文学出海”也成为全球关注的热点。

15. 互动。互动化写作和欣赏已成为网络文学的主要创作方式，各大文学网站存储量最多、最受关注的作品大都在作者与粉丝的互动过程中产生的，比如宫斗、武侠、玄幻类作品。

16. 男频女频。自起点中文网分成主站与女频开始，网络文学网站分为男频和女频的模式渐渐深入人心，现已成为网络文学最常见的“分类法”。

17. 更新。网络文学作品的成功与作品的更新频率有很大关系，更新是联系网络文学作者与读者最直接的方式。由起点中文网所开创的 VIP 付费阅读制度被各文学网站相继推行后，网络小说主要以连载形式在平台上更新，“不断更”被视为作者写作的最基本要求。

18. 代入感。网站编辑向作者提出的小说必备元素，也是营造读者沉浸式阅读环境的重要因素之一。

19. 打赏。在完整的知识付费模式没有形成之前，打赏就变成了用户对知识付费和网络文学的读者与作者进行互动、交流的一种重要方式。

20. 新文艺群体。是以签约作家、独立制片人、音乐制作人、独立演员等为代表的新型文艺群体，展现了开放的文艺创作态势和别样的创作活力。

图书在版编目（CIP）数据

2017－2018 年北京网络文学发展报告 / 杨烁主编. -- 北京：社会科学文献出版社，2019. 5
ISBN 978－7－5201－4540－4

Ⅰ. ①2… Ⅱ. ①杨… Ⅲ. ①网络文学－研究报告－北京－2017－2018 Ⅳ. ①I207. 999

中国版本图书馆 CIP 数据核字（2019）第 048484 号

2017～2018 年北京网络文学发展报告

主　　编 / 杨　烁

出 版 人 / 谢寿光
责任编辑 / 胡　涛　江　山
文稿编辑 / 韩欣楠

出　　版 / 社会科学文献出版社 · 数字出版分社（010）59366434
地址：北京市北三环中路甲 29 号院华龙大厦　邮编：100029
网址：www. ssap. com. cn
发　　行 / 市场营销中心（010）59367081　59367083
印　　装 / 三河市龙林印务有限公司

规　　格 / 开　本：787mm × 1092mm　1/16
印　张：17. 75　字　数：270 千字
版　　次 / 2019 年 5 月第 1 版　2019 年 5 月第 1 次印刷
书　　号 / ISBN 978－7－5201－4540－4
定　　价 / 68. 00 元